नागबंधन : मुक्ति का श्राप

सिमरन

प्रतिलिप्याधिकार

(Copyright)

घोषणा (Disclaimer):

यह कहानी पूरी तरह से काल्पनिक है। इस उपन्यास में वर्णित सभी पात्र, नाम, स्थान और घटनाएँ लेखिका की कल्पना की उपज हैं। किसी भी वास्तविक व्यक्ति (जीवित या मृत), स्थान या घटना से कोई भी समानता मात्र एक संयोग होगी। यह कहानी किसी भी धर्म, पंथ या समुदाय की भावनाओं को ठेस पहुँचाने के उद्देश्य से नहीं लिखी गई है।

समर्पण

उन सबके नाम—

जो भगवान को मंदिरों में नहीं,

अपने दिल में महसूस करते हैं।

और उस प्रेम के नाम—

जो शस्त्र भी है

और शांति भी।

विषय सूची

लेखक की ओर से

यह कहानी किसी धर्म, किसी पंथ या किसी मान्यता के विरुद्ध नहीं है।

यह केवल उस भाव की अभिव्यक्ति है— जहाँ भक्ति, प्रेम का ही एक रूप बन जाती है। यहाँ भगवान को पाने के लिए न विधि है, न विधान। बस एक सच्चा विश्वास है।

यदि इस कहानी का कोई भी भाव आपके दिल को छू जाए— तो समझिए, यह कहानी अपना उद्देश्य पूरा कर चुकी है।

— [सिमरन]

भाग- 1

संकेत और सपने

अध्याय 1

जंगल का श्राप

घना जंगल—

इतना घना कि सूरज की सुनहरी किरणें भी ज़मीन तक पहुँचने से पहले ही थककर बिखर जाती थीं। यहाँ रोशनी का प्रवेश वर्जित था। पत्तों की अनगिनत परतें ऊपर से नीचे तक ऐसे एक-दूसरे में गुथी हुई थीं मानो किसी ने जानबूझकर आकाश को धरती से छिपा दिया हो। यहाँ दिन के बारह बजे भी एक अजीब-सा, मटमैला धुंधलका छाया रहता था—न पूरा उजाला, न पूरी रात। बस एक अंतहीन गोधूलि बेला, जो कभी खत्म नहीं होती थी।

हज़ारों साल पुराने बरगद और सागौन के पेड़ आसमान को चीरते हुए, किसी मूक प्रहरी की तरह खड़े थे। उनका तना इतना चौड़ा था कि दस आदमी मिलकर भी उसे अपनी बाँहों में न भर सकें। उनकी जड़ें ज़मीन के भीतर रहने के बजाय, बाहर निकलकर साँपों की तरह रेंग रही थीं, जैसे धरती की छाती को कसकर जकड़े हुए हों और उसका दम घोंट रही हों। उन जड़ों के बीच गहरा अंधेरा बसता था—गाढ़ा, सर्द और जीवित-सा।

जंगल की हवा भारी थी। उसमें ताज़गी नहीं थी, बल्कि गीली मिट्टी, काई, सड़ी हुई पत्तियों और सदियों पुरानी नमी की एक ऐसी गंध थी जो साँसों के साथ फेफड़ों तक उतर जाती थी और मन में एक अजाना भय पैदा कर देती थी। यहाँ हवा बहती नहीं थी, बस रेंगती थी।

यह जंगल सामान्य नहीं था।

यह जंगल याद रखता था।

यह देखता था।

और सबसे बड़ी बात... यह इंतज़ार करता था।

उसी जंगल के सबसे भीतर, उस 'गर्भ' में जहाँ न तो किसी रास्ते का निशान था और न ही किसी बाहरी नक्शे में कोई रेखा, एक प्राचीन कबीला रहता था। ये लोग आधुनिक दुनिया से, उसकी रफ़्तार से और उसके नियमों से पूरी तरह कटे हुए थे। न वे शहरों की चमकती रोशनियों को जानते थे, न ही समय की बदलती चाल को। उनके लिए जीवन और मृत्यु के बीच की दूरी बहुत छोटी थी, और देवताओं व दानवों के बीच की रेखा बहुत धुंधली। वे प्रकृति के नहीं, बल्कि 'भय' के साये में जीते थे।

उस रात, जंगल असामान्य रूप से शांत था।

यह शांति सुकून देने वाली नहीं, बल्कि डराने वाली थी।

न झींगुरों की चिर-परिचित आवाज़ थी।

न रात के पक्षियों की फड़फड़ाहट।

न भेड़ियों की दूर से आती हुई पुकार।

यहाँ तक कि हवा ने भी पत्तों को छूना बंद कर दिया था।

जैसे पूरा जंगल अपनी साँस रोके, आँखें फाड़े किसी ऐसी अनहोनी का इंतज़ार कर रहा हो, जिसका आना तय था।

हर पेड़, हर झाड़ी, हर पत्थर गवाह बनने को तैयार खड़ा था।

और तभी—

सन्नाटे का सीना चीरते हुए एक आवाज़ गूँजी।

"ह्रीं... क्लीं... महाकालाय..."

वह किसी एक गले से नहीं निकली थी। वह आवाज़ न तो पूरी तरह इंसानी थी, और न ही पूरी तरह दैवीय। ऐसा लगा मानो पाताल की गहराइयों से कई आवाज़ें एक साथ फूट पड़ी हों—मंत्र, प्रार्थना और विलाप का मिला-जुला, रोंगटे खड़े कर देने वाला स्वर। वह आवाज़ जंगल की गहराई में उतरती चली गई, पेड़ों के तनों से टकराई, जड़ों की दरारों में समाई और फिर एक गूँज बनकर लौट आई।

महा-अनुष्ठान शुरू हो चुका था।

जैसे-जैसे वह स्वर तेज़ होता गया, जंगल के बीचों-बीच, कबीले की बस्ती के केंद्र में एक साफ़ किया हुआ गोल मैदान अंधेरे में उभरने लगा। वहाँ ज़मीन पर पवित्र राख, रक्सौल (लाल मिट्‌टी) और सिंदूर से एक विचित्र 'तारे' का चिन्ह बनाया गया था। वह कोई साधारण ज्यामितीय आकृति नहीं थी। तारे की हर रेखा किसी और दिशा की ओर, किसी और आयाम की ओर इशारा कर रही थी—जैसे यह चिन्ह केवल इस धरती के लिए नहीं, बल्कि किसी और लोक के दरवाज़े खोलने के लिए बनाया गया हो।

उस विशाल घेरे के चारों ओर कबीले के सैकड़ों लोग खड़े थे। उनके हाथों में जलती हुई मशालें थीं। उन मशालों की काँपती हुई, पीली रोशनी उनके चेहरों पर नाच रही थी, जिससे उनकी परछाइयां पीछे खड़े पेड़ों पर राक्षसों जैसी लग रही थीं।

किसी की आँखों में मृत्यु का भय था, तो किसी की आँखों में अपने परिवार को खोने का दर्द। और कुछ आँखों में... बस एक आखिरी, टूटती हुई उम्मीद थी।

एक माँ ने अपने नवजात शिशु को छाती से इतना कसकर लगा रखा था कि बच्चा साँस भी मुश्किल से ले पा रहा था। कोई बच्चा डर के मारे सिसक रहा था, लेकिन उसकी आवाज़ को बड़ों के मंत्रोच्चारण ने दबा दिया था। कई पुरुषों के हाथ, जिन्होंने बड़े से बड़े जंगली जानवरों का शिकार किया था, आज थर-थर काँप रहे थे।

वे जानते थे—आज की रात साधारण नहीं है। आज की रात या तो उनका इतिहास समाप्त कर देगी, या उन्हें एक नया जीवनदान देगी। यह 'आर या पार' की लड़ाई थी।

तभी भीड़ से एक आकृति अलग हुई।

कबीले का मुखिया।

उसका शरीर उम्र और ज़िम्मेदारियों के बोझ से झुका हुआ था। उसके चेहरे पर झुर्रियों का जाल बिछा था, जैसे हर रेखा किसी पुराने बलिदान या किसी पुरानी त्रासदी की कहानी कह रही हो। उसने अपने गले में हड्डियों और रुद्राक्ष की माला पहन रखी थी। आज उसकी आँखों में वह

तेज नहीं था जो हमेशा होता था, आज वहां केवल एक याचना थी।

वह उस यन्त्र के ठीक बीच में जाकर खड़ा हो गया। उसने काँपते हाथों से अपनी दोनों बाँहें, जो अब सूखी लकड़ी जैसी हो चुकी थीं, आसमान की ओर उठाईं। वह आसमान, जो काले बादलों से ढका था और जहाँ एक भी तारा नहीं दिख रहा था।

"आओ... "

उसकी आवाज़ टूट रही थी, लडखडा रही थी।

"ओ रक्षक... ओ कालों के काल... "

उसका गला भर आया। आँखों से आंसू बहकर उसकी सफ़ेद दाढ़ी में समा गए।

"हमारी बलि स्वीकार करो... या हमारा उद्धार करो। पर हमें इस अंतहीन नरक से बचा लो। हमारे पापों को क्षमा करो, प्रभु!"

उसकी आवाज़ जंगल के कोने-कोने में फैल गई। वह एक प्रार्थना कम, और एक मरते हुए इंसान की आखिरी चीख ज़्यादा थी।

एक पल के लिए कुछ नहीं हुआ।

सिर्फ सन्नाटा। गहरा, भारी सन्नाटा।

क्या देवता सो गए थे? क्या उनकी पुकार अनसुनी रह गई थी? कबीले वालों के दिलों की धड़कनें रुकने लगीं। मशालें बुझने की कगार पर आ गईं।

और तभी—

घेरे के बिल्कुल केंद्र से, मुखिया के ठीक सामने से, एक नीली और सफ़ेद रोशनी का स्तंभ फूट पड़ा।

धड़ाम!

आवाज़ ऐसी थी जैसे आकाश ज़मीन पर गिर पड़ा हो। वह प्रकाश इतना तीव्र, इतना प्रखर था कि लोगों को अपनी आँखें हथेलियों से ढकनी पड़ीं। वह सामान्य आग नहीं थी; वह ठंडी थी, मगर इतनी तेजस्वी कि रात का अंधेरा एक पल में दिन में बदल गया।

हवा का दबाव अचानक इतना बढ़ गया कि लोगों का दम घुटने लगा। पेड़ों की मज़बूत शाखाएँ तिनकों की तरह टूटने लगीं। ज़मीन पर पड़ी सूखी पत्तियां बवंडर बनकर आसमान में घूमने लगीं। धरती काँप उठी—हल्का कम्पन नहीं, बल्कि एक भूचाल।

उस अलौकिक रोशनी के बीच से एक स्वर उभरा।

वह स्वर कानों से नहीं सुना गया, वह सीधा आत्मा पर जाकर लगा। वह भारी था, स्थिर था और अनंत था।

"तुम्हारी सदियों पुरानी पुकार ने, और तुम्हारे आंसुओं के तप ने... मुझे जाग्रत किया है।"

मुखिया घुटनों के बल गिर पड़ा। वह उस तेज को सहन नहीं कर पा रहा था।

"हे प्रभु... "

उसकी आवाज़ अब बस एक फुसफुसाहट रह गई थी। वह ज़मीन पर माथा टेककर रो पड़ा।

"उस विषैले काल-नाग से हमारी रक्षा कीजिए, भगवन। वह पाताल का द्वार तोड़कर निकल आया है। वह रक्षक से भक्षक बन गया है। हमारी फसलें जला रहा है, हमारे बच्चों की साँसें छीन रहा है... उसका विष हवा में घुल चुका है। यदि आप नहीं आए, तो वह इस पावन धरती को श्मशान बना देगा।"

एक पल का सन्नाटा फिर छाया। ऐसा लगा जैसे वह शक्ति विचार कर रही हो।

फिर वह दिव्य स्वर गूँजा, जिसमें बादलों की गर्जना जैसा भारीपन था—

"क्रोध और विष को शांत करना होगा। प्रकृति का संतुलन बिगड़ चुका है। मैं उसे मार नहीं सकता, क्योंकि वह भी मेरी ही सृष्टि का भाग है... किन्तु मैं उसे बाँध दूँगा। यहीं... इसी मिट्टी की कोख में। युगों-युगों के लिए। "

तभी—

जंगल के उत्तरी छोर से, झाड़ियों के पीछे से एक ऐसी सरसराहट हुई जिसने सबके रोंगटे खड़े कर दिए।

सूखी पत्तियों के टूटने की आवाज़ नहीं थी वह... वह पहाड़ के खिसकने की आवाज़ थी।

धरती फटने लगी। पेड़ों की जड़ें उखड़कर हवा में लहराने लगीं। मिटटी का एक बड़ा हिस्सा ऊपर उठा और—

वह बाहर आया।

विशाल काल-नाग।

उसका आकार कल्पना से परे था। उसका शरीर किसी विशाल देवदार के तने से भी कई गुना मोटा था। उसकी खाल पन्ने जैसी गहरी हरी थी, लेकिन उस पर लाल और काले धब्बे थे जो किसी शाप की तरह चमक रहे थे। जब उसने साँस छोड़ी, तो हवा में पीला, ज़हरीला धुआं फैल गया, जिससे पास के पौधे तुरंत मुरझा कर काले पड़ गए।

उसकी आँखें... वो आँखें किसी को भी पत्थर बना देने के लिए काफी थीं। जलते हुए अंगारों की तरह लाल, जिनमें केवल क्रोध, पीड़ा, और एक ऐसी तड़प थी जिसे सदियां भी शांत नहीं कर पाई थीं।

नाग ने अपना विशाल फन उठाया। वह इतना ऊँचा था कि सबसे ऊँचे पेड़ भी उसके सामने बौने लग रहे थे।

वह फुंकार उठा।

“फुफफफफ......!”

आवाज़ इतनी भयावह और तीखी थी कि कई लोग डर के मारे बेहोश होकर ज़मीन पर गिर पड़े। बच्चे चीखना भूल गए।

लेकिन उस नीली दिव्य रोशनी ने उसे पीछे हटने पर मजबूर कर दिया। प्रकाश की किरणें जंजीरों का रूप लेने लगीं। वे कोड़े की तरह हवा में लहराईं और नाग के विशाल शरीर से लिपट गईं।

नाग छटपटाया। उसने अपनी पूंछ पटकी जिससे धरती में दरारें आ गईं। वह तड़पा, चीखा, उसने अपना विष उगला, लेकिन वह दिव्य बंधन अटूट था।

धीरे-धीरे... वह विशाल शक्ति कमज़ोर पड़ने लगी।

वह रोशनी उसे नीचे... और नीचे... पाताल की ओर धकेलने लगी।

नाग की आँखों में अब हार नहीं, बल्कि एक वादा था—लौट आने का वादा।

जैसे-जैसे वह ज़मीन के भीतर समा रहा था, कबीले के मुखिया ने काँपते हुए स्वर में पूछा,

"प्रभु... क्या यह अंत है? क्या वह कभी मुक्त नहीं होगा?"

अंतिम बार वह स्वर गूँजा—जो अब एक चेतावनी बन चुका था।

"सत्य और समय को कोई कैद नहीं कर सकता, मानव! यह बंधन शक्तिशाली है, किन्तु अमर नहीं। यह स्थान

बाहरी दुनिया से सदा छिपा रहेगा। यदि किसी बाहरी इंसान ने इस सीमा को लांघा... और यदि इस बंधन को छेड़ा गया... तो प्रलय निश्चित है।"

रोशनी मद्धम होने लगी, लेकिन स्वर की गंभीरता अभी भी हवा में थी।

"एक दिन कोई अवश्य आएगा—जिसके लहू में इस मिट्टी की पुकार होगी, जिसके अतीत में यह कबीला होगा। वही इस नाग की मुक्ति... या इस जगत के विनाश का माध्यम बनेगा। नियति लिखी जा चुकी है।"

और इसके साथ ही, एक अंतिम चमक के बाद, वह रोशनी विलीन हो गई।

ज़मीन वापस जुड़ गई, जैसे वहाँ कभी कुछ हुआ ही न हो।

नाग गायब था। रोशनी गायब थी।

अंधेरा लौट आया।

वही जंगल, वही पेड़, वही रात।

पर जंगल की शांति अब पहले जैसी नहीं थी। हवा में अब एक भारीपन था, एक रहस्य था। कबीले वाले जानते थे कि उन्होंने मौत को टाल दिया है, लेकिन उसे हराया नहीं है।

क्योंकि कहीं न कहीं...

समय के गर्भ में, एक नन्ही सी जान का इंतज़ार शुरू हो चुका था जो सदियों बाद इस कहानी को पूरा करने के लिए जन्म लेने वाली थी।

नियति अपना खेल शुरू कर चुकी थी।

अध्याय 2

नया घर, नई उलझनें

शिवांशी की नींद किसी झटके के साथ टूटी।

उसका शरीर ठंडे पसीने से तर-बतर था और दिल सीने के अंदर किसी हथौड़े की तरह बज रहा था। उसने फौरन उठकर बैठने की कोशिश की, लेकिन सर में एक तेज़ टीस उठी। अंधेरे कमरे में उसकी आँखें फटी की फटी रह गईं। कुछ पलों के लिए उसे समझ ही नहीं आया कि वह कहाँ है। चारों ओर एक भारी और दमघोंटू सन्नाटा था, जिसमें केवल उसकी अपनी तेज़ और उखड़ी हुई साँसों की आवाज़ गूँज रही थी।

"सिर्फ एक सपना था..." उसने लंबी और कँपकँपाती साँस ली, खुद को यकीन दिलाने की कोशिश करते हुए। "सिर्फ एक बुरा सपना।"

लेकिन वह गीली मिट्टी की सड़ी हुई महक, वो अजीब से प्राचीन मंत्र... सब कुछ इतना साफ़ था कि शिवांशी को अपने हाथों पर अब भी उस ठंडे जंगल की नमी महसूस हो रही थी। उसने अपने तकिए के पास रखा पानी का गिलास उठाया। उसके हाथ बुरी तरह काँप रहे थे, जिससे पानी की कुछ बूंदें उसकी टी-शर्ट पर गिर गईं। कमरे की हवा में एक पुरानी लकड़ी और सीलन की मिली-जुली गंध थी, जो इस पुश्तैनी बंगले की दीवारों में सदियों से बसी हुई थी।

बाहर शाम ढल चुकी थी और नीली रात ने खिड़की के कांच पर अपनी पकड़ बना ली थी। यह इस नए घर में उसकी पहली गहरी नींद थी, और उसने सपने में भी उम्मीद नहीं की थी कि उसकी शुरुआत इतनी डरावनी होगी।

"नया शहर, नई जगह... शायद इसीलिए दिमाग अजीब चीज़ें दिखा रहा है," उसने खुद को तसल्ली दी। वह एक समझदार और तार्किक लड़की थी, जिसे भूत-प्रेत की कहानियों से ज़्यादा विज्ञान पर भरोसा था। परंतु उसके भीतर महादेव के प्रति भी गहरी आस्था थी, जो उसे हर डर से लड़ने की शक्ति देती थी। उसने सोचा कि शायद पैकिंग की थकान और इस पुराने पुश्तैनी बंगले के सन्नाटे ने मिलकर उसके अवचेतन मन के साथ कोई खेल खेला है। घर की ऊँची छतें और कोनों में जमा अंधेरा उसे चिढ़ा रहा था, लेकिन उसने मन ही मन तर्क गढ़ा कि पुरानी इमारतों में ध्वनि और रोशनी का खेल अक्सर भ्रम पैदा करता है।

उसने बिस्तर से उतरकर कमरे की लाइट जलाई। अचानक फैला पीला उजाला आँखों को चुभने लगा। फर्श पर अभी भी सामान से भरे कुछ गत्ते के डिब्बे खुले पड़े थे। शिवांशी ने सोचा कि अगर वह काम में लग जाएगी, तो वह डरावना अहसास चला जाएगा। उसने गहरी साँस ली, और हवा में छनकर आती रात की चमेली और गीली घास की खुशबू को महसूस किया, जो पास के जंगल से आ रही थी।

वह कपड़ों वाला एक गत्ते का डिब्बा उठाने के लिए आगे बढ़ी। जैसे ही उसने झुककर डिब्बे के कोनों को पकड़ा, उसे एक अजीब सी आवाज़ सुनाई दी।

सरसर... सरसर...

जैसे कोई पुरानी, सूखी रस्सी ज़मीन पर घिसट रही हो।

शिवांशी के हाथ वहीं रुक गए। उसका दिमाग तुरंत तर्क ढूँढने लगा—शायद चूहा होगा? या कोई पुरानी प्लास्टिक की थैली जो हवा से हिली हो? लेकिन इस घर में अभी कोई पंखा नहीं चल रहा था। कमरे की दीवारों पर लगा पुराना वॉलपेपर कहीं-कहीं से उखड़ रहा था, और उस दरार से आती हवा की एक ठंडी लहर उसकी गर्दन को छूकर निकल गई, जिससे उसके रोंगटे खड़े हो गए।

उसने धीरे से, बहुत सावधानी से डिब्बे के अंदर झाँका। जैसे ही उसकी नज़र कपड़ों के बीच पड़ी, उसकी चीख़ गले में ही फंसकर रह गई।

एक काला, चिकना नाग कपड़ों की तह के ऊपर कुंडली मारकर बैठा था।

शिवांशी की हिम्मत जवाब दे गई। वह चीखती हुई पीछे की तरफ भागी और हड़बड़ाहट में उसका पैर एक छोटे स्टूल से जा टकराया। वह ज़मीन पर गिरी, लेकिन उसकी नज़रें उस डिब्बे से नहीं हटीं। उस सांप की काली खाल लाइट की रोशनी में किसी कीमती लेकिन शापित पत्थर की तरह चमक रही थी, और उसकी स्थिरता डराने वाली थी। वह हिल नहीं रहा था, बस देख रहा था।

"पापा! पापा जल्दी आइये!"

उसकी आवाज़ सुनकर पापा और दादी सीढ़ियों से भागते हुए आए। लकड़ी की पुरानी सीढ़ियों के चरमराने की आवाज़ पूरे घर में गूँज उठी। शिवांशी का चेहरा सफेद पड़ चुका था।

"क्या हुआ शिवांशी? क्या बात है?" पापा ने उसे ज़मीन से उठाते हुए पूछा, उनकी आवाज़ में चिंता साफ़ थी।

"सांप... उस डिब्बे में!" शिवांशी ने काँपते हाथ से इशारा किया।

पापा ने पास पड़ा एक डंडा उठाया और बेहद सावधानी से डिब्बे के पास गए। जब उन्होंने अंदर झाँककर उस जीव को देखा, तो उनके चेहरे पर भी डर की एक लकीर खिंच गई। "काफी बड़ा है। इस सुनसान इलाके में और जंगल के पास ऐसे जीव निकलना आम बात है। रुक, मैं इसे मार देता हूँ।"

"नहीं!" शिवांशी ने अचानक लगभग चिल्लाते हुए उन्हें रोका। उसे खुद नहीं पता था कि उसने ऐसा क्यों कहा। "मारिये मत। बस... बस बाहर छोड़ दीजिये। किसी को नुकसान नहीं पहुँचाया उसने।"

पापा ने उसे अजीब नज़रों से देखा, फिर गहरी साँस लेकर बोले, "ठीक है, पर यहाँ रहना अब सुरक्षित नहीं लग रहा।" उन्होंने बड़ी मशक्कत के बाद, डंडे के सहारे, सांप को डिब्बे समेत बालकनी से नीचे बगीचे में सरका दिया।

"चलो, हाथ-मुँह धो लो। हम सब साथ में नीचे बैठकर चाय पीते हैं," दादी ने उसका कंधा सहलाते हुए कहा। लेकिन शिवांशी की नज़रें खिड़की से बाहर उस घने जंगल को घूर रही थीं। जंगल से अब झींगुरों और किसी अनजाने पक्षी की तीखी आवाज़ें आ रही थीं, जो सन्नाटे को और भी भारी बना रही थीं।

दादी का हाथ शिवांशी के कंधे पर था, और शिवांशी ने महसूस किया कि वह हाथ असामान्य रूप से काँप रहा था। दादी कुछ बुदबुदाईं, शब्द साफ नहीं थे, लेकिन उनमें एक अजीब सी चेतावनी थी। "ये घर पुराना है ना... और जंगल भी घना है। यहाँ सांप आते रहना तो आम बात है। तुम इतना मत सोचो और नीचे आ कर चाय पियो," उन्होंने अपनी बूढ़ी, कांपती आवाज़ में कहा। लेकिन उनकी आँखों में कुछ और ही कहानी थी।

जब वे दोनों नीचे चले गए, शिवांशी कमरे में एक पल के लिए अकेली बची। उसने खिड़की बंद करने के लिए हाथ बढ़ाया, तभी उसकी नज़र दीवार के पास बनी एक दरार पर पड़ी।

वहाँ से एक और सांप निकलकर चुपचाप बाहर की ओर रेंग रहा था।

शिवांशी की आवाज़ जैसे कहीं खो गई थी। उसने अपनी आँखें मलीं। 'क्या मुझे वहम हो रहा है? एक साथ दो-दो? नहीं, ये मेरी आँखों का धोखा है। थकावट है ये सब।' उसने खुद को ज़ोर से डाँटा। उसने कमरे की दीवारों की पुरानी लकड़ी को छुआ, उसकी खुरदरी सतह और सदियों पुरानी महक ने उसे हकीकत से जोड़ने की कोशिश की।

रात बढ़ती गई। बाहर मूसलाधार बारिश शुरू हो गई। बादलों की कड़कड़ाहट कमरे की खिड़कियों को हिला रही थी। खिड़की के कांच पर गिरती बूंदें ऐसी लग रही थीं मानो हज़ारों उंगलियाँ एक साथ कांच को खटखटा रही हों, अंदर आने की भीख माँग रही हों। शिवांशी बिस्तर पर लेटी छत को घूर रही थी।

अचानक बिजली कड़की।

उस एक पल की तेज़ नीली रोशनी में, खिड़की के बाहर दीवार पर एक विशाल परछाईं उभरी। ऐसा लगा मानो कोई विशाल जीव पूरे घर को अपनी पकड़ में लिए खड़ा हो। हवा में एक अजीब सा भारीपन आ गया था, जैसे कमरे की ऑक्सीजन कम हो गई हो।

शिवांशी का दिल तेज़ी से धड़कने लगा। वह हिम्मत करके उठकर खिड़की के पास गई। उसने बाहर झाँका, पर वहाँ बारिश और अंधेरे के अलावा कुछ नहीं था। केवल पेड़ों की टहनियाँ हवा में हिंसक रूप से झूम रही थीं, जो किसी कंकाल के हाथों जैसी लग रही थीं।

"पागल हो गई हूँ मैं," वह बुदबुदाई। "वो सिर्फ किसी पेड़ की परछाईं थी। बारिश में पेड़ों के आकार बदल जाते हैं। शिवांशी, होश में आओ।"

उसने अपनी आँखें कसकर बंद कर लीं और कंबल के अंदर छिप गई। उसका तर्क कह रहा था कि ये सब इत्तेफाक हैं—नया घर, थकावट, बारिश और कुछ जंगली

जानवर। लेकिन उसका डर कह रहा था कि कहानी इससे कहीं ज़्यादा गहरी है। उसे लगा जैसे घर की दीवारें धीरे-धीरे पास आ रही हैं, और बाहर जंगल में कोई चीज़ उसे पुकार रही है।

वह घंटों तक अंधेरे में जागती रही, हर आवाज़ पर चौंकती रही। कभी लकड़ी के फर्श के चटकने की आवाज़, तो कभी हवा के झोंके से खिड़की का हिलना। वह खुद को बार-बार समझा रही थी कि कल सुबह जब सूरज निकलेगा, तो ये सब 'वहम' बनकर उड़ जाएगा।

पर कहीं न कहीं, उसके मन के सबसे गहरे कोने में एक छोटा सा शक जन्म ले चुका था। एक ऐसा शक, जिसे उसका दिमाग मानने को तैयार नहीं था, पर उसकी रूह कांप रही थी।

नियति ने अपना जाल बिछा दिया था, और शिवांशी अब उस जाल का हिस्सा बन चुकी थी—चाहें वह इसे माने या न माने। जंगल की गहरी फुफकार अब बारिश के शोर में घुल चुकी थी।

अध्याय 3

छत और हँसी

उस खौफनाक रात के बाद की सुबह उम्मीद से कहीं ज़्यादा उजली थी।

रात भर की मूसलाधार बारिश ने हवा को बिल्कुल साफ़ कर दिया था। जब शिवांशी की आँख खुली, तो सूरज की किरणें खिड़की के काँच से छनकर उसके चेहरे पर पड़ रही थीं। कल रात का वह खौफ, वह विशाल परछाईं और साँप—दिन के उजाले में सब कुछ किसी धुंधली याद जैसा लग रहा था। शिवांशी ने एक गहरी साँस ली। वह महादेव की अनन्य भक्त थी, और उसका अटूट विश्वास था कि जहाँ शिव का वास है, वहाँ अमंगल नहीं हो सकता। फिर भी, वह सपना और वे घटनाएँ उसके मन के किसी कोने में उलझी हुई थीं। वह खुद को बार-बार समझा रही थी कि यह सिर्फ नई जगह का असर है, लेकिन उलझन अभी भी बनी थी।

घर में नीचे से आती शोर-शराबे की आवाज़ों ने उसे अहसास कराया कि वह अकेले नहीं है। उसका परिवार बहुत बड़ा था—पापा, मम्मी, दादी और तीन चाचा-चाची अपने आठ बच्चों के साथ। इतने बड़े परिवार के साथ सन्नाटा ज़्यादा देर तक टिक नहीं सकता था। रसोई से आती मसालों की महक और बच्चों के भागने की धमक ने घर को जीवन से भर दिया था।

दोपहर होते-होते, शिवांशी अपने सभी भाई-बहनों के साथ घर की सबसे ऊपरी छत पर पहुँच गई।

यह तीन मंज़िला बंगला शहर की सीमा से काफी बाहर था। यहाँ से दूर-दूर तक कोई पड़ोस या दूसरी इमारतें नहीं थीं। छत के एक तरफ से केवल ऊँचे पेड़ और झाड़ियाँ दिखती थीं, और दूसरी तरफ वह गहरा, रहस्यमयी जंगल। घर के पीछे की ज़मीन बिल्कुल खाली थी, जहाँ सूखी घास और बारिश के बाद जमी काई की महक आ रही थी। दूर-दूर तक कोई इंसानी बस्ती नहीं थी, बस प्रकृति का अनगढ़ विस्तार था।

छत पर इस वक्त आठों बच्चों और शिवांशी के बीच जबरदस्त धमाचौकड़ी मची थी। कोई क्रिकेट खेलने की ज़िद कर रहा था, तो कोई पकड़म-पकड़ाई में भाग रहा था।

“दीदी! संभल के, वरना आप आउट हो जाओगी!” सबसे छोटे भाई आर्यन ने ज़ोर से चिल्लाते हुए कहा।

शिवांशी हँस रही थी। इतनी खुलकर, इतनी बेफ़िक्र—जैसे उसे दुनिया की किसी भी चिंता से कोई लेना-देना ही न हो। छत पर मची यह हलचल उसे सुकून दे रही थी। उसने देखा कि नीचे आँगन में तीनों चाचियाँ बड़े बर्तनों में खाना बनाने की तैयारी कर रही थीं और चचा लोग बरामदे में बैठकर घर के रख-रखाव की बातें कर रहे थे। इतने सारे अपनों के बीच उसे लगा कि कल रात का डर वाकई सिर्फ एक 'वहम' था।

वह भागती हुई छत की मुंडेर के पास जाकर खड़ी हो गई। उसने नीचे झाँका। नीचे कोई सड़क नहीं थी, कोई शोर नहीं था। केवल सन्नाटा और वह कच्ची पगडंडी थी जो घर की तरफ आती थी।

"देखो, यहाँ से जंगल कितना सुंदर लग रहा है!" शिवांशी ने अपनी बाहें फैलाकर कहा। दोपहर की धूप उसके चेहरे पर चमक रही थी।

"डर नहीं लगता आपको?" उसकी एक चचेरी बहन ने पास आकर पूछा। "दादी कह रही थीं कि इस जंगल की तरफ अकेले नहीं जाना चाहिए।"

शिवांशी मुस्कुराई। उसने अपने गले में पहने महादेव के लॉकेट को छुआ। "जिसके रक्षक महादेव हों, उसे डर कैसा? और वैसे भी, दिन के उजाले में तो यहाँ सिर्फ चिड़ियाँ और हरियाली है।"

हवा अचानक थोड़ी तेज़ हुई। शिवांशी ने आँखें बंद कर लीं। कुछ पल... बस शांति। उसे लगा जैसे हवा उसके कान में कुछ कह रही हो।

फिर—

"शिवांशी..."

किसी ने उसका नाम पुकारा। आवाज़ किसी इंसानी गले जैसी नहीं थी—उसमें मिट्टी और गूंज की ठंडक थी। वह स्वर जैसे किसी गुफा की गहराई से निकलकर सीधे उसके कानों में समा गया हो।

उसने फौरन आँखें खोलीं और पीछे मुड़कर देखा। उसके आठों भाई-बहन अपने खेल में मस्त थे। कोई भाग रहा था, कोई ज़ोर से हँस रहा था। किसी ने उसे नहीं पुकारा था।

"शायद मेरा मन फिर से खेल रहा है," उसने खुद को शांत करने के लिए बुदबुदाया। वह वापस खेल की तरफ मुड़ने वाली थी कि तभी उसे महसूस हुआ कि छत की बनावट कुछ बदल गई है।

उसने फिर से मुंडेर से नीचे देखा। अब नीचे का दृश्य वह नहीं था जो कुछ सेकंड पहले था।

धूप अचानक मद्धम पड़ गई थी, जैसे आसमान पर बिना किसी चेतावनी के काले बादल छा गए हों। बगीचे की क्यारियाँ अब झाड़ियों में बदली हुई लग रही थीं और वह दूर वाला जंगल... ऐसा लग रहा था मानो खिसक कर घर की दीवारों के बिल्कुल करीब आ गया हो। पेड़ों की शाखाएँ हवा में इस तरह डोल रही थीं मानो वे उसे पुकार रही हों।

शिवांशी का दिल ज़ोर से धड़कने लगा। "ये... ये कैसे मुमकिन है? जंगल इतना पास कैसे आ गया?"

उसने पीछे मुड़कर अपने भाई-बहनों को देखना चाहा, लेकिन वे सब अब धुंधले लग रहे थे। उनकी हँसी अब भी गूँज रही थी, लेकिन वह हँसी अब मधुर नहीं, बल्कि कानों को चुभने वाली लग रही थी। ऐसा लग रहा था जैसे वे सब हज़ारों मील दूर चले गए हों।

तभी उसकी नज़र छत के फर्श के बीचों-बीच पड़ी।

धूल और बारिश के पानी के बीच, ज़मीन पर एक आकृति उभर आई थी। यह एक बड़ा गोल घेरा था, जिसके अंदर राख से बना हुआ वह प्राचीन तारा साफ़ दिख रहा था। यह वही चिन्ह था जो उसने अपने सपने में देखा था—वही जगह जहाँ नाग को कैद किया गया था। उस घेरे से उठती हुई राख की गंध उसके साँसों में उतर गई, जो किसी पुराने श्मशान की राख जैसी ठंडी और तीखी थी।

शिवांशी के पैर जम गए। उसे महसूस हुआ कि छत अब सीमेंट की नहीं, बल्कि ठंडी, गीली मिट्टी की बनी है। उसके कानों में कबीले के लोगों के मंत्रों की हल्की फुसफुसाहट गूँजने लगी।

“महादेव... रक्षा करना,” उसने काँपते हाथों से अपना लॉकेट कसकर पकड़ लिया।”

आसमान में बादल गरज उठे। दोपहर का उजाला अचानक शाम के धुंधलके में बदल गया। छत के उस घेरे से एक हल्की सी सरसराहट की आवाज़ आई, जैसे कोई बहुत विशाल चीज़ ज़मीन के नीचे से ऊपर आने की कोशिश कर रही हो। शिवांशी ने नीचे मुंडेर से देखा—जंगल अब घर की बालकनी को छू रहा था।

हँसी बंद हो गई। हवा रुक गई। और शिवांशी को अहसास हुआ कि कल रात का वह 'वहम' खत्म नहीं हुआ था, बल्कि वह तो उसे दिन के उजाले में भी ढूँढने निकल पड़ा था।

अध्याय 4

सपने का बदलता चेहरा

छत वही थी। वही ऊँचाई, वही खुली हवा और वही नीला आसमान। लेकिन... अब कुछ भी पहले जैसा नहीं लग रहा था।

कुछ पल पहले तक यहाँ जीवन था। हँसी थी, शोर था। शिवांशी और उसके आठ भाई-बहन यहाँ "छुपन-छुपाई" खेल रहे थे। धूप खिली हुई थी और हवा में एक सुखद गर्माहट थी। लेकिन जैसे ही शिवांशी की बारी आई और उसने गिनती गिनने के लिए अपनी आँखें बंद कीं, दुनिया बदल गई। जब उसने आँखें खोलीं, तो सूरज की वह सुनहरी दोपहर, जो कुछ पल पहले चेहरे को सुकून दे रही थी, अचानक एक मटमैले और डरावने धुंधलके में बदल चुकी थी।

ऐसा लग रहा था जैसे किसी ने आसमान पर एक गंदा, पुराना पर्दा डाल दिया हो। रंग फीके पड़ गए थे। नीला आसमान अब एक अजीब से स्लेटी रंग का हो गया था, जैसे तूफ़ान आने से ठीक पहले होता है—लेकिन यह तूफ़ान बादलों का नहीं, बल्कि किसी अदृश्य शक्ति का था। हवा, जो पहले ठंडी और ताज़ा थी, अब भारी और रुकी हुई महसूस हो रही थी। और उस हवा में... अचानक एक ऐसी कड़वाहट आ गई थी जैसे कहीं बहुत दूर कोई सूखी लकड़ियाँ जल रहा हो। उस बदबू ने शिवांशी की नाक में जलन पैदा कर दी।

शिवांशी ने घबराहट में अपने कदम पीछे खींचे, लेकिन उसे महसूस हुआ कि उसके पैर ज़मीन से चिपक गए हैं। उसने नीचे देखा।

वह उस गोल घेरे के बिल्कुल बीच में खड़ी थी—वही घेरा जो उसने अभी-अभी अपनी आँखों के सामने, हवा में धुएं की तरह उभरते हुए देखा था। लेकिन अब वह धुंधला नहीं था। अब वह महज़ धूल और पानी से बनी कोई हल्की रेखा नहीं थी। वह छत के पक्के फर्श पर पत्थर पर की गई नक्काशी की तरह साफ़ और गहरी दिखाई दे रही थी।

वह घेरा सामान्य नहीं था। वह मिट्टी और काली राख से बना हुआ लग रहा था। राख भी ऐसी, जैसे किसी चिता की भस्म हो—अभी भी ताज़ा और शायद थोड़ी गर्म। उस घेरे के किनारों पर, अंदर की तरफ, ऐसी अजीब और टेढ़ी-मेढ़ी शक्लें और प्रतीक बने हुए थे जिन्हें शिवांशी ने आज से पहले कभी नहीं देखा था। वे आकृतियाँ किसी बहुत पुरानी, शायद हज़ारों साल पुरानी लिपि की तरह लग रही थीं। वे सिर्फ़ बनी हुई नहीं थीं, बल्कि शिवांशी को भ्रम हुआ कि वे आकृतियाँ हिल रही हैं, सांस ले रही हैं। जैसे वे कोई चेतावनी दे रही हों—या शायद उसे अंदर कैद कर रही हों।

शिवांशी ने घबराकर चारों तरफ़ देखा। *"रिया? आरव? चिंटू?"*

सन्नाटा।

सिर्फ़ और सिर्फ़ सन्नाटा।

उसके आठों भाई-बहन... जो अभी कुछ सेकंड पहले यहाँ शोर मचा रहे थे, एक-दूसरे को धकेल रहे थे, हँस रहे थे—अब वहाँ नहीं थे। छत एकदम खाली और वीरान थी। पानी की टंकियाँ, ईंटों के ढेर, सूखते हुए कपड़े... सब अपनी जगह थे, लेकिन इंसान गायब थे। उन बच्चों की हँसी बंद हो गई थी।

उस अचानक छाए मनहूस सन्नाटे में, उसे अपनी ही साँसों की आवाज़ भी किसी और की लग रही थी। उसका दिल इतनी ज़ोर से धड़क रहा था कि उसे कानों में 'धप-धप' सुनाई दे रहा था। उन बच्चों की हँसी, जो कुछ पल पहले गूंज रही थी, अब एक डरावनी याद बनकर हवा में तैर रही थी। उसे महसूस हुआ कि उसका गला सूखकर काँटा हो गया है। उसने चिल्लाने की कोशिश की, लेकिन उसकी आवाज़ जैसे कहीं खो गई थी। गले से सिर्फ़ हवा निकली।

उसने फिर कोशिश की। पूरी ताकत लगाकर।

"ये... ये क्या हो रहा है... मम्मी! पापा! कोई है क्या?"

उसकी आवाज़ काँप गई, पतली और डरी हुई। वह आवाज़ छत की दीवारों से टकराई, लेकिन वापस नहीं लौटी। उसे निगल लिया गया। उसके अपने ही घर से, नीचे की मंज़िलों से, जहाँ चाचियाँ बातें कर रही थीं और टीवी चल रहा था, वहाँ से कोई जवाब नहीं आया। नीचे सन्नाटा था। ऐसा लग रहा था मानो वह अपने ही घर में रहकर भी किसी और ही अनजान दुनिया में, किसी दूसरे आयाम में पहुँच गई हो जहाँ उसके सिवा और कोई ज़िंदा नहीं है।

तभी—

शिवांशी के शरीर के रोंगटे खड़े हो गए।

पीछे से... किसी के कदमों की आहट आई।

वह आहट किसी आम इंसान के चलने की नहीं थी। वह आवाज़ बहुत धीमी थी, भारी थी, लेकिन हर कदम के साथ छत की मज़बूत कंक्रीट जैसे कराह रही थी। धम... घिस... धम... घिस...

भारी और ज़मीन को जैसे रगड़ते हुए कोई उसकी ओर बढ़ रहा था। शिवांशी का पूरा शरीर डर से लकवाग्रस्त हो गया था, लेकिन किसी तरह उसने अपनी गर्दन घुमाई।

काँपते हुए उसने पलटकर देखा।

छत के एक कोने में, जहाँ पानी की काली टंकी रखी थी और जिसके पीछे छाया रहती थी, वहाँ अँधेरे से निकलकर कोई खड़ा था।

एक आदिवासी साधु।

उसका हुलिया किसी भी आम साधु जैसा नहीं था जिसे शिवांशी ने मंदिरों में देखा हो। वह किसी पुराने कबीले के खूंखार योद्धा जैसा लग रहा था। उसका शरीर काला था, जिस पर जगह-जगह पुरानी चोटों के निशान थे। वह सिर्फ़ एक लंगोट पहने हुए था जो किसी जानवर की खाल जैसी लग रही थी। उसके गले में हड्डियों और रुद्राक्ष की मालाएं थीं जो एक-दूसरे से टकराकर अजीब सी खड़खड़ाहट कर रही थीं।

उसके बाल... वो बाल नहीं थे, जटाओं का जंगल था। बिखरे हुए, उलझे हुए, और जटाओं में लिपटे हुए, जिनमें शायद सदियों की धूल जमा थी। उसके माथे पर ताज़ा सफ़ेद भस्म का एक मोटा लेप लगा था, जिसके बीचो-बीच एक लाल टीका खून की तरह चमक रहा था।

लेकिन सबसे डरावनी थीं उसकी आँखें।

वे आँखें इंसान की नहीं थीं। वे पत्थर की बनी लग रही थीं। इतनी गहरी, इतनी स्थिर और भावहीन कि वह पलकें तक नहीं झपका रहा था। उसकी पुतलियाँ काली नहीं, बल्कि धुंधली थीं, लेकिन शिवांशी को पता था कि वह सब कुछ देख रहा है। वह आर-पार देख रहा है। ऐसा लग रहा था जैसे समय उसके सामने ठहर गया हो।

शिवांशी के मुंह से एक चीख निकलना चाहती थी, लेकिन वो उसके गले में ही घुट गई। वह साधु धीरे-धीरे उसकी तरफ बढ़ा।

"तुमने..."

साधु की आवाज़... वह आवाज़ किसी इंसान के गले से नहीं, बल्कि पाताल की गहराइयों से आती हुई लग रही थी। वह भारी, खुरदुरी और गूँजती हुई थी। वह छत की दीवारों से टकराकर चारों ओर गूँज उठी।

"...बहुत बड़ी भूल कर दी है, बच्ची।"

शिवांशी का दिल बेतहाशा धड़क रहा था, जैसे पसलियों को तोड़कर बाहर निकल आने की कोशिश कर रहा हो। उसकी साँसें गिनती भूल चुकी थीं। डर के मारे उसके हाथ-पैर ठंडे, बर्फ़ जैसे पड़ने लगे थे। पसीने की बूंदें उसके माथे से टपककर उसकी आँखों में जा रही थीं, जिससे सब कुछ और धुंधला हो रहा था।

"मैं... मैंने क्या किया?" उसकी आवाज़ इतनी धीमी थी कि शायद उसे खुद भी सुनाई नहीं दी। "आप कौन हैं? मेरे भाई-बहन कहाँ चले गए? मुझे जाने दो... प्लीज!" उसने अपनी पूरी हिम्मत जुटाकर, रोते हुए पूछा।

साधु के चेहरे पर कोई भाव नहीं आया। न दया, न क्रोध। बस एक भयानक चेतावनी। उसने अपना हाथ उठाया। उसकी उंगलियाँ लंबी और मुड़ी हुई थीं, नाख़ून जानवरों जैसे बड़े और काले थे। उसने उस घेरे की तरफ इशारा किया जिसमें शिवांशी कैद थी।

"यह घेरा तुम्हारी सुरक्षा नहीं है... यह तुम्हारी सीमा है," साधु फुसफुसाया। "तुमने जिज्ञासा के द्वार खोले हैं, लेकिन तुम नहीं जानतीं कि उस पार क्या खड़ा है। तुमने उसे जगा दिया है।"

"किसे? किसे जगा दिया है?" शिवांशी चिल्लाई। "मैं कुछ नहीं जानती! मैं बस एक सपना देख रही हूँ... यह सपना है, है न?"

साधु की आँखों में पहली बार एक चमक आई।

"सपना?" वह हँसा, एक सूखी और डरावनी हँसी। "जिसे तुम सपना समझ रही हो, वह हकीकत की परछाई है। उसे तुम्हारी गंध मिल चुकी है। उसे तुम्हारी आहट मिल चुकी है। अब तुम जागती रहो या सोती रहो... वह आएगा।"

"कौन आएगा?" शिवांशी चीखी।

तभी साधु ने आसमान की तरफ देखा। उसका चेहरा भयभीत हो गया, जैसे वह भी किसी चीज़ से डरता हो।

"वह आ गया है।"

और फिर, ज़मीन हिलने लगी।

पहले हल्का कंपन हुआ, जैसे दूर कहीं से कोई ट्रेन गुज़र रही हो। फिर वह कंपन तेज़ हो गया। छत की मुंडेर पर रखे गमले हिलने लगे और गिरकर टूट गए। पानी की टंकी का ढक्कन उड़कर दूर जा गिरा।

शिवांशी ने संतुलन बनाने की कोशिश की, लेकिन तभी उसने एक आवाज़ सुनी।

फुंफकार...

हवा चीरने की आवाज़।

छत के पीछे से, उस ऊँचाई के भी ऊपर, एक साया उठा। पहले वह एक काला खंभा लगा, लेकिन फिर वह ऊपर उठता गया... उठता गया... और फैलता गया।

वह एक नाग था।

लेकिन वह कोई साधारण सांप नहीं था। वह इतना विशाल था कि शिवांशी को अपनी आँखों पर यकीन नहीं हुआ। उसका शरीर बरगद के पेड़ से भी मोटा था, और उसकी काली चमड़ी पर ऐसे चमकते हुए शल्क थे जो लोहे के कवच जैसे लग रहे थे।नाग ने अपना विशाल सिर ऊपर उठाया। उसका फन... हे भगवान! उसका फन इतना बड़ा था कि वह पूरी छत की चौड़ाई को ढक सकता था। उसने सूरज को ढक लिया, जिससे छत पर पूरा अँधेरा छा गया। उसकी दो लाल आँखें... जलते हुए अंगारों की तरह शिवांशी को घूर रही थीं। उन आँखों में सदियों का क्रोध था, एक ऐसी भूख थी जो आत्मा को भी निगल ले।

उसकी फुफकार से एक तूफ़ान आया। गर्म हवा का झोंका शिवांशी से टकराया। पूरा तीन मंज़िला बंगला भूकंप की तरह काँपने लगा। दीवारों में दरारें पड़ने लगीं।

शिवांशी पागलों की तरह पीछे हटने की कोशिश करने लगी। "नहीं! नहीं! यह सच नहीं हो सकता!"

वह भागना चाहती थी, सीढ़ियों की तरफ। लेकिन उस घेरे ने... उस राख और मिट्टी के घेरे ने उसे रोक लिया। जैसे ही वह किनारे पर पहुँची, वह किसी कांच की अदृश्य दीवार से टकराई। वह कैद थी। वह उस नाग के सामने परोसी गई एक दावत की तरह सजा दी गई थी।

नाग ने अपना फन पीछे खींचा, जैसे वह वार करने के लिए तैयार हो रहा हो। और फिर उसने अपनी जगह से ज़रा-सा हिलना शुरू किया। उसका विशाल शरीर छत पर टिका, और छत का पत्थर किसी गीले कागज़ की तरह फटने लगा। कंक्रीट के टुकड़े हवा में उड़ने लगे।

दरारें शिवांशी के पैरों तक पहुँच गईं। ज़मीन फट गई। शिवांशी का संतुलन बिगड़ा। उसका दायां पैर उस फैलती हुई दरार में फँसा। उसने बचने के लिए हाथ पैर मारे, लेकिन नीचे सिर्फ़ अँधेरा था। गहरा अँधेरा।

"बचाओ!!"

नाग का मुंह खुला, और वह सीधे उसकी तरफ लपका।

शिवांशी पीछे की ओर, उस फटी हुई ज़मीन के गहरे अंधेरे में गिर पड़ी।

एक तेज़, लंबी और भयानक चीख के साथ—

शिवांशी की आँखें खुल गईं।

वह झटके से उठकर बैठ गई। उसकी साँसें किसी धोकनी की तरह चल रही थीं—हूँह... हूँह... हूँह...। उसका दिल इतनी ज़ोर से धड़क रहा था कि उसे अपने कानों में सन्नाटा चुभ रहा था।

वह अपने कमरे में थी। अपने बिस्तर पर।

उसने पागलों की तरह इधर-उधर देखा। कोई काला आसमान नहीं था, कोई साधु नहीं था, कोई नाग नहीं था। खिड़की से दोपहर की सुनहरी धूप अब भी वैसे ही आ रही थी, और पर्दे हवा में धीरे-धीरे हिल रहे थे।

कमरे के बाहर से, नीचे के हॉल से आवाज़ें आ रही थीं। चाचियों के हँसने की आवाज़, बर्तनों के खड़कने की आवाज़, और बच्चों के खेलने का शोर।

"मैं पकड़ा गया! अब तेरी बारी!"—यह चिंटू की आवाज़ थी। वही चिंटू जो सपने में गायब हो गया था।

शिवांशी का पूरा शरीर पसीने से भीगा हुआ था। उसके कपड़े, उसके बाल, सब चिपचिपे हो रहे थे। उसका गला पूरी तरह सूख चुका था। कुछ पल तक वह बस बिस्तर पर बैठी रही, अपने दोनों हाथों से चादर को कसकर पकड़े हुए। वह यह तय करने की कोशिश कर रही थी कि उसका शरीर काँप रहा है या उसका मन। क्या वह अब सच में जाग चुकी है? या यह भी कोई सपना है?

उसने कांपते हाथों से पानी की बोतल उठाई और एक घूंट पिया। पानी ठंडा था। हकीकत जैसा।

"शुक्र है... हे भगवान शुक्र है," वह बुदबुदाई। "सिर्फ़ एक सपना था। बस एक बुरा सपना।"

लेकिन तभी... उसे अपने पैरों में कुछ महसूस हुआ।

एक अजीब सी ठंडक। और एक हल्की सी किरकिराहट।

उसका दिल एक पल के लिए रुक गया। सपने का वह दृश्य उसकी आँखों के सामने कौंध गया—राख का घेरा... और उसके बीच नंगे पैर खड़ी वह।

उसने डरते-डरते रजाई हटाई और फौरन अपने पैरों की ओर देखा। उसे डर था कि कहीं सपने के निशान हकीकत में न हों। कहीं वहां राख न लगी हो।

उसने अपने पैरों को देखा। वे थोड़े ठंडे थे। और तलवों पर...

तलवों पर कुछ काला लगा था।

शिवांशी की सांस अटक गई। फर्श पर बिछी कालीन की थोड़ी सी गर्द (धूल) उसके पैरों पर लगी थी, जो पसीने की वजह से गीली होकर काली लग रही थी। एक पल के लिए शिवांशी का कलेजा मुँह को आ गया। उसे लगा वह राख है—वही श्मशान की राख जो उस साधु के घेरे में थी।

उसने जल्दी से अपनी उंगली से उसे छुआ। उसने उसे अपनी उंगलियों के पोरों पर मला।

वह खुरदुरी थी।

लेकिन जब उसने उसे ध्यान से देखा, तो उसमें जलने की बदबू नहीं थी। वह सिर्फ धूल थी—पुराने घर के कोनों में जमा होने वाली साधारण धूल।

"सिर्फ धूल है," उसने खुद को ज़ोर से बोलकर याद दिलाया, अपनी ही आवाज़ में छिपे डर को दबाने की कोशिश करते हुए। "पागल मत बन शिवांशी। यह सिर्फ धूल है। सपना ही था... सिर्फ एक डरावना सपना। दिमाग का वहम।"

उसने एक टिश्यू पेपर उठाया और रगड़-रगड़ कर अपने पैर साफ़ किए, जब तक कि त्वचा लाल नहीं हो गई। वह उस 'निशान' को मिटा देना चाहती थी।

उसने लंबी-लंबी साँसें लीं और खिड़की के पास गई। बाहर का नज़ारा सामान्य था। पेड़ शांत थे, पक्षी चहचहा रहे थे, माली काका पौधों में पानी दे रहे थे। सब कुछ सामान्य था, दुनिया अपनी रफ़्तार से चल रही थी।

फिर भी...

फिर भी उसकी आत्मा के किसी कोने में, दिमाग के किसी गहरे अँधेरे हिस्से में साधु की वह आवाज़ अब भी गूँज रही थी, किसी पुरानी टेप रिकॉर्डर की तरह— 'उसे तुम्हारी आहट मिल चुकी है... वह आएगा।'

शिवांशी खिड़की की ग्रिल को कसकर पकड़े खड़ी थी। वह अब जान चुकी थी कि भले ही वह सपना टूट गया हो, लेकिन उसका डर अब हकीकत की धूल में भी अपना रास्ता बना रहा था। वह धूल शायद सिर्फ़ धूल थी... लेकिन वह उस एहसास को झाड़ नहीं पा रही थी कि यह शुरुआत है।

उसने आसमान की तरफ देखा। कहीं बादलों के पीछे कोई उसे देख तो नहीं रहा?

अध्याय 5

सपनों का पीछा

पिछले तीन दिन शिवांशी के लिए किसी सजा से कम नहीं थे।

नींद, जो कभी उसकी सबसे प्रिय साथी हुआ करती थी, अब उसकी सबसे बड़ी दुश्मन बन गई थी। जैसे ही रात का अंधेरा गहराता और वह अपनी भारी पलकें मूँदने की कोशिश करती, उसका दिमाग उसे उसी छत पर खींच ले जाता। वही मटमैला आसमान, वही ज़मीन पर बना रहस्यमयी गोला, और उस काले गहरे गड्ढे के भीतर से झांकती वो दो अंगारों जैसी लाल आँखें।

वह हड़बड़ा कर जाग जाती। उसका शरीर पसीने में भीगा होता, साँसें किसी थके हुए धावक की तरह चल रही होतीं और दिल की धड़कनें सन्नाटे में हथौड़े की तरह गूँजतीं। हर बार जागने पर वह सबसे पहले अपने पैरों को देखती—कहीं फिर से वो राख या धूल तो नहीं लगी? गनीमत थी कि पिछले दो दिनों से ऐसा कुछ नहीं हुआ था, लेकिन वह डर... वह डर अब उसकी हड्डियों में बसने लगा था।

"ये सिर्फ़ सपने हैं... बस मेरे दिमाग का वहम," वह हर रात खुद को यही समझाती। पानी पीती, किताब पढ़ने की कोशिश करती, लेकिन कमरे के कोने में जमा अंधेरा उसे घूरता रहता। उसे बार-बार लगता कि खिड़की के बाहर, उस घने जंगल से कोई उसे देख रहा है। कोई ऐसा, जो उसके सोने का इंतज़ार कर रहा है।

चौथे दिन की सुबह, सूरज निकलने से पहले ही शिवांशी नहा-धोकर तैयार हो गई। घर के बाकी लोग अभी गहरी नींद में थे। पूरा बंगला शांत था, बस कभी-कभार किसी पुराने दरवाजे के चटकने की आवाज़ आती थी।

वह दबे पाँव घर के पिछले हिस्से में बने छोटे से मंदिर की ओर गई। यह मंदिर घर का सबसे पुराना हिस्सा लगता था। पत्थर की दीवारों में अजीब सी ठंडक थी। शिवांशी ने दिया जलाया और शिवलिंग के सामने ज़मीन पर बैठ गई। दीये की लौ फड़फड़ाई और उसकी रोशनी में शिवलिंग की परछाईं दीवार पर बड़ी होती चली गई।

यह उसकी बचपन की आदत थी। जब भी वह परेशान होती, दुखी होती या बहुत खुश होती, वह महादेव के पास आ जाती। उसके लिए महादेव कोई दूर बैठे देवता नहीं, बल्कि एक ऐसे दोस्त थे जो सब सुनते थे, बिना कोई सवाल किए।

वह कुछ देर चुपचाप लौ को देखती रही। अगरबत्ती की भीनी-भीनी खुशबू ने उसके तनाव को थोड़ा कम किया।

"आप जानते हो न," उसने धीमे से कहा, उसकी आवाज़ खाली कमरे में गूँज गई। "मैं ज़्यादा सोचने वाली लड़की नहीं हूँ। मुझे पहेलियाँ पसंद नहीं हैं, महादेव।"

उसकी आवाज़ में थकान साफ़ झलक रही थी। आँखों के नीचे काले घेरे पड़ गए थे जो उसकी रातों की बेचैनी गवाही दे रहे थे।

"पर ये जो कुछ भी दिख रहा है..." वह रुकी, सही शब्द ढूँढने की कोशिश करती हुई। "ये अब सपने नहीं लगते। ऐसा लगता है जैसे कोई मुझे कुछ दिखाना चाहता है। कुछ ऐसा जो मैं देख नहीं पा रही, या शायद देखना नहीं चाहती।"

उसने शिवलिंग को देखा। काले पत्थर पर चढ़े बेलपत्र और सफेद फूल शांत थे। कोई चमत्कार नहीं हुआ, कोई आकाशवाणी नहीं हुई। बस एक भारी सन्नाटा था।

"क्या मैं बस व्यर्थ की चिंता कर रही हूँ? क्या नए घर और नई जगह का असर मेरे दिमाग पर हो रहा है?" वह खुद से सवाल करने लगी।"

"या सच में मुझे कुछ समझना चाहिए?"

हवा का एक हल्का सा झोंका आया और मंदिर की घंटी हल्का सा हिलकर 'टुन' से बजी। शिवांशी चौंक गई। उसने चारों तरफ देखा। कोई हवा नहीं थी, खिड़कियाँ बंद थीं। फिर घंटी कैसे हिली? एक सिहरन उसकी रीढ़ की हड्डी से नीचे उतर गई।

उसने अपने हाथ जोड़े, उंगलियाँ आपस में कस लीं।

"अगर ये सिर्फ़ मेरा वहम है... तो कृपया, इसे रोक दीजिये। मुझे मेरी नींद वापस दे दीजिये," उसकी आवाज़ भर्रा गई। "और अगर..."

वह एक पल के लिए रुकी। उस 'अगर' में बहुत डर छुपा था।

"अगर इसका कोई गहरा मतलब है, अगर ये कोई इशारा है... तो बस, मुझे डर मत लगने देना। मुझे इतनी हिम्मत देना कि मैं समझ सकूँ।"

उसकी आँखें नम हो गईं। एक आँसू गाल पर लुढ़क आया। उसने उसे पोंछा और एक फीकी मुस्कान के साथ बोली, "मैं कोई देवी नहीं हूँ, महादेव। न ही कोई चमत्कारी इंसान। मैं बस एक साधारण लड़की हूँ जिसे अपनी पढ़ाई, और परिवार की चिंता होनी चाहिए... नागों और श्रापों की नहीं।"

मंदिर में शांति थी। पर उसके भीतर एक तूफ़ान चल रहा था। वह काफी देर तक वहीं बैठी रही।

मुखौटा

जब वह मंदिर से निकलकर वापस हॉल में आई, तो घर जाग चुका था। रसोई से बर्तनों के खटकने और चाय की खुशबू आ रही थी। चाचियाँ हँस-बोल रही थीं, बच्चे स्कूल जाने की तैयारी में दौड़ रहे थे। यह सब कुछ इतना 'साधारण' था कि शिवांशी को लगा जैसे वह दो अलग-अलग दुनियाओं में जी रही है। एक यह दुनिया, जहाँ सब कुछ ठीक है, और एक उसकी दुनिया, जहाँ साये उसका पीछा कर रहे हैं।

वह चुपचाप खाने की मेज पर जाकर बैठ गई।

"क्या हुआ?" माँ ने उसके सामने परांठे की प्लेट रखते हुए पूछा।

"तेरा चेहरा इतना उतरा हुआ क्यों है? तबीयत ठीक नहीं है क्या?"

"कुछ नहीं माँ, बस नींद पूरी नहीं हुई," शिवांशी ने तुरंत बात संभाली। वह उन्हें डराना नहीं चाहती थी। वैसे भी, कौन विश्वास करता? सब यही कहते कि नई जगह है, मन लगने में वक्त लगेगा।

पापा ने अखबार पढ़ते हुए चश्मे के ऊपर से उसे देखा और हँसते हुए कहा, "अरे, हमारी बिटिया आजकल कुछ ज़्यादा ही गंभीर हो गई है। शायद शहर की याद आ रही है इसे।"

पास बैठे चाचा ने भी मज़ाक किया, "हाँ, देख तो ज़रा कितनी शांत बैठी है। अरे शिवांशी, अभी तो छुट्टियां हैं, मजे कर। इतना क्या सोचना?"

शिवांशी ने जबरदस्ती मुस्कुराने की कोशिश की, पर होंठों तक पहुँचते-पहुँचते मुस्कान दम तोड़ गई। उसने कुछ नहीं कहा, बस सिर हिला दिया। वह चिल्लाकर कहना चाहती थी कि 'मैं सोच नहीं रही हूँ, मैं डर रही हूँ!' लेकिन शब्द गले में ही अटक गए।

नाश्ते के बाद, वह अपने कमरे में चली गई। उसने तय किया कि आज वह खुद को बिल्कुल अकेला नहीं छोड़ेगी। खाली दिमाग ही डर का घर होता है।

उसने खुद को व्यस्त रखने के लिए अपने कमरे की सफाई शुरू कर दी। किताबों को करीने से जमाया, अलमारी ठीक की। लेकिन काम करते-करते बार-बार उसकी नज़र खिड़की की तरफ चली जाती।

दोपहर की धूप में भी जंगल अजीब सा लग रहा था। पेड़ों की कतारें एक दीवार की तरह खड़ी थीं। उसे महसूस हुआ कि जंगल के उस पार से, उन घने पत्तों के बीच से, कोई उसे देख रहा है। कोई, जो जानता है कि वह उसे देख रही है।

शिवांशी ने झुंझलाकर पर्दा खींच दिया। "बस बहुत हो गया," उसने खुद को डांटा। "तू पागल हो जाएगी ऐसे।"

रात का आगमन

दिन किसी तरह बीत गया, लेकिन असली परीक्षा तो रात को होनी थी।

सूरज ढलते ही घर का माहौल बदलने लगा। पुरानी हवेली के कोनों में अंधेरा जमा होने लगा। हवा ठंडी हो गई और जंगल से झींगुरों की आवाज़ तेज़ हो गई।

रात को सोने से पहले, शिवांशी ने अपने कमरे की हर खिड़की को दो बार जाँच लिया। कुंडी ठीक से लगी है या नहीं, पर्दे पूरी तरह ढके हैं या नहीं। यह एक रस्म बन गई थी।

उसने बिस्तर पर लेटकर एक गहरी साँस ली।

"आज नहीं," उसने मन ही मन खुद से वादा किया। "आज कुछ नहीं होगा। आज मैं सुकून से सोऊंगी।"

उसने बत्ती बंद कर दी। कमरा अंधेरे में डूब गया। बस खिड़की के पर्दों से छनकर आती चाँदनी की एक पतली लकीर फर्श पर पड़ रही थी।

उसने आँखें मूँद लीं। नींद को बुलाने की कोशिश करने लगी।

एक मिनट बीता… दो मिनट… दस मिनट।

सन्नाटा इतना गहरा था कि उसे अपनी ही धड़कन सुनाई दे रही थी। वह जाग रही थी, लेकिन उसका शरीर भारी होने लगा था। बाहर हवा का चलना बंद हो चुका था। जंगल शांत था। घर शांत था।

तभी, उसके मन के किसी गहरे कोने में एक विचार आया—किसी भूली हुई याद की तरह।

दरवाज़े तो इंसानों के लिए बंद किए जाते हैं…

पर जो हवा में घुला हो, उसे दीवारें कैसे रोकेंगी?

शिवांशी ने घबराकर आँखें खोलने की कोशिश की, लेकिन उसकी पलकें जैसे पत्थर की हो गई थीं। वह हिलना चाहती थी, पर उसका शरीर अब उसके बस में नहीं था। न वह जाग रही थी, न सो रही थी। वह एक ऐसी अवस्था में फंस गई थी जहाँ हकीकत और वहम की लकीर मिट चुकी थी।

अंधेरे कमरे में सन्नाटा अब बोल रहा था। उसे लगा जैसे उसकी बंद आँखों के सामने वह जंगल धीरे-धीरे कमरे के अंदर उग रहा है।

और उस गहरी होती बेहोशी में उसे समझ आ गया—वह भाग नहीं रही थी, बल्कि वह तो अपनी मर्जी से उसी जाल की तरफ खिंची चली जा रही थी, जहाँ से लौटना अब मुमकिन नहीं था।

नियति ने अपना अगला पन्ना पलट दिया था।

अध्याय 6
निशानियाँ और सपनो का सामना

शिवांशी ने सच में तय कर लिया था—अब वह अपने सपनों को अनदेखा करेगी।

यह एक ऐसा फैसला था जो उसने अपने डर को छिपाने के लिए लिया था। पिछले कई घंटों से वह खुद को यही समझा रही थी। कितनी बार उसने आईने में अपनी लाल हो चुकी आँखों को देखकर खुद से कहा था, "ये सिर्फ़ सपने हैं... इनका वास्तविकता से कोई लेना-देना नहीं है। यह सब मेरे मन का वहम है।"

हर बार जब वह सुबह उठती, तो अपने धड़कते दिल को शांत करने की कोशिश करती। वह तर्क का सहारा लेती, विज्ञान की बातें सोचती और खुद को यकीन दिलाती कि नई जगह और अकेलेपन की वजह से उसका दिमाग उसके साथ खेल रहा है। वह खुद को याद दिलाती कि वह इक्कीसवीं सदी की एक पढ़ी-लिखी लड़की है, और श्राप या नागों की कहानियाँ सिर्फ किताबों में अच्छी लगती हैं।

लेकिन कुछ फैसले सिर्फ़ जुबान से कहने के लिए होते हैं, मानने के लिए नहीं। मन की अतल गहराइयों में वह भी जानती थी कि जिसे वह झुठलाने की कोशिश कर रही है, वह सत्य उसके छोटे-से तर्क से कहीं ज़्यादा बड़ा है। वह जानती थी कि यह सिर्फ़ जगह का बदलाव नहीं है, बल्कि समय का बदलाव है।

रात हुई। सन्नाटा धीरे-धीरे घर की दीवारों में समाने लगा। बाहर जंगल से आने वाली झींगुरों की आवाज़ें अब किसी चेतावनी जैसी लग रही थीं। जैसे ही उस रात उसने बिस्तर पर करवट बदली और अपनी भारी पलकें मूँदीं, एक अजीब-सी थकान उसके शरीर में उतरने लगी। यह थकान शारीरिक नहीं थी, बल्कि आत्मिक थी—जैसे उसकी रूह किसी आने वाले तूफ़ान से पहले ही थक चुकी हो, जैसे उसने सदियों का सफ़र तय कर लिया हो।

नींद धीरे-धीरे आई—और उसी के साथ... वही जाना-पहचाना एहसास लौट आया।

"नहीं..." उसके होंठ नींद में ही हिले। "फिर से नहीं... मुझे नहीं देखना..."

उसने संघर्ष किया। उसका चेतन मन जागना चाहता था, बिस्तर से उठकर पानी पीना चाहता था, लेकिन नींद की गहराइयों ने उसे जकड़ लिया था। आँखों के सामने से कमरे का अंधेरा हटा और वही दृश्य फिर से उभर आया।

सपनों का दूसरा पहलू

सामने वही छत थी। वही खुला, बादलों से भरा आकाश, और वही अजीब-सी निस्तब्धता।

"ये सब फिर से शुरू हो गया..." उसने खुद से कहा। इस बार उसकी आवाज़ में डर से ज़्यादा झुँझलाहट थी। वह थक चुकी थी इस भाग-दौड़ से।

लेकिन, जैसे ही उसने ध्यान से देखा, उसे महसूस हुआ कि इस बार कुछ अलग था।

हवा में एक हल्की ठंडक थी, जो उसकी त्वचा को चीरकर हड्डियों तक पहुँच रही थी। ऐसा लग रहा था जैसे जंगल ने उसे पहचान लिया हो। उसके चारों ओर पेड़ों की सरसराहट थी—वे ऊँचे, पुराने पेड़, जो समय से भी ज़्यादा प्राचीन लग रहे थे, आज शांत नहीं थे। वे आपस में बातें कर रहे थे। पेड़ों की मोटी छालें, उन पर जमी सदियों पुरानी काई, और ज़मीन पर बिखरे सूखे पत्ते—हर चीज़ इतनी साफ़, इतनी स्पष्ट थी कि उसे लगा, वह सपना नहीं देख रही... वह सचमुच वहाँ सशरीर खड़ी है।

सपनों में चीज़ें धुंधली होती हैं, आकृतियाँ बदलती रहती हैं, पर यहाँ हवा में गीली मिट्टी और सड़े हुए पत्तों की गंध थी। यहाँ उसे अपने नंगे पैरों के नीचे ज़मीन की ठंडक और कंकड़ की चुभन महसूस हो रही थी। यह सपना नहीं, एक दूसरी हकीकत थी।

उसने चारों ओर देखा। उसकी नज़र उस रहस्यमयी घेरे को ढूँढ रही थी। और तभी—उसकी नज़र ठिठक गई।

उस बड़े से गोल घेरे के ठीक बीचों-बीच, राख और मिट्टी के ढेर पर, कुछ चमक रहा था।

पहले वह एक हल्की-सी रोशनी थी, जैसे घनी झाड़ियों में जुगनू की चमक। फिर वह बढ़ने लगी, जैसे किसी ने अँधेरे में एक अखंड दीपक जला दिया हो। उसकी लौ स्थिर थी, हवा के झोंकों से बेपरवाह।

"ये...?" उसकी साँस रुक गई।

पिछली बार वहाँ कुछ नहीं था। सिर्फ़ सूखी मिट्टी। सिर्फ़ लकीरें। सिर्फ़ एक खालीपन और डर। पर इस बार—वहाँ रोशनी थी। और वह रोशनी... उसे अपनी ओर खींच रही थी। एक ऐसा खिंचाव जिसे नकारना उसके वश में नहीं था, जैसे लोहे का टुकड़ा चुंबक की ओर खिंचा चला जाता है।

शिवांशी ने एक कदम आगे बढ़ाया। फिर दूसरा।

हर कदम के साथ उसका दिल पसलियों से टकरा रहा था। डर था—बहुत गहरा डर। लेकिन उस डर से कहीं ज़्यादा बड़ी थी उसकी जिज्ञासा। वह जानना चाहती थी कि आखिर वह क्या है जो उसे रातों को सोने नहीं देता। वह कौन सा राज है जो इस राख के नीचे दबा है?

"पहले तो ये कभी नहीं दिखा..." उसने धीमे से कहा, उसकी आवाज़ सन्नाटे में गूँज गई, जैसे कहीं कोई सुन न ले।

जैसे-जैसे वह पास पहुँची, उस दिव्य रोशनी के भीतर से एक आकृति उभरने लगी।

वह एक कड़ा था।

एक पुराना, मोटा और बेहद रहस्यमयी धातु का कड़ा। वह देखने में भारी लग रहा था। उसकी बनावट ऐसी थी मानो उसे आज के युग में नहीं, बल्कि हज़ारों साल पहले गढ़ा गया हो। वह न तो पूरी तरह सोने का था, न तांबे का। वह किसी ऐसी काली धातु से बना था जिसमें लाल आभा छिपी थी। समय ने उसे घिस दिया था, पर उसकी चमक को कम नहीं कर पाया था। उसकी सतह पर गहरी लकीरें और नक्काशी थी—सांपों की आकृतियाँ जो एक-दूसरे में गुंथी हुई थीं। ऐसा लगता था जैसे किसी ने सदियों तक उसे अपने हाथ में पकड़े रखा हो और अपने जीवन की गाथा उस पर लिख दी हो।

वह कड़ा साधारण आभूषण नहीं था—उससे एक अजीब-सी ऊर्जा निकल रही थी, जो शिवांशी को अपनी नसों में महसूस हो रही थी। वह ऊर्जा उसे पुकार रही थी, उसे अपना रही थी।

"ये क्या है...?" शिवांशी की आवाज़ काँप गई।

उसका मन, उसका तर्क उसे चेतावनी दे रहा था—'रुक जाओ शिवांशी! इसे मत छुओ। यह खतरनाक हो सकता है। यहाँ से भाग जाओ।'

लेकिन उसका दिल... उसकी अंतरात्मा कुछ और ही कह रही थी। वह कह रही थी कि यह पराया नहीं है। यह उसी का हिस्सा है जो कहीं खो गया था। यह उसका अधिकार है।

उसने धीरे-धीरे अपना हाथ बढ़ाया। उसकी उँगलियाँ काँप रही थीं। जैसे ही उसकी उँगलियों के पोरों ने उस ठंडी धातु को स्पर्श किया—

एक विस्फोट

पूरा जंगल काँप उठा। ज़मीन थर्रा गई, जैसे कोई भूचाल आ गया हो। उस कड़े से एक तेज़, दिव्य प्रकाश चारों ओर फैल गया। वह प्रकाश इतना उज्ज्वल था कि शिवांशी की आँखें चौंधिया गईं, उसे अपनी हथेलियों से चेहरा ढकना पड़ा। वह रोशनी सूरज जैसी गर्म नहीं, बल्कि चंद्रमा जैसी शीतल और भेदने वाली थी।

"हे भगवान..." वह चीखना चाहती थी, पीछे हटना चाहती थी, पर उसके पैर जैसे ज़मीन से चिपक गए हों। वह हिल भी नहीं पा रही थी।

"ये सब क्या हो रहा है...?" उसकी आवाज़ डर से भर गई।

अचानक, सब कुछ थम गया। हवा थम गई। पेड़ों की सरसराहट रुक गई। बादलों की गर्जना शांत हो गई। जैसे पूरी दुनिया ने, पूरे ब्रह्मांड ने साँस रोक ली हो। समय ठहर गया था।

और उसी परम प्रकाश के भीतर से—एक छवि उभरी।

पहले वह धुंधली थी, जैसे धुएँ से बनी हो। फिर वह स्पष्ट होने लगी। जटाएँ जिनमें गंगा की लहरें थीं, गले में लिपटा वासुकी सर्प, और माथे पर वह तेज जिसे देख पाना किसी साधारण मनुष्य के बस की बात नहीं थी।

महादेव।

वे वहाँ थे। उनका चेहरा शांत था, सागर की तरह गहरा। पर उनकी आँखों में एक ऐसी गंभीरता थी, जिसमें सृष्टि का आरम्भ और अंत दोनों समाए हुए थे। वे न तो क्रोध में थे, न ही प्रसन्न—वे बस 'थे'। एक अटल सत्य की तरह।

शिवांशी का पूरा अस्तित्व काँप उठा। उसकी आँखों से अपने आप आँसू बह निकले। यह डर के आँसू नहीं थे, यह उस विराट उपस्थिति के सामने उसके छोटेपन का अहसास था। वह बिना सोचे घुटनों के बल बैठ गई। उसके हाथ अपने आप जुड़ गए।

“महादेव...” उसकी आवाज़ काँप रही थी, बमुश्किल गले से बाहर आई।

तब, एक आवाज़ गूँजी। वह आवाज़ कानों से नहीं सुनी गई, वह सीधे उसकी आत्मा में उतरी। गंभीर, भारी, पर करुणा से भरी हुई।

“शिवांशी...”

“तुम अपने ही सत्य से क्यों भाग रही हो? तुम इन सपनों से क्यों डर रही हो?”

शिवांशी कुछ कह नहीं पाई। उसकी ज़ुबान तालू से चिपक गई थी। उसने सिर्फ़ सिर झुका लिया, जैसे कोई अपराधी अपनी गलती मान रहा हो।

महादेव ने फिर कहा, "जो तुम्हें दिखाया जा रहा है, वह कोरी कल्पना नहीं है, पुत्री। यह स्मृति है। जो लिखा गया है, वह घटित होगा। न तुम उससे भाग सकती हो, न उसे मिटा सकती हो। समय का चक्र अपनी गति से चलेगा।"

शिवांशी ने हिम्मत जुटाकर, रोते हुए पूछा, "पर... मैं कौन हूँ? मैं तो बस एक साधारण लड़की हूँ... मुझे ही क्यों? मुझसे यह सब नहीं होगा प्रभु।"

महादेव के होंठों पर एक बहुत ही हल्की, रहस्यमयी मुस्कान आई।

"शक्ति कभी पैदा नहीं होती, शिवांशी," उन्होंने कहा। "उसे स्वीकार किया जाता है। जिसे तुम अपनी कमजोरी समझ रही हो, वही तुम्हारा अस्त्र है। डर यहाँ टिक नहीं सकता। तुम साधारण नहीं हो, तुम एक माध्यम हो।"

उन्होंने अपना हाथ उसकी ओर बढ़ाया, जैसे उसे आशीर्वाद दे रहे हों।

"तुम अकेली नहीं हो। यह पूरा ब्रह्मांड, यह प्रकृति तुम्हारे साथ है। बस अपनी दृष्टि बदलो। अपने भीतर झाँको।"

उनकी छवि धीरे-धीरे उस तीव्र प्रकाश में विलीन होने लगी।

"समझने की कोशिश करो... भागो मत। स्वीकार करो।"

और अगले ही पल—

जागरण

सब कुछ शीशे की तरह टूट गया।

शिवांशी हड़बड़ाकर उठ बैठी। उसकी साँसें किसी आंधी की तरह चल रही थीं। उसका गला सूखा हुआ था, जैसे वह बरसों से प्यासी हो।

उसने पागलों की तरह इधर-उधर देखा। कमरा। उसका वही पुराना बिस्तर। वही खिड़की। वही दीवार घड़ी जिसकी टिक-टिक अब उसे सुनाई दे रही थी।

बाहर ज़ोरों की बारिश हो रही थी। एक ज़ोरदार बिजली चमकी—और उसके दिल की धड़कन उसी लय में तेज़ हो गई। कमरे में अंधेरा था, पर उसकी आँखों के सामने अभी भी वह दिव्य प्रकाश नाच रहा था।

उसने अपने हाथों को देखा। उसके हाथ खाली थे। वहाँ कोई कड़ा नहीं था।

पर उसका मन... उसका मन अब खाली नहीं था। वह किसी ऐसी चीज़ से भर गया था जिसका कोई नाम नहीं था। एक अजीब सा भारीपन और एक अजीब सी ताकत उसके भीतर घर कर गई थी।

"वो कड़ा... वो प्रकाश... महादेव की बातें..." वह बुदबुदाई।

वह अब जान गई थी—यह सिर्फ़ सपना नहीं था। कोई सपना इतना सच्चा नहीं हो सकता जो जागने के बाद भी रूह को कँपा दे। उसे अब भी अपनी उंगलियों के पोरों पर उस धातु की ठंडक महसूस हो रही थी।

वह खिड़की के पास गई और बाहर झाँका। बाहर अंधेरा गहरा था, और दूर खड़ा वह जंगल बारिश में भीग रहा था। बिजली की चमक में उसे लगा जैसे जंगल के पेड़ अब भी उसे देख रहे हैं, उसका इंतज़ार कर रहे हैं।

सपने और हकीकत के बीच की वह लकीर, जिसे वह अब तक खींचने की कोशिश कर रही थी, अब बहुत पतली हो चुकी थी। शायद मिट चुकी थी।

शिवांशी ने अपनी मुट्ठी भींच ली। अब डर की जगह एक संकल्प ले रहा था। कहीं न कहीं, उसके भीतर... कुछ जाग चुका था।

"निशां मिल चुके हैं, अब राहें खुलेंगी,
देखना है अँधेरे में, वो कैसे चलेगी।
न वो जागी है पूरी, न अब वो सोई है,
नागबंधन की रस्सियों में... नियति खुद को पिरोई है।"

••• भाग-*1* का समापन •••

भाग - 2

आकर्षण

अध्याय 7

जंगल का आकर्षण

रात भर चली आंधी और मूसलाधार बारिश थम चुकी थी। सुबह का सूरज बादलों की घनी परतों के पीछे कहीं छिपा हुआ था, जिससे पूरा वातावरण एक अजीब सी मटमैली रोशनी में नहाया हुआ था। हवा में अभी भी नमी थी, भारीपन था, लेकिन शिवांशी के भीतर का तूफ़ान अब शांत हो चुका था।

उसने अपनी आँखें खोलीं।

आज उसकी आँखों में वह घबराहट नहीं थी जो पिछले कई दिनों से उसकी साथी बनी हुई थी। आज नींद से जागने पर उसने अपनी साँसों को अनियंत्रित होते हुए महसूस नहीं किया, न ही पसीने से भीगी हुई चादरों को जकड़ा। उसके चेहरे पर एक अजीब सी शांति थी—वह शांति जो किसी बड़े निर्णय को लेने के बाद आती है।

उस शांति के नीचे भी बहुत कुछ चल रहा था। यह कोई हल्की, खोखली शांति नहीं थी—यह वैसी थी जैसे लंबे समय तक डूबे रहने के बाद कोई सतह पर साँस लेने आए। उसकी साँसें अब तेज़ नहीं थीं, पर गहरी थीं।

छाती के भीतर कहीं एक बोझ था, लेकिन वह बोझ डर का नहीं था। उसका सिर हल्का-सा भारी लग रहा था, जैसे रात के दृश्य अब भी उसकी खोपड़ी की दीवारों से चिपके हों। वह सब याद कर पा रही थी—हर शब्द, हर अनुभूति—पर पहली बार उन यादों के साथ घबराहट नहीं जुड़ी थी। उसे महसूस हुआ कि डर अब दरवाज़े के बाहर खड़ा है। भीतर नहीं।

वह बिस्तर से उठी और सीधे आईने के सामने जाकर खड़ी हो गई।

सामने जो चेहरा उसे घूर रहा था, वह उसका अपना ही था, पर उसमें कुछ बदल गया था। उसकी आँखों के नीचे अभी भी काले घेरे थे, थकान की लकीरें अभी भी माथे पर थीं, लेकिन उन आँखों की गहराई में अब 'डर' नहीं, बल्कि 'संकल्प' था। कल रात उस सपने में... नहीं, उस 'सत्य' में महादेव ने जो कहा था, वह शब्द उसके दिमाग में किसी मंत्र की तरह गूँज रहे थे।

"शक्ति कभी पैदा नहीं होती, उसे स्वीकार किया जाता है।"

उसने आईने में खुद की आँखों में झाँककर देखा, जैसे किसी और को पहचानने की कोशिश कर रही हो। यह वही आँखें थीं जिनमें कभी छोटी-छोटी बातों पर आँसू आ जाया करते थे। वही चेहरा, जो किसी अनजानी आहट पर काँप जाता था। पर अब... कुछ अलग था। उसे लगा जैसे उसके भीतर दो लोग खड़े हों—एक पुरानी शिवांशी, जो पीछे हटना चाहती थी, और एक नई, जो सवाल पूछना चाहती थी। जवाब नहीं, सवाल।

“अगर यह सब सच है,” उसके भीतर एक आवाज़ उठी, “तो क्या मैं वही रह पाऊँगी जो अब तक थी?”

आईना चुप था। शायद इसलिए, क्योंकि जवाब उसे खुद ढूँढना था।

उसने अपनी हथेलियों को देखा। वहाँ कोई कड़ा नहीं था। न ही कोई जलता हुआ निशान। लेकिन उसकी त्वचा के नीचे, उसकी नसों में दौड़ते खून में उसे अब भी उस ठंडी, प्राचीन धातु का स्पर्श महसूस हो रहा था। वह ऊर्जा गायब नहीं हुई थी; वह उसके भीतर समा गई थी।

“मैं भागूँगी नहीं,” उसने अपने प्रतिबिंब से कहा। उसकी आवाज़ धीमी थी, पर उसमें कंपन नहीं था। “अगर यह नियति है, तो मैं इसका सामना करूँगी। अगर जंगल मुझे बुला रहा है, तो मैं जाऊँगी।”

उसने कपड़े बदले—जीन्स और एक मज़बूत बूट पहने। यह तैयारी किसी सैर की नहीं थी, यह तैयारी एक खोज की थी। उसने अपने बालों को कसकर बांधा और कमरे से बाहर निकली।

घर में सन्नाटा था। दादी, माँ और बाकी सब शायद अभी भी सो रहे थे या अपने कमरों में थे। यह अच्छा ही था। वह किसी के सवालों का जवाब नहीं देना चाहती थी।

वह पिछले दरवाज़े से बाहर निकली।

बाहर हवा में एक ताज़गी थी जो उसे खींच लाई। वह बस खुली हवा में साँस लेना चाहती थी, अपने भारी होते सिर को थोड़ा हल्का करना चाहती थी। वह अनमने कदमों से गार्डन में टहलने लगी। चलते-चलते वह घर के उस पिछले हिस्से में पहुँच गई जहाँ वह पहले कभी ज़्यादा नहीं गई थी।

वहाँ, घुटनों तक ऊँची एक पुरानी पत्थर की दीवार थी, जो उनके घर की सीमा को उस दूसरी दुनिया से अलग करती थी। शिवांशी ने दीवार के पास जाकर नज़र उठाई।

सामने... वह जंगल खड़ा था।

उसने इस जंगल को पहले भी अपनी खिड़की से देखा था, लेकिन आज इतनी नज़दीक से, बिना किसी शीशे की दीवार के, यह कुछ और ही लग रहा था। यह विशाल था, गहरा था और एकदम शांत था। आज पेड़ों का हरा रंग कुछ ज़्यादा गहरा था, लगभग काला। सुबह की धुंध उन पेड़ों के बीच ऐसे लिपटी थी जैसे कोई पर्दा हो, जो किसी बहुत बड़े रहस्य को छिपा रहा हो।

शिवांशी की नज़रें उस घने विस्तार पर जम गईं। उसे लगा जैसे वह जंगल कोई निर्जीव जगह नहीं, बल्कि एक 'जीवित' सत्ता है। वह साँस ले रहा था।

"यह जाना-पहचाना क्यों लग रहा है?" उसने खुद से पूछा। उसकी नज़रें पेड़ों के उस झुरमुट पर टिक गईं जहाँ अंधेरा सबसे गहरा था।

"बिल्कुल वैसा ही... जैसा उस सपने में था। वही ठंडक, वही बनावट।"

आज जंगल उसे डरा नहीं रहा था, बल्कि पुकार रहा था। एक अजीब सा खिंचाव, एक अदृश्य चुंबक जो उसकी नाभि से जुड़ा हुआ महसूस हो रहा था। उसे लगा कि उसके सवालों के जवाब, उसकी रातों की नींद चुराने वाली हकीकत, सब वहीं है।

शिवांशी ने गार्डन की सीमा पार की। उस दीवार के पास पहुँचकर वह एक पल के लिए रुकी। बस एक पल।

यह कोई ऊँची दीवार नहीं थी, लेकिन इसके उस पार जो था, वह उसके पूरे जीवन से ऊँचा था। पीछे मुड़कर देखने का ख्याल उसके मन में आया—घर, सुरक्षा, परिचित आवाज़ें। उसका दिल एक बार तेज़ धड़का। फिर उसने कदम बढ़ाया। यह सिर्फ़ गार्डन की सीमा नहीं थी जिसे वह पार कर रही थी—यह उसकी अपनी बनाई हुई सीमाएँ थीं।

जैसे ही उसका पहला कदम जंगल की ज़मीन पर पड़ा, वातावरण बदल गया।

बाहर की दुनिया की आवाज़ें—सड़क पर दूर किसी वाहन का शोर, घर के बर्तनों की खनक—सब अचानक मद्धम पड़ गईं। जंगल का अपना एक अलग संगीत था। गीली मिट्टी की वह तीव्र गंध, जो नशीली और आदिम थी, उसके नथुनों में भर गई। सड़े हुए पत्तों, गीली छाल और जंगली फूलों की मिली-जुली महक ने उसे घेर लिया।

वह आगे बढ़ने लगी। इस बार वह रास्ता भटक नहीं रही थी। उसके पैर अपने आप दिशा चुन रहे थे। उसका तर्क (Logic) बार-बार पूछ रहा था—"तुम कहाँ जा रही हो? कोई नक्शा नहीं है, कोई रास्ता नहीं है।" लेकिन उसकी अंतरात्मा उसे चुप करा रही थी। उसे नक्शे की ज़रूरत नहीं थी; उसके पैरों को ज़मीन याद थी।

हर कदम के साथ जंगल उसे और भीतर खींच रहा था। गीली ज़मीन पर उसके जूतों की आवाज़ उसे खुद बहुत तेज़ लग रही थी, इसलिए वह अनजाने में धीमी चलने लगी। कभी-कभी कोई पत्ता उसके पैरों के नीचे टूटता, तो वह पल भर को रुक जाती। उसने चारों तरफ देखा—कोई नहीं था। फिर भी उसे लग रहा था कि वह अकेली नहीं है।

"मैं ठीक कर रही हूँ न?" उसने बहुत धीमे से कहा, जैसे डर रही हो कि जंगल सुन लेगा। हवा ने कोई जवाब नहीं दिया, लेकिन पत्तों की सरसराहट कुछ पल के लिए तेज़ हो गई।

उसके मन में अचानक बचपन की एक धुँधली-सी याद कौंधी—पहली बार अँधेरे में अकेले कमरे में सोने की। वही डर, वही जिज्ञासा। पर तब और अब में फर्क था। तब वह डर के आगे झुक जाती थी। अब वह उसके साथ चल रही थी।

उसने ऊँचे साल और देवदार के पेड़ों को पार किया। ऊपर आसमान पेड़ों के घने मंडप से ढक गया था, जिससे दिन में भी वहाँ एक रहस्यमयी गोधूलि बेला (जगमगाहट) जैसा अंधेरा छाया हुआ था।

शिवांशी को महसूस हुआ कि वह अकेली नहीं है। नहीं, कोई इंसान उसके पीछे नहीं था। लेकिन जंगल... जंगल उसे देख रहा था। उसे लग रहा था जैसे हर पेड़ की छाल पर आँखें हैं। लेकिन आज यह अहसास उसे 'सुरक्षा' दे रहा था। उसे लगा जैसे ये पेड़ उसका 'स्वागत' कर रहे हैं। जैसे कोई पुरानी सेना अपनी रानी की वापसी पर कतार में खड़ी हो।

"तुम सब जानते हो, है न?" उसने एक विशाल बरगद के पेड़ के पास से गुज़रते हुए उसकी लटकती हुई जटा को छूकर कहा। वह जटा गीली और ठंडी थी, किसी सर्प की त्वचा जैसी।

वह और गहरे जंगल में उतरती गई। झाड़ियाँ उसके कपड़ों को खींच रही थीं, काँटे उसके रास्तों में आ रहे थे, लेकिन वह रुकी नहीं। उसके अंदर एक बेचैनी थी, एक प्यास थी उस जगह तक पहुँचने की जो उसने सपने में देखी थी।

वह 'गोल घेरा'। वह राख का ढेर।

चलते-चलते उसे लगा कि हवा का दबाव बदल रहा है। ठंडक बढ़ गई थी। यह ठंडक मौसम की नहीं थी, यह उस तरह की ठंडक थी जो किसी पवित्र स्थान के आस-पास होती है। एक रूहानी ठंडक।

अचानक, उसका दिल ज़ोर से धड़का।

सामने एक खुली जगह थी।

पेड़ों ने यहाँ एक दायरा छोड़ दिया था, जैसे वे इस ज़मीन को छूने से डरते हों। यह वही जगह थी। बिल्कुल वही, जो उसने सपने में देखी थी। हाँ, वहाँ कोई जलती हुई दिव्य रोशनी नहीं थी। वहाँ कोई कड़ा हवा में नहीं तैर रहा था। वहाँ सिर्फ़ कीचड़, सड़े हुए काले पत्ते और उगी हुई जंगली घास थी।

लेकिन शिवांशी की आँखों ने उस 'दृश्य' को पहचान लिया। उसका शरीर एक पल के लिए जम-सा गया। यह वही जगह थी, फिर भी वैसी नहीं थी। सपने में यह स्थान जीवित था—रोशनी से, ऊर्जा से। यहाँ सब कुछ मरा-सा लग रहा था।

उसने आँखें बंद कीं। एक पल के लिए। फिर खोलीं। नहीं—वह भ्रम में नहीं थी। उसके भीतर कुछ काँप उठा, जैसे कोई पुरानी पहचान जाग गई हो।

"मैंने तुम्हें बनाया नहीं है," उसने धीमे से कहा। "मैंने तुम्हें देखा है।"

और जो देखा जाता है, वह झूठ नहीं होता।

वह धीरे-धीरे उस घेरे के बीच में गई। उसके जूते कीचड़ में धंस रहे थे। सन्नाटा यहाँ इतना गहरा था कि उसे अपने कानों में खून के दौड़ने की आवाज़ सुनाई दे रही थी।

"यहीं..." वह बुदबुदाई। "यहीं पर वह रोशनी थी। यहीं पर महादेव..."

उसने चारों तरफ देखा। सब कुछ सामान्य लग रहा था। एक पल के लिए, उसका तार्किक मन फिर से हावी होने लगा। "देख लो शिवांशी, यहाँ कुछ नहीं है। सिर्फ़ कीचड़ है। घर वापस जाओ।"

निराशा की एक लहर उसके अंदर उठी। क्या वह सब सच में सिर्फ दिमाग का खेल था? उसने वापस मुड़ने के लिए कदम बढ़ाया।

लेकिन तभी—उसका पैर किसी चीज़ से टकराया।

यह ठोकर किसी पेड़ की जड़ या साधारण पत्थर से नहीं लगी थी। जब उसका बूट उस चीज़ से टकराया, तो एक अजीब सी 'खोखली' आवाज़ आई। जैसे ज़मीन के नीचे ठोस मिट्टी नहीं, बल्कि खाली जगह हो।

शिवांशी ठिठक गई। उसने नीचे देखा। वहाँ सिर्फ़ ढेर सारे गीले, काले पत्ते थे जो एक टीले की तरह जमा थे।

एक अजीब सी सिहरन उसकी रीढ़ की हड्डी में दौड़ गई। एक अनजानी शक्ति ने उसे झुकने पर मजबूर कर दिया। उसे परवाह नहीं थी कि उसके कपड़े गंदे होंगे या उसके हाथों में कीचड़ लगेगा। वह घुटनों के बल उस गीली ज़मीन पर बैठ गई।

उसने अपने दोनों हाथों से उन सड़े हुए पत्तों को हटाना शुरू किया। पत्ते परतों में जमे हुए थे, चिपचिपे और बदबूदार। लेकिन वह पागलों की तरह उन्हें हटाती रही। उसकी साँसें तेज़ हो गईं। उसके नाज़ुक हाथों में खरोंचें आ गईं, नाखूनों में काली मिट्टी भर गई, लेकिन वह रुकी नहीं।

"मुझे पता है तुम यहाँ हो..." वह यह हाँफते हुए खुद से कह रही थी। "तुम यहीं हो।"

और फिर, उसकी उंगलियां किसी कठोर, बेहद ठंडी चीज़ से टकराईं।

पत्थर। लेकिन यह खुरदरा, प्राकृतिक चट्टान का टुकड़ा नहीं था। यह चिकना था। तराशा हुआ।

शिवांशी ने और तेज़ी से हाथ चलाया। धीरे-धीरे, उस मलबे के नीचे से एक संरचना उभरने लगी। यह एक चौकोर पत्थर की सिलाई (Slab) थी। काले ग्रेनाइट जैसा पत्थर, जो सदियों से यहाँ दबा हुआ था। वह लगभग दो हाथ चौड़ा था।

शिवांशी का दिल अब उसके गले में आ गया था। उसने अपनी जैकेट की आस्तीन से उस पत्थर के ऊपर जमी बची-खुची मिट्टी को पोंछा। जैसे ही मिट्टी हटी, वह पत्थर साफ़ हुआ... और शिवांशी की आँखों के सामने वह सच आ गया जिसे झुठलाना अब असंभव था।

उस पत्थर पर नक्काशी थी। वही नक्काशी जो उसने सपने में उस कड़े पर देखी थी।

दो सांप। एक-दूसरे की पूंछ को निगलते हुए, एक अनंत लूप (इनफिनिटी लूप) बनाते हुए।

"नागबंधन..." यह शब्द उसके होंठों से अपने आप निकला।

वह सिर्फ़ एक पत्थर नहीं था। वह एक दरवाज़ा था।

वह उसे छूने से पहले रुक गई। उसका दिल अब इतनी ज़ोर से धड़क रहा था कि उसे डर था कहीं जंगल भी न सुन ले। हथेली हवा में ही रुकी हुई थी।

"अगर यह सच है," उसके मन ने कहा, "तो इसके बाद सब बदल जाएगा।"

उसकी उँगलियाँ हल्की-सी काँपीं। पर पीछे हटने की इच्छा नहीं हुई। कुछ चीज़ें जीवन में एक ही बार सामने आती हैं—और उन्हें ठुकराने की कीमत, स्वीकार करने से कहीं ज़्यादा होती है।

उसने अपनी हथेली उस ठंडे पत्थर पर रखी। और रखते ही, उसे फिर वही झटका लगा—वही बिजली जो उस सपने वाले कड़े को छूने पर लगी थी।

यह जगह मरी हुई नहीं थी। यह 'सो' रही थी। और उसके छूते ही, यह जागी थी। और पहली बार शिवांशी को समझ आने लगा कि सपने झूठ नहीं होते—वे अधूरे सच होते हैं। सच पूरा तभी होता है, जब कोई जागकर उसे देखने की हिम्मत करे।

ज़मीन के नीचे से एक बहुत ही धीमी, लेकिन गहरी गड़गड़ाहट महसूस हुई। यह आवाज़ कानों से नहीं सुनी जा सकती थी, इसे सिर्फ हड्डियों में महसूस किया जा सकता था। जैसे कोई विशालकाय जीव, जो धरती के गर्भ में सदियों से सो रहा हो, उसने अभी-अभी अपनी करवट बदली हो। जैसे ज़मीन के नीचे से किसी ने एक गहरी, लंबी साँस ली हो।

शिवांशी पीछे हटना चाहती थी, पर उसकी जिज्ञासा ने उसे जकड़ रखा था। यह दरवाज़ा बंद था। लेकिन इसे खोलने की चाबी... वह जानती थी कि चाबी कोई लोहे का टुकड़ा नहीं है। चाबी वह खुद है।

जंगल एकदम शांत हो गया। पक्षियों की चहचहाहट बंद हो गई। हवा रुक गई। ऐसा लगा जैसे पूरा जंगल साँस रोककर देख रहा है कि वह अब क्या करेगी।

उस काले पत्थर के नीचे, अंधेरे में... कुछ उसका इंतज़ार कर रहा था।

पर क्या वह इंतज़ार स्वागत के लिए था... या शिकार के लिए?

शिवांशी ने अपनी मुट्ठी भींच ली। अब सवाल यह नहीं था कि दरवाज़ा खुलेगा या नहीं। सवाल यह था कि दरवाज़ा खुलने के बाद... कौन बचेगा?

"क्या यह साहस था या विनाश की शुरुआत? क्या वह सच में जाग रही थी, या यह नींद का अब तक का सबसे गहरा और भयानक तल था? फर्क मिट चुका था। उस ठंडे पत्थर को छूते ही एक बात तय हो गई थी—सही और गलत के सवाल अब पीछे छूट चुके हैं। जो राज़ इस मिट्टी में दबा था, वह अब बाहर आने को बेताब था। सपनों का खेल खत्म हो चुका था... और 'नागबंधन' का असली, अकल्पनीय सच अब शुरू होने वाला था।"

अध्याय 8

सीमा के उस पार

जंगल की वह खामोशी अब टूट चुकी थी—आवाज़ से नहीं, बल्कि एक थरथराहट से।

शिवांशी के घुटने गीली मिट्टी में धंसे हुए थे और उसकी हथेली उस काले, ठंडे ग्रेनाइट पत्थर पर जमा हुई थी। वह कंपन, जो कुछ पल पहले सिर्फ़ एक धीमा सा अहसास था, अब एक स्पष्ट धमक बन चुका था। जैसे धरती के सीने के भीतर कोई बहुत भारी दिल धड़कना शुरू हो गया हो।

धक... धक... धक...

यह धड़कन सिर्फ़ ज़मीन में नहीं थी, यह शिवांशी की अपनी नसों में भी उतर आई थी। उसकी उंगलियों के पोरों से लेकर उसकी कोहनियों तक, एक अजीब सी झनझनाहट दौड़ रही थी।

शिवांशी अपना हाथ हटाना चाहती थी। उसका तर्क, उसका शहरी दिमाग चीख-चीखकर कह रहा था, "हटो यहाँ से! भागो! यह सामान्य नहीं है। पत्थर कभी ज़िंदा नहीं होते!" लेकिन उसका शरीर उसकी सुन नहीं रहा था। उसकी हथेली उस पत्थर से चिपक सी गई थी, जैसे उस पत्थर के भीतर मौजूद किसी शक्तिशाली चुंबक ने उसके खून में मौजूद लोहे को जकड़ लिया हो। वह चाहकर भी अपनी मांसपेशियों को हिलने का आदेश नहीं दे पा रही थी।

अचानक, एक भारी, रोंगटे खड़े कर देने वाली आवाज़ गूंजी।

गर्रर्रर...

यह पत्थर के पत्थर से रगड़ने की कर्कश आवाज़ थी। सदियों से जमी हुई मिट्टी, पत्थरों के बीच फंसी हुई जड़ें और जमा हुआ वक्त—सब कुछ एक झटके में टूट गया। शिवांशी की आँखों के सामने वह भारी-भरकम चौकोर सिलाई अपनी जगह से खिसकने लगी। मिट्टी और धूल का एक गुबार हवा में उठा।

उसने हड़बड़ाकर, अपनी पूरी ताकत बटोरकर अपना हाथ पीछे खींचा और घिसटते हुए कुछ कदम पीछे हो गई। उसकी सांसें गले में अटक गईं। उसकी आँखों में धूल चली गई थी, लेकिन उसने पलकें झपकाने की भी हिम्मत नहीं की।

वह पत्थर, जिसे उठाने के लिए शायद दस बलशाली आदमियों की ताकत भी कम पड़ जाती, वह किसी अदृश्य और प्राचीन तंत्र के सहारे धीरे-धीरे पीछे सरक रहा था। वहां कोई मोटर नहीं थी, कोई मशीन नहीं थी, बस पत्थरों का एक ऐसा संतुलन था जो हज़ारों सालों बाद भी काम कर रहा था। जैसे ही पत्थर पूरा हटा, उसके नीचे से एक हवा का झोंका बाहर आया।

यह हवा नहीं थी। यह 'साँस' थी।

एक ठंडी, सीलन भरी, और अजीबोगरीब गंध वाली हवा, जो सदियों से, शायद युगों से उस अंधेरे में कैद थी। इस

हवा में ताज़गी नहीं थी, इसमें 'इतिहास' था। इसमें गीली मिट्टी की महक थी, सूखे हुए फूलों की गंध थी और कुछ ऐसा था जो... धातु जैसा था। जैसे जंग लगे पुराने लोहे या तांबे की गंध, जो हवा के संपर्क में आते ही अपनी उपस्थिति दर्ज करा रही थी।

शिवांशी ने अपनी नाक पर हाथ रख लिया, उसकी आँखें फटी की फटी रह गईं।

पत्थर के हटने से वहां एक चौकोर मुहाना खुल गया था। ऊपर के घने पेड़ों के कारण वहां ज्यादा रोशनी नहीं थी, लेकिन जितनी भी मटमैली रोशनी वहां थी, वह उस गड्ढे के अंधेरे को चीरने में नाकाम थी। वह गड्ढा एक काले, अंतहीन कुएं जैसा दिख रहा था, जो सीधे पाताल में उतर रहा हो।

शिवांशी का दिल पसलियों से टकरा रहा था, इतनी ज़ोर से कि उसे अपने कानों में अपनी ही धड़कन सुनाई दे रही थी। "यह... यह यहाँ कैसे?" उसकी आवाज़ काँप रही थी, और उस सन्नाटे में खुद उसे ही अजनबी लग रही थी।

उसने धीरे-धीरे, डरते-डरते उस मुहाने में झाँका।

वहां सीढ़ियाँ थीं।

चट्टान को काटकर बनाई गई संकरी, खुरदरी सीढ़ियाँ, जो सीधे नीचे, पृथ्वी के गर्भ में उतर रही थीं। वे सीढ़ियाँ इतनी पुरानी लग रही थीं जैसे उनका निर्माण इंसान के जन्म से भी पहले हुआ हो। उन पर हरी और काली काई जमी थी, जो बता रही थी कि यहाँ नमी का राज है।

लेकिन वे टूटी नहीं थीं। वे मज़बूत थीं, स्थिर थीं और... इंतज़ार कर रही थीं।

"हे महादेव! इतना गहरा कुआं? आखिर ये इतना गहरा कुआं किसने और क्यों बनाया होगा? वो भी इतने गहरे जंगल के बीचों-बीच? आखिर इसे इतना छुपा कर क्यों रखा गया होगा? ये तो किसी प्राचीन रास्ते जैसा लग रहा है।" शिवांशी ने हैरानी से कुएं की ओर देखते हुए विचार किया।

शिवांशी के मन में एक भयानक द्वंद्व चल रहा था। उसका एक हिस्सा—वह हिस्सा जो अपनी माँ के हाथ की चाय, दादी की कहानियों और उस सुरक्षित बिस्तर से प्यार करता था—उसे पीछे खींच रहा था।

'पागल मत बनो शिवांशी,' उसका दिमाग उसे डांट रहा था। 'यह कोई फिल्म नहीं है जहाँ तुम हीरो हो। यह असल ज़िंदगी है। यह एक अंधेरी गुफा है। इसमें जंगली जानवर हो सकते हैं, ज़हरीली गैस हो सकती है, या शायद सीढ़ियाँ टूट जाएं और तुम गिरकर मर जाओ। वापस जाओ। अभी इसी वक़्त वापस जाओ! पुलिस को बताओ, या किसी को मत बताओ, बस यहाँ से भाग जाओ!'

वह खड़ी होने लगी। उसके पैर कांप रहे थे, लेकिन उसका इरादा पक्का था—वह भाग जाएगी। यह रहस्य, यह रोमांच, यह सब जानलेवा हो सकता है।

लेकिन तभी... उसने उसे महसूस किया।

वही पुकार।

वह कोई आवाज़ नहीं थी जिसे कानों से सुना जा सके। वह एक 'एहसास' था जो उस अंधेरी सीढ़ियों के नीचे से, उस गहरे सन्नाटे के बीच से आ रहा था। ठीक वैसा ही जैसा उसे अपने सपनों में महसूस होता था। एक अदृश्य धागा, जो उसकी नाभि से बंधा था और उसे नीचे खींच रहा था। उसे लगा जैसे नीचे अंधेरे में कोई उसे डराने के लिए नहीं, बल्कि उसे 'याद' कर रहा है। जैसे कोई बहुत पुराना अपना, जो सदियों से उसका रास्ता देख रहा हो।

ऐसा लग रहा था जैसे शिवांशी यहां खुद से नहीं आई। उसे यहां कोई अदृश्य शक्ति खुद खींच कर लाई हो। शायद उसकी खुद की नियति या शायद किसी के सदियों का इंतजार। शायद इसी कारण से शिवांशी वहां से चाहते हुए भी नहीं जा पा रही थी और एक अलग खिंचाव महसूस कर रही थी।

"भागना आसान है," एक विचार उसके मन में बिजली की तरह कौंधा। "लेकिन अगर मैं आज भागी, तो यह सवाल मुझे पूरी ज़िंदगी सोने नहीं देगा। मैं हर रात यही सोचूंगी कि उन सीढ़ियों के नीचे क्या था। आज नहीं तो कभी नहीं। मैं पूरी उम्र एक अधूरा सच लेकर जिऊंगी। और ये अधूरा सच मुझे जिंदगी भर चैन से जीने भी नहीं देगा। मुझे जिंदगी भर दुख रहेगा कि मैं अपनी मंजिल के सामने थी लेकिन वहां से वापस आ गई।"

उसने एक गहरी, बहुत गहरी साँस ली। जंगल की ताज़ी, बारिश के बाद वाली हवा को उसने अपने फेफड़ों में भरा, शायद आखिरी बार।

उसके मन में परिवार की तस्वीरें उभरीं। माँ की चिंता से भरी आँखें जो उसके लेट होने पर दरवाज़े पर लगी रहती थीं। पिता का अनुशासन, जो हमेशा उसे सुरक्षित रखना चाहते थे। दादी की शांत आँखें और उनकी कहानियां। अगर वह नीचे गई और वापस नहीं आई, तो उन्हें क्या जवाब मिलेगा? कि उनकी बेटी घर के पीछे वाले जंगल में गायब हो गई? बिना किसी निशान के?

उसकी आँखों में आँसू आ गए। शिवांशी वहीं बैठे-बैठे रोने लगी। वो असमंजस में थी कि उसे क्या करना चाहिए। एक ओर उसके अंदर की जिज्ञासा और दूसरी जगह उसके ना मिलने पर उसके परिवार को मिलने वाली चिंता। तब उसने रोते-रोते महादेव को याद किया। और तभी उसे महादेव के वो शब्द याद आए जो कल रात उसके अस्तित्व में गूंजे थे—"सपनों से भागो मत... उन्हें समझो।"

समझने की कीमत चुकानी पड़ती है। और आज वह कीमत थी—उसका 'डर'।

शिवांशी ने अपनी मुट्ठी भींच ली, इतनी ज़ोर से कि उसके नाखून हथेलियों में चुभ गए। उसने अपनी जेब से फोन निकाला और फ्लैशलाइट जलाई। रोशनी की एक पतली, सफेद लकीर उस गहरे अंधेरे में उतर गई, सीढ़ियों के कुछ हिस्से रोशन हुए, लेकिन वह रोशनी भी तल तक नहीं पहुँच पाई। अंधकार ने उसे निगल लिया।

"हे महादेव," उसने बुदबुदाया। यह प्रार्थना थी और समर्पण भी।

और फिर, बिना किसी और विचार को आने दिए, उसने अपना दायां पैर पहली सीढ़ी पर रख दिया।

ठंडक।

जैसे ही उसने वह सीमा पार की—जंगल की खुली हवा से उस संकरी जगह में कदम रखा—तापमान में भारी गिरावट आ गई। ऐसा लगा जैसे उसने किसी रेफ्रीजरेटर या बर्फ की गुफा में कदम रख दिया हो। यह ठंडक त्वचा को नहीं, सीधे हड्डियों को छू रही थी।

उसने दूसरा कदम बढ़ाया। फिर तीसरा।

जैसे ही उसका सिर ज़मीन की सतह से नीचे गया, ऊपर की दुनिया की आवाज़ें—पक्षियों की चहचहाहट, हवा की सरसराहट—सब एकदम से संपर्क से बाहर हो गईं। एक झटके में दुनिया खामोश हो गई। अब वहां सिर्फ़ दो ही आवाज़ें थीं—उसके भारी जूतों की पत्थर पर पड़ने की ठक-ठक, और उसकी अपनी तेज़ चलती हुई, घबराई हुई साँसें।

वह नीचे उतरती गई।

रास्ता संकरा था, इतना कि अगर वह हाथ फैलाए तो दोनों दीवारें छू सकती थी। दीवारें खुरदरी थीं और उन पर पानी की बूंदें पसीने की तरह झलक रही थीं। शिवांशी ने अपना हाथ दीवार पर रखा, तो उसे एक अजीब सी सिहरन महसूस हुई। दीवार पत्थर की थी, पर वह पत्थर 'मृत' नहीं लग रहा था। उसे लगा जैसे वह पत्थर भी 'जागृत' है, जैसे वह उसके स्पर्श को पहचान रहा है।

दस कदम। बीस कदम। पचास कदम।

सीढ़ियाँ खत्म होने का नाम नहीं ले रही थीं। फ्लैशलाइट की रोशनी सिर्फ़ अगली चार-पाँच सीढ़ियों तक ही जा रही थी, उसके आगे सिर्फ़ गहरा, निगल लेने वाला कालापन था। पीछे मुड़कर देखने पर ऊपर का चौकोर मुहाना अब एक छोटे से रोशनी के धब्बे जैसा दिख रहा था, जो धीरे-धीरे और छोटा होता जा रहा था।

डर अब उसके गले तक आ चुका था, लेकिन यह वह डर नहीं था जो उसे लकवा मार दे। यह 'सतर्कता' वाला डर था। उसकी इंद्रियां अपनी चरम सीमा पर थीं। उसे कहीं दूर पानी की एक बूंद गिरने की टप-टप आवाज़ भी हथौड़े जैसी लग रही थी।

"हे भगवान!... एक तो यहां इतना अंधेरा है। और ऊपर से ये सीढ़ियां... उफ़ ये तो खत्म होने का नाम ही नहीं ले रही। आख़िर इतने गहरे अंधेरे में किसी ने इतनी सारी सीढ़ियां क्यों ही बनाई होगी? और उससे भी बड़ी हैरानी मुझे इस बात की है कि बनाई कैसे होगी? न जाने और कितना चलना पड़ेगा?" शिवांशी ने थकान और हैरानी से सोचते हुए खुद से बोला।

काफी देर उतरने के बाद, सीढ़ियाँ खत्म हुईं।

अब वह एक समतल सतह पर खड़ी थी। उसने अपनी फ्लैशलाइट चारों तरफ घुमाई।

यह एक सुरंग थी।

एक लंबी, मेहराबदार सुरंग, जिसकी छत को प्राकृतिक चट्टानों को तराशकर बनाया गया था। लेकिन यह कोई साधारण खदान या गुफा नहीं थी। दीवारों पर... नक्काशी थी।

शिवांशी ने कांपते हाथों से रोशनी दीवार पर डाली।

वहां चित्र बने हुए थे। उभरे हुए चित्र।

सांप। हज़ारों सांप।

दीवारों पर रेंगते हुए, एक-दूसरे में उलझे हुए, फन फैलाए हुए। वे इतनी बारीकी से बनाए गए थे कि फ्लैशलाइट की हिलती हुई रोशनी में ऐसा लग रहा था जैसे वे सच में चल रहे हैं। उनकी तराशी हुई आँखें, उनके शरीर की एक-एक शल्क —सब कुछ इतना जीवंत था कि शिवांशी को लगा कि अगर उसने उन्हें छू लिया, तो वे ठंडे पत्थर के नहीं, बल्कि गर्म मांस और त्वचा के महसूस होंगे।

"यह कौन सी जगह है?" उसकी आवाज़ सुरंग में गूंजी, और प्रतिध्वनि ने जवाब दिया—जगह है... है... है...

उसने चलना शुरू किया। सुरंग के फर्श पर धूल नहीं थी। यह अजीब था। सदियों से बंद इस जगह पर धूल की एक मोटी परत होनी चाहिए थी। लेकिन फर्श साफ था, चिकना था। ऐसा लगता था जैसे यहाँ कोई आता-जाता है, या फिर यहाँ की हवा ही ऐसी है जो धूल को टिकने नहीं देती।

हर कदम के साथ एक अजीब बात हो रही थी।

जितना वह अंदर जा रही थी, उसका डर कम होता जा रहा था। यह तार्किक नहीं था। कायदे से उसे घबराना चाहिए था कि वह ज़मीन के नीचे कैद है, लेकिन इसके विपरीत, एक अजीब सी शांति उसके मन पर छाने लगी थी। उसकी धड़कनें, जो पहले बेकाबू थीं, अब एक लय में आ रही थीं।

जैसे कोई बच्चा, जो बहुत देर से मेले में खोया हुआ हो और रो रहा हो, अचानक अपनी माँ की उंगली पकड़ ले। उसे अभी भी नहीं पता कि घर कहाँ है, लेकिन उसे पता है कि वह 'सुरक्षित' है।

शिवांशी को वही महसूस हो रहा था। यह जगह... यह सुरंग... यह हवा... यह सब उसे 'पराया' नहीं लग रहा था।

"मैं यहाँ आ चुकी हूँ," उसने चलते-चलते सोचा। "सपने में नहीं। हकीकत में। लेकिन कब? कैसे? मेरा जन्म तो शहर में हुआ है, मैं यहाँ कैसे आ सकती हूँ?"

यादें धुंधली थीं, जैसे पानी के नीचे देखी गई कोई चीज़। लेकिन अहसास बहुत गहरा था। उसे पता था कि अगले मोड़ पर सुरंग थोड़ी बाईं ओर झुकेगी।

और जब वह मोड़ आया, तो सुरंग सचमुच बाईं ओर मुड़ गई।

शिवांशी के कदम ठिठक गए। उसे पहले से कैसे पता था?

उसके रोंगटे खड़े हो गए। यह जगह उसने पहले कभी नहीं देखी थी। यह 'स्मृति' थी। किसी और जन्म की, या किसी भूले हुए अतीत की, जो अब इस अंधेरे में जाग रही थी।

वह आगे बढ़ती रही। समय का अंदाज़ा लगाना मुश्किल था। शायद उसे चलते हुए दस मिनट हुए थे, या शायद एक घंटा। यहाँ घड़ियाँ मायने नहीं रखती थीं, यहाँ वक्त ठहरा हुआ था।

तभी, उसे सामने कुछ दिखाई दिया।

अंधेरे के उस पार, बहुत दूर, एक बिंदु जितनी रोशनी थी।

यह उसकी फ्लैशलाइट की रोशनी नहीं थी। वह रोशनी नीली और मद्धम थी, किसी जुगनू की तरह, लेकिन स्थिर थी।

शिवांशी की धड़कनें तेज़ हो गईं। क्या यह बाहर निकलने का रास्ता था? या कोई और खतरा?

उसके कदम तेज़ हो गए। वह लगभग दौड़ने लगी। वह रोशनी धीरे-धीरे बड़ी होती गई। वह पीली धूप नहीं थी, न ही सफ़ेद चांदनी। वह एक अजीब सी, दूधिया और फिरोज़ी रंग की मिली-जुली आभा थी। यह रोशनी आँखों को चुभ नहीं रही थी, बल्कि उन्हें सुकून दे रही थी।

सुरंग का मुहाना पास आ रहा था। हवा बदल गई थी। अब उसमें सीलन या बंद गुफा की गंध नहीं थी।

अब हवा में... खुशबू थी।

रात की रानी? नहीं। पारिजात? शायद। यह एक ऐसी भीनी-भीनी सुगंध थी जो दिमाग को नशा देती थी, जो थकावट को एक पल में मिटा देती थी। यह गंध इतनी

पवित्र और मादक थी कि शिवांशी का सिर हल्का सा चकरा गया।

शिवांशी ने लंबी सांस लेते हुए और उस खुशबू में खोते हुए कहा— "कितनी अच्छी खुशबू है... बिल्कुल मनमोहक। मन को शांत कर रही है। सारी थकान एक पल में उतार दी।"

शिवांशी सुरंग के अंतिम छोर पर पहुँच गई। रोशनी अब इतनी तेज़ थी कि उसे अपनी फ्लैशलाइट बंद करनी पड़ी। उसने अपनी आँखों को थोड़ा सिकोड़ा ताकि वे उस चमक को सह सकें।

उसने एक और कदम बढ़ाया। सुरंग खत्म हुई।

और उसी क्षण—

दुनिया बदल गई।

शिवांशी के मुँह से एक हल्की सी चीख निकलनी चाहिए थी, लेकिन उसका गला रुंध गया। शब्द उसके होंठों तक आकर दम तोड़ गए। उसकी आँखें, जो अब तक अंधेरे की आदी हो चुकी थीं, सामने का दृश्य देखकर चौड़ी हो गईं। उसने अपने जीवन में, टीवी पर, या इंटरनेट पर भी कभी ऐसा कुछ नहीं देखा था।

सामने जो था, वह 'अविश्वसनीय' था।

वह अब ज़मीन के नीचे नहीं लग रही थी। बल्कि ऐसा लग रहा था जैसे वह किसी दूसरी ही धरती पर, किसी दूसरे आयाम में आ गई हो।

एक विशाल, अंतहीन गुफा थी, जिसे वो अभी पीछे छोड़ कर आई थी। जिसकी छत इतनी ऊँची थी कि वह आसमान जैसी लगती थी। और उस गुफा के बाहर दोनों तरफ चट्टान जैसे पत्थर थे। वो पत्थर चमक रहे थे। तारों से नहीं, बल्कि उन चट्टान जैसे पत्थरों पर लगे हज़ारों चमकते हुए क्रिस्टल से। वे हीरे की तरह, नीलम की तरह चमक रहे थे और पूरी गुफा को उस रहस्यमयी नीली-सफ़ेद रोशनी से नहला रहे थे। ऐसा लग रहा था जैसे वे चट्टानें हीरे या बहुमूल्य रत्नों से बनी हुई हों, जो रोशनी में चमक रहे थे। ऐसा लग रहा था जैसे ज़मीन के नीचे एक अपना अलग ब्रह्मांड बसा हुआ हो।

और सामने...

एक जंगल था।

लेकिन यह वह जंगल नहीं था जिसे वह ऊपर छोड़ आई थी। यह जंगल हरा नहीं था। यहाँ के पेड़ों के पत्ते गहरे बैंगनी और नील रंग के थे। तने लकड़ी के नहीं, बल्कि किसी मोटे विशाल अजगर या नाग का शरीर लग रहे थे, जो कि पेड़ों से लिपटे पड़े हों। ज़मीन पर उगी घास मखमल जैसी नरम थी और उन पर गिरी हुई पानी की बूंदें रोशनी में ऐसे चमक रही थीं जैसे उन घास पर कोई हीरे या मोती बिखेर दिए हों। उसमें से भी एक हल्की चमकीली आभा निकल रही थी।

यहाँ हवा रुकी हुई नहीं थी, वह बह रही थी, संगीत की तरह। पत्तों के हिलने से जो आवाज़ आ रही थी, वह सरसराहट नहीं, बल्कि किसी वीणा की झनकार जैसी थी।

यहाँ कोई शोर नहीं था। ऊपर की दुनिया का वह कर्कश शोर, गाड़ियों की आवाज़ें, इंसानी चिल्लाहट—सब कुछ यहाँ अस्तित्वहीन था।

यहाँ सिर्फ 'शांति' थी। एक ऐसी अद्‌भुत शांति जो कानों को नहीं, आत्मा को सुनाई देती थी।

शिवांशी की टांगें कांपने लगीं, डर से नहीं, बल्कि विस्मय से। वह धीरे-धीरे आगे बढ़ी। उसके बूट अब कीचड़ पर नहीं, बल्कि उस नरम, चमकती हुई घास पर पड़ रहे थे। उसे लगा जैसे वह किसी पवित्र ज़मीन पर चल रही है, जहाँ जूते पहनना पाप हो सकता है।

हर पेड़ उसे अपने सपनों जैसा लग रहा था।

वह झरना जो दूर कहीं से गिर रहा था, जिसका पानी साधारण पानी नहीं, बल्कि पिघली हुई चांदी जैसा सफ़ेद और चमकदार था... उसने उसे देखा था।

वह लटकती हुई बेलें जो हवा में झूल रही थीं और जिनसे रोशनी टपक रही थी... उसने उन्हें छूआ था।

"मैं... यहीं तो आती थी," उसकी आवाज़ रुंध गई। आँसू उसके गालों पर लुढ़क आए।

यह वही जगह थी।

वही दुनिया—जो अब तक सिर्फ़ उसके बंद पलकों के पीछे, उसके सपनों में ज़िंदा थी। लोग जिसे पागलपन कहते थे, जिसे डॉक्टर मतिभ्रम कहते थे, जिसे वह खुद

अपना वहम मानती थी, वह आज उसके सामने ठोस हकीकत बनकर खड़ा था।

"तो ये सब मेरा वहम नहीं था। ये दुनिया सच है। ये कितनी सुंदर जगह है। बिल्कुल मेरे सपनो जैसी। नहीं... नहीं! ये तो... ये मेरे सपनों वाली दुनिया से भी बहुत ज्यादा अच्छी है। एक दम स्वर्ग जैसी। यहां कितनी शांति है। सब कुछ कितना सुंदर, मनमोहक और आकर्षक है। इतनी हरियाली। इतनी खुशबू। इतनी शांति। इतना सुकून। देखने वाला इस प्रकृति की सुंदरता में ही खो जाएगा। भला कौन ही यहां से जाना चाहेगा?" शिवांशी ने उस जंगल की सुंदरता में खुद को खोते हुए बोला।

उसने झुककर एक फूल को छूआ। वह फूल किसी नाज़ुक कांच का बना हुआ लग रहा था, जो कि चटक चमकीले रंग जैसा था और रोशनी में ऐसे चमक रहा था—जैसे फूल का अपना दिल हो। छूते ही वह फूल और तेज़ी से चमकने लगा, जैसे उसने शिवांशी के स्पर्श को पहचान लिया हो और उसका स्वागत कर रहा हो। शिवांशी जैसे-जैसे आगे बढ़ रही थी, वो उस जंगल की सुंदरता में खोते जा रही थी। जैसे वह प्रकृति की बाहों में झूला झूल रही हो। या प्रकृति उसे गले लगाए जा रही हो।

शिवांशी ने अपनी गीली आँखों से चारों ओर देखा।

वह असली थी। हवा असली थी। यह दुनिया असली थी। उसने अपनी बांह पर चिकोटी काटी। दर्द हुआ। यह सपना नहीं था।

"तो ये है... सीमा के उस पार," उसने धीमे से कहा, जैसे किसी मंदिर के गर्भगृह में खड़ी हो।

"मेरे सपने निरर्थक नहीं थे। आखिरकार मैंने अपने सपनो की दुनिया को ढूंढ ही लिया। ये सच में बहुत सुंदर है।" उसने उत्साह में कहा।

यह इंसानी दुनिया से अलग थी। यहाँ समय का कोई नियम नहीं था। यहाँ न तो कल का दुख था, न आने वाले कल की चिंता। बस एक 'आज' था, जो सदियों से ठहरा हुआ था। यह जगह समय की पकड़ से बाहर थी।

लेकिन उस अलौकिक सुंदरता के बीच भी, शिवांशी को एक खटका महसूस हुआ। उसकी छठी इंद्री ने उसे चेतावनी दी।

ये जगह सुंदर है। लेकिन हर सुन्दर चीज़ प्यारी नहीं होती। कुछ सुंदर चीजें शायद किसी शिकारी का जाल भी हो सकती हैं। ऐसा जाल जिसमें इंसान न चाहते हुए भी खुद से उसमें फंसता चला जाता है। अक्सर हर सुन्दर चीज़ अपने भीतर एक राज़ छुपाए रखती है। खासकर वो सुंदरता जो दुनिया की नजरों से ही छुपी हुई हो।

जो सुंदरता शिवांशी ने देखी वो बहुत मनभावन है। लेकिन अब ये सुंदरता शहद होगी या ज़हर?

सपना अब हक़ीक़त बन चुका था, और हक़ीक़त—पहली बार—डरावनी लग रही थी। क्योंकि सपनों में जब डर लगता था, तो आँख खुल जाती थी और आप अपने

बिस्तर पर सुरक्षित होते थे। माँ पास होती थी, पानी का जग पास होता था।

लेकिन यहाँ?

यहाँ अगर आँख खुली, या अगर यहाँ कोई खतरा आया, तो भागने का कोई रास्ता नहीं था। वह सुरंग अब बहुत पीछे छूट चुकी थी। और वापस जाने का मतलब था फिर से उस अंधेरे और उन सीढ़ियों का सामना करना।

शिवांशी ने एक गहरी साँस ली। इस हवा में जादू था, पर इस हवा में चेतावनी भी थी। यह जगह मुफ़्त में कुछ नहीं देती।

नियति ने उसे अंदर बुला लिया था। दरवाज़ा खुल गया था। उसने 'नागबंधन' की सीमा पार कर ली थी।

पर क्या नियति उसे वापस जाने देगी?

शिवांशी ने उस जादुई जंगल की गहराई में देखा, जहाँ छाया और रोशनी का खेल चल रहा था। उन बैंगनी पेड़ों के पीछे, उस चांदी जैसे झरने के पास... उसे लगा जैसे हज़ारों आँखें, जो पत्तों और अँधेरे में छिपी थीं, अब उस पर टिकी हैं। वे उसे देख रही थीं, परख रही थीं।

इंतज़ार खत्म हुआ था।

मेहमान आ चुका था।

पर हर खुला द्वार सुरक्षा का वादा नहीं करता। कभी-कभी पिंजरे का दरवाज़ा भी खुलता है—पंछी को

आज़ाद करने के लिए नहीं, बल्कि शिकारी को अंदर बुलाने के लिए।

शिवांशी अकेली खड़ी थी, उस सुंदर, सम्मोहक और जानलेवा दुनिया के बिल्कुल बीचों-बीच, यह जाने बिना कि वह यहाँ की रानी है... या शिकार।

अध्याय 9

वृत्त का सच

शिवांशी ने जैसे ही उस दूसरी दुनिया के जंगल में पहला कदम रखा, उसे यह एहसास हुआ कि वह कहीं पहुँची नहीं है—बल्कि कहीं लौट आई है।

यह अनुभूति अचानक नहीं आई। यह किसी बिजली की तरह नहीं गिरी। यह धीरे-धीरे, किसी रेंगते हुए ठंडे जीव की तरह, उसकी रीढ़ की हड्डी के साथ सरकती हुई ऊपर चढ़ी और उसके मस्तिष्क के किसी बहुत पुराने, बहुत गहरे और ताला-बंद कोने में जाकर टिक गई। उसके कानों में एक बारीक-सी सीटी बजने लगी, जैसे किसी पुराने टीवी के बंद होने पर बजती थी।

'मैं यहाँ पहले भी आ चुकी हूँ...'

यह विचार उसके दिमाग का नहीं था, यह उसकी रूह की आवाज़ थी। उसे अचानक अपने बचपन का एक भूला हुआ डर याद आया। जब वह पाँच साल की थी, तो अक्सर रात को उठकर बैठ जाती थी और अपनी माँ से कहती थी— "माँ, वो जंगल मुझे बुला रहा है।" माँ इसे बुरा सपना कहकर टाल देती थी। लेकिन आज... आज वह 'सपना' उसके जूतों के नीचे मौजूद ठोस ज़मीन बन चुका था।

उसके दिल की धड़कन और फेफड़ों की गति में एक अजीब-सा बेमेलपन था। साँसें तेज़ थीं, पर दिल की

धड़कन धीमी और भारी—जैसे कोई हथौड़ा गीली मिट्टी पर मार रहा हो। उसकी त्वचा पर एक अजीब-सा खिंचाव महसूस हो रहा था, मानो हवा का दबाव यहाँ पृथ्वी से अलग हो।

"अगर मैं यहाँ पहले आ चुकी हूँ... तो मैं भूल कैसे गई?" उसने खुद से पूछा। "क्या याददाश्त मिटाई गई थी? या यह याददाश्त इस जन्म की है ही नहीं?"

हवा स्थिर थी, पर मृत नहीं। वह चल नहीं रही थी, फिर भी उसमें एक गति थी। जैसे किसी ने समय को रोक दिया हो, पर साँस लेना नहीं भूला हो। शिवांशी ने अनजाने में अपनी हथेलियाँ कस लीं। पसीना उसकी मुट्ठियों में जमा हो गया था। यह जंगल डरावना नहीं था—यही बात उसे सबसे ज़्यादा असहज कर रही थी। डर वहाँ होता है जहाँ चेतावनी होती है। जहाँ झाड़ियों में खड़खड़ होती है, जहाँ जानवरों की गुर्राहट होती है। लेकिन यहाँ... यहाँ चेतावनी नहीं थी। यहाँ स्वीकृति थी। जैसे कोई बहुत पुराना रिश्तेदार दरवाज़े पर खड़ा होकर मुस्करा रहा हो, लेकिन उसकी मुस्कान आँखों तक न पहुँच रही हो।

पेड़ों की छाल पर उभरी आकृतियाँ पहली नज़र में प्राकृतिक लगीं, लेकिन जैसे-जैसे उसकी नज़र ठहरती गई, उसे एहसास हुआ—वे दरारें नहीं थीं। वे रेखाएँ थीं। वे सिर्फ़ लकीरें नहीं थीं, वे एक संवाद थीं।

शिवांशी एक विशाल नीले तने के पास रुकी। उसने अपनी आँखों को सिकोड़कर उन रेखाओं को पढ़ने की कोशिश की। वे रेखाएँ स्थिर नहीं थीं। जब वह उन्हें सीधा देखती,

तो वे पत्थर जैसी लगतीं। लेकिन जैसे ही वह पलक झपकाती या नज़र घुमाती, उसे अपनी आँखों के कोने से वे रेखाएँ हिलती हुई महसूस होतीं। वे साँपों की तरह सरक रही थीं, अपना आकार बदल रही थीं। कभी वे एक त्रिशूल जैसी दिखतीं, कभी किसी आँख जैसी, और कभी किसी ऐसे जानवर जैसी जिसका अस्तित्व इस धरती पर नहीं था।

'यह कोई भाषा है...' शिवांशी का दिमाग तेजी से काम करने लगा। 'यह कोई चेतावनी लिखी है या स्वागत गीत?'

उसका हाथ अनजाने में एक चमकते हुए प्रतीक को छूने के लिए बढ़ा। उसकी उंगलियाँ उस छाल से बस एक इंच दूर थीं। उसे लगा कि अगर उसने इसे छू लिया, तो हज़ारों सालों का ज्ञान—और हज़ारों सालों का दर्द—एक झटके में उसके दिमाग में भर जाएगा। उसने डरकर अपना हाथ पीछे खींच लिया। यह जानी-पहचानी भाषा नहीं थी, बल्कि ऐसी लिपि जिसे पढ़ने के लिए आँखों से ज़्यादा स्मृति की ज़रूरत होती है।

"यह जगह..." उसके होंठ हिले, पर आवाज़ नहीं निकली। गला रुंधा हुआ था।

जंगल बहुत शांत था। इतना शांत कि वह शांति कानों में नहीं, सीधे छाती के भीतर उतर रही थी। यह सन्नाटा सुकून का नहीं, बल्कि 'इंतज़ार' का था। हर कदम के साथ उसका मन किसी अदृश्य दिशा में खिंचता जा रहा था—जैसे कोई उसे बुला नहीं रहा हो, बस इंतज़ार कर रहा

हो। एक ऐसा चुंबक जो लोहे को नहीं, नसीब को खींचता है।

फिर उसने उसे देखा। वह गोल घेरा। वही वृत्त।

उसे देखने के लिए किसी संकेत की ज़रूरत नहीं पड़ी। उसकी आँखें सीधे वहीं ठहर गईं—जैसे शरीर को पहले से पता हो कि रुकना कहाँ है। वृत्त ज़मीन पर बना था, नुकीले काले पत्थरों और राख से घिरा हुआ। राख नई नहीं थी—यह जलने के बाद की नहीं, बल्कि भुला दिए गए समय की राख थी। उसके चारों ओर हल्की नीली रोशनी धड़क रही थी। रोशनी नहीं—धड़कन। जैसे वह कोई जीवित चीज़ हो जो नींद में भी जाग रहा हो।

लुप-धुप... लुप-धुप...

वह धड़कन शिवांशी की अपनी नब्ज़ के साथ तालमेल बिठाने लगी। शिवांशी की साँस अपने आप रुक गई। उसके शरीर में एक अजीब-सी सिहरन दौड़ गई—ठंड की नहीं, पहचान की।

"यह अब भी..." उसने बहुत धीमे से कहा, "सक्रिय है।"

शब्द उसके नहीं लगे। जैसे किसी और की स्मृति उसके मुँह से बोल रही हो। उसने वृत्त की ओर एक कदम बढ़ाया। और उसी पल—हवा भारी हो गई। यह बदलाव सूक्ष्म था, पर असंदिग्ध। पेड़ों की पत्तियाँ बिना हवा के हिलने लगीं। जैसे किसी अदृश्य चीज़ ने उनके बीच से रास्ता बनाया हो।

शिवांशी के कदम ठिठक गए। और तभी—

"रुको।"

आवाज़ गहरी थी। कठोर। और उसमें चेतावनी से ज़्यादा थकान थी। जैसे किसी ने यह शब्द बहुत बार कहे हों—हज़ारों बार, हज़ारों सालों में। और हर बार... हर बार देर हो चुकी हो। यह एक रक्षक की आवाज़ थी जो अपनी हार को पहले से देख रहा था।

शिवांशी चौंककर पीछे मुड़ी। उसके सामने एक वृद्ध आदिवासी साधु खड़ा था। उसका शरीर झुर्रियों से भरा था, जैसे सूखा हुआ पेड़। पर उसकी आँखें... वे असामान्य रूप से तेज़ थीं। लेकिन उन आँखों में गुस्सा कम और पछतावा ज्यादा था। वे आँखें उस इंसान की थीं जो इतिहास को दोहराते हुए देखकर थक चुका हो। वे आँखें उम्र नहीं देख रही थीं। वे एक पूरा काल-चक्र देख चुकी थीं।

उसके माथे पर राख का गाढ़ा तिलक था—सामान्य भस्म नहीं, बल्कि वही राख जो वृत्त के चारों ओर जमी थी। गले में अस्थियों और रुद्राक्षों की माला थी—और उनमें कोई सजावट नहीं थी, सिर्फ स्मृति थी।

"तुम यहाँ नहीं आनी चाहिए थी। ये जगह तुम जैसे लोगों के लिए नहीं है। तुम्हे यहां से चले जाना चाहिए इसी में तुम्हारी, हमारी और इस दुनिया की भलाई है।" साधु की आवाज़ में आदेश नहीं था, बस एक तथ्य था। एक कड़वा सच।

शिवांशी का कंठ सूख गया। "मैं..." उसने शब्द ढूँढने की कोशिश की। उसके अंदर एक अजीब-सा अपराधबोध

जागा। 'अगर मैं सही हूँ, तो मुझे इतना गलत क्यों लग रहा है? अगर यह मेरी मंज़िल है, तो मेरे पैर पीछे क्यों हटना चाहते हैं?'

"मुझे बुलाया गया था।" यह कहकर उसे खुद अजीब लगा। जैसे उसने कोई बहाना नहीं, बल्कि कोई स्वीकारोक्ति कर दी हो।

साधु की आँखें संकुचित हो गईं। "बुलाया गया था..." उसने दोहराया। "या तुमने खुद रास्ता चुना?"

अब उसकी आवाज़ में गुस्सा था। पर वह गुस्सा शिवांशी पर नहीं—किसी और पर था। शायद नियति पर। किसी पुराने निर्णय पर।

शिवांशी की नज़र अनायास ही वृत्त की ओर चली गई। उसके केंद्र में कुछ चमक रहा था। धातु की एक मोटी रेखा—एक कड़ा। समय से घिसा हुआ, पर कमजोर नहीं। वह रोशनी छोड़ रहा था—पर बाहर की नहीं, भीतर की। उस कड़े को देखते ही शिवांशी के दिमाग में एक धमाका हुआ। सारी आवाज़ें बंद हो गईं। बस वह कड़ा रह गया।

उसी पल शिवांशी के दिल की धड़कन तेज़ हो गई। "वह..." उसके मुँह से अचानक निकल गया, "वह मेरा है।"

शब्द निकलते ही जंगल जैसे एक पल के लिए और शांत हो गया।

साधु का चेहरा सख़्त हो गया। "नहीं," उसने कठोर स्वर में कहा। "वह किसी का नहीं है।" उसने एक क्षण रुककर कहा— "वह एक बंधन है।"

शिवांशी ने उसकी बात सुनी, पर समझ नहीं पाई। क्योंकि उसी पल उसके भीतर कोई और ही आवाज़ बोल रही थी—

उठाओ। सच जानो।

"अगर यह बंधन है..." शिवांशी की आवाज़ काँप रही थी, पर उसमें पीछे हटने का कंपन नहीं था—बल्कि एक ज़िद का कंपन था। "तो मुझे जानना होगा कि यह किसको बाँधे हुए है।"

उसकी आँखों में अब डर की जगह एक अजीब-सी प्यास थी। वह प्यास जो रेगिस्तान में नहीं, स्मृतियों में लगती है। उसके मन में विचारों का बवंडर उठ रहा था— 'यह जगह... यह जंगल... यह घेरा... यह वही आकृतियाँ हैं जो मैं रोज़ अपने सपनों में देखती थी। इसका मतलब यहाँ पक्का कोई गहरा राज़ गड़ा हुआ है। यह संयोग नहीं हो सकता। यह मेरी नियति है।'

साधु ने अपनी लाठी ज़मीन पर जमाई। उसकी बूढ़ी आँखों में अचानक एक ज्वाला भड़क उठी। "मूर्खता मत करो, बालिका!" उसकी आवाज़ अब जंगल की शांति को चीर रही थी। "जिज्ञासा ज्ञान का द्वार है, लेकिन कभी-कभी यह विनाश का द्वार भी बन जाती है।"

उसने एक कदम आगे बढ़ाया, जैसे वह शिवांशी और उस वृत्त के बीच एक दीवार बनना चाहता हो। "एक कदम और बढ़ाया... तो जो युगों से सोया है—वह जाग जाएगा। और उसकी भूख तुम्हारे इन सवालों से नहीं मिटेगी। तुम नहीं जानती तुम क्या करने जा रही हो। तुम इसी क्षण वापस लौट जाओ। तुम्हारी इस गलती से तुम ही नहीं, ये पूरा संसार संकट में आ जाएगा। जिसेइस संसार की कोई भी ताकत नहीं रोक सकेगी।"

शिवांशी की आँखों में आँसू और उम्मीद दोनों तैरने लगे। उसने साधु की आँखों में देखते हुए, लगभग गिड़गिड़ाते हुए कहा— "नहीं बाबा... आप गलत समझ रहे हैं! यह कड़ा... यह मेरा है। मैंने सपने में भी इसे उठाया था... और तब अँधेरा नहीं, प्रकाश हुआ था। उस दिव्य रौशनी में मैंने महादेव के दर्शन किए थे। यह कोई बंधन नहीं है... यह तो महादेव से मिलने का मार्ग है! आप मुझे मत रोकिए। मुझे मेरा सत्य जानने दीजिये!"

साधु ने उसे हताशा से देखा। उसकी आँखों में एक दया थी जो मारने से पहले जल्लाद की आँखों में होती है। "हर चमकती हुई चीज़ देवत्व नहीं होती, पुत्री। कभी-कभी शैतान भी रोशनी का चोला पहनकर आता है।"

उस पल... उस एक नाज़ुक, अंतिम पल में शिवांशी को रुक जाना चाहिए था। तर्क यही कहता था। जीवन यही चाहता था। उसके पीछे छूटी हुई दुनिया—उसका घर, उसके माता-पिता, उसका सुरक्षित कमरा, उसकी माँ की चाय की खुशबू—सब उसे अदृश्य धागों से पीछे खींच रहे थे।

पर जिज्ञासा... और नियति—दोनों भारी पड़ गए। वह खिंचाव इतना प्रबल था, इतना आदिम था, कि उसे लगा अगर उसने उस कड़े को नहीं छुआ, तो उसका अस्तित्व यहीं बिखर जाएगा। राख बन जाएगा। 'अगर मैं वापस गई, तो मैं ज़िंदा रहकर भी मर जाऊँगी,' उसने सोचा।

उसने साधु की चेतावनी को अनसुना कर दिया। उसने एक गहरी साँस ली—जिसमें जंगल की गंधक जैसी महक और ओज़ोन की तीखी गंध थी। और फिर—उसने वृत्त की सीमा रेखा के भीतर अपना दाहिना पैर रख दिया।

धड़ाम!

जैसे ही उसका पाँव उस पवित्र राख और काली मिट्टी पर पड़ा, वातावरण में एक विस्फोट हुआ। यह आवाज़ का विस्फोट नहीं था। यह ऊर्जा का विस्फोट था। वृत्त की नीली रोशनी अचानक सफ़ेद हो गई—इतनी तेज़ कि जंगल का कोना-कोना दिन के उजाले से भी ज़्यादा रोशन हो गया। शिवांशी को लगा जैसे उसने सूरज के गर्भ में कदम रख दिया हो। उसकी त्वचा पर सुइयां चुभने लगीं।

धरती काँप उठी। यह कोई मामूली झटका नहीं था। शिवांशी को लगा जैसे ज़मीन किसी विशाल जानवर की पीठ की तरह हिल रही है। उसे अपना संतुलन बनाने के लिए संघर्ष करना पड़ा। आसपास की हवा चक्रवात की तरह घूमने लगी। सूखी पत्तियाँ, धूल और कंकड़ हवा में एक बवंडर बनकर उड़ने लगे।

"रुको! पीछे हटो!" साधु की आवाज़ तूफ़ान के शोर में गूँज उठी। वह उसे रोकने के लिए लपका, लेकिन वृत्त की

अदृश्य शक्ति ने उसे झटके से पीछे फेंक दिया। वह गिर पड़ा, असहाय।

पर तब तक देर हो चुकी थी। बहुत देर। शिवांशी उस खिंचाव में बहती हुई, लड़खड़ाते हुए उस पत्थर की चौकी तक पहुँच गई।

वह कड़ा उसके सामने था। वह उसे बुला रहा था। वह हवा में हल्का-सा ऊपर तैर रहा था, जैसे वह भी उसके स्पर्श के लिए तड़प रहा हो। उसमें से निकलती लाल लकीरें अब रक्त जैसी चमक रही थीं। पास जाने पर कड़े से आती हुई 'आँच' शिवांशी के चेहरे को झुलसा रही थी।

उसने अपना काँपता हुआ हाथ बढ़ाया। उसकी उंगलियाँ उस ठंडी, काली धातु को छूने के लिए मचल रही थीं। एक पल के लिए उसका हाथ हवा में रुका। 'क्या मैं इसे छोड़ सकती हूँ? क्या अभी भी वापस जाने का रास्ता है?' लेकिन कड़े का आकर्षण किसी ब्लैक-होल जैसा था।

उसने झुककर कड़े को अपनी मुट्ठी में भर लिया। उसकी उँगलियों के स्पर्श करते ही—

शून्यता।

एक क्षण के लिए सब कुछ थम गया। हवा रुक गई। आवाज़ मर गई। समय जम गया। शिवांशी को अपनी धड़कन भी सुनाई देना बंद हो गई।

और फिर—

एक तीव्र प्रकाश फूटा। इतना तेज़ कि शिवांशी को अपनी आँखें कसकर बंद करनी पड़ीं। उसे लगा जैसे उसके शरीर के हर अणु में बिजली दौड़ गई हो। एक प्राचीन ताला खुलने की आवाज़ आई— क्लिक... जो पूरी घाटी में गूँज गई।

उसके कानों में एक भयानक फुफकार गूँज उठी।

'हिस्स्स्स्स्स्स.....!'

यह आवाज़ जंगल की नहीं थी। यह आवाज़ पाताल लोक से आ रही थी, इतनी तीव्र कि लगा कानों के पर्दे फट जाएंगे। जंगल के सारे पक्षी, सारे जानवर एक साथ खामोश हो गए। यह किसी जानवर की आवाज़ नहीं थी, यह किसी 'देवता' या 'राक्षस' की नींद टूटने की पहली उबासी थी।

धरती फटने लगी। जिस चौकी पर कड़ा रखा था, वह चटक गई। वृत्त की जो ज्यामितीय रेखाएँ थीं, वे टूटने लगीं—एक-एक कर। वह ऊर्जा का पिंजरा बिखर रहा था। नीली रोशनी अब लाल हो गई थी। खून जैसी लाल।

"तुमने क्या कर दिया! अब इस संसार को कौन बचाएगा। ये ईश्वर मेरी इतनी सदियों के तप से मैंने इस बंधन को बाहरी दुनिया से छुपा कर रखा था। लेकिन आज की मूर्ख लड़की की अज्ञानता के कारण मैं विफल हो गया। वो मुक्त हो ही गया जिसे बांधने के लिए हमने इतना संघर्ष किया था।" साधु की आवाज़ में पहली बार गुस्सा नहीं, डर था। शुद्ध, नंगा डर। वह ज़मीन पर गिरा हुआ था, काँप रहा था।

"सर्वनाश!"

शिवांशी घुटनों के बल गिर गई। उसका सिर चकरा रहा था, नाक से खून की एक पतली लकीर बह निकली थी। उसने कड़ा अब अपनी मुट्ठी में भींच लिया था। उसे लगा मानो ज़मीन के ठीक नीचे कुछ विशाल... कुछ बहुत ही विशाल हिल रहा है। पत्थरों के घिसने की भारी आवाज़ आई।

गर्ररर्र....

और फिर—

एक गर्जना।

धरती के भीतर से, उस टूटी हुई चौकी के मलबे के नीचे से, एक विशाल आकृति बाहर निकली। धूल के गुबार में दो जलते हुए अंगारे दिखाई दिए।

एक विशाल नाग का सिर।

शिवांशी की साँसें उसके गले में अटक गईं। उसका दिल धड़कना भूल गया। उसने अपनी फटी हुई आँखों से उस दृश्य को देखा। उसके मन में एक ही चीख गूँजी— 'ये... ये इतना विशाल नाग यहाँ? इतना भयानक, इतना विशाल... ये यहाँ कैसे? ये बहुत डरावना है...'

वह नाग... वह इतना बड़ा था कि उसका फन जंगल के सबसे ऊँचे पेड़ को टक्कर दे रहा था। उसकी खाल कोयले जैसी काली थी, लेकिन हर स्केल के किनारे पर आग जैसी सुनहरी चमक थी। उसकी आँखें... अग्नि जैसी थीं।

पीली, खड़ी पुतलियाँ जो सदियों के क्रोध और भूख से भरी थीं।

उसका शरीर वृत्त के नीचे जकड़ा हुआ था—अदृश्य जंजीरों में। लेकिन जैसे ही शिवांशी ने कड़ा उठाया था, वे जंजीरें टूट गई थीं।

"नाग का बंधन... टूट गया। अब ये किसी को नहीं छोड़ने वाला। अब केवल सर्वनाश होगा.. केवल सर्वनाश। हे ईश्वर रक्षा करना। अब तो केवल आप ही रास्ता दिखा सकते है। इस अनहोनी को रोकने का कोई तो मार्ग दिखाओ।" साधु बुदबुदाया। उसकी आवाज़ में हताशा थी। जैसे वह किसी ऐसे अंत को देख रहा हो जिसे वह सदियों से टाल रहा था।

शिवांशी के हाथ में कड़ा था—अब वह ठंडा नहीं था। वह जल रहा था। उसकी हथेली झुलस रही थी, लेकिन वह चाहकर भी उसे छोड़ नहीं पा रही थी। कड़ा उसकी त्वचा से चिपक गया था—एक नए, अटूट रिश्ते की तरह।

नाग ने आज़ादी की पहली साँस ली और ज़ोर से फुफकारा। उस फुफकार से पैदा हुई हवा इतनी तेज़ थी कि शिवांशी के बाल पीछे की ओर उड़ गए। पूरा जंगल काँप उठा। दूर खड़ी पहाड़ियाँ भी गूँज उठीं। बड़े-बड़े पेड़ झुक गए, मानो उस राजा को दंडवत कर रहे हों। आसमान में अचानक काले बादल घिर आए। जो जादुई रोशनी थी, वह बुझ गई और वहाँ गहरा अँधेरा छा गया।

शिवांशी घिसटते हुए पीछे हटी। उसकी एड़ियाँ मिट्टी में धंस गईं। "मैं... मैंने..." उसकी आवाज़ काँप रही थी, आंसुओं में भीगी हुई। "मैंने कुछ गलत कर दिया?"

साधु ने उसे तीखी, घृणा भरी नज़र से देखा। "गलत?" वह कड़वाहट से चिल्लाया। "यह सबसे बड़ी भूल थी, बालिका।" "यह वृत्त उसे बाँधे हुए था। यह कड़ा उसकी नींद का ताला था। और तुमने... तुमने चाबी घुमा दी।"

शिवांशी का शरीर सुन्न पड़ गया। उसने अपने हाथों को देखा, फिर उस भयानक नाग को। उसने अपनी आँखें कसकर भींच लीं, आँसुओं की धार उसके गालों पर बह निकली। वह खुद से बुदबुदाने लगी—

"नहीं... ये सब सच नहीं है। ये सब एक डरावना सपना है बस मेरा... जो बहुत बड़ा हो गया है बस। अभी... अभी मैं जाग जाऊंगी पक्का। सब ठीक होगा... सब ठीक होगा..."

"यह कोई सपना नहीं है बालिका!" साधु की आवाज़ ने उसके भ्रम को तोड़ दिया। "यह सब सत्य है। यह निष्ठुर सत्य है।"

शिवांशी ने रोते हुए अपनी आँखें खोलीं। नाग अभी भी वहीं था, और बड़ा होता जा रहा था। एक गहरी टीस उसके सीने में उठी। 'काश... काश ये सब एक सपना ही हो। एक भयानक सपना। अगर ये वास्तविकता हुई तो सब खत्म हो जाएगा। मेरी गलती... मेरी उत्सुकता के कारण।'

उसकी बात पूरी होने से पहले, नाग ने एक और ज़ोरदार गर्जना की। उसने अपने विशाल शरीर को झटका दिया।

बची-कुची चट्टानें बिखर गईं। वह पूरी तरह बाहर आ चुका था। उसका शरीर इतना लंबा और मोटा था कि उसका कोई अंत नहीं दिख रहा था। वह किसी जीवित पहाड़ जैसा लग रहा था जो अब चलने लगा हो।

जंगल की शांति टूट चुकी थी। वह सुखद सपना अब एक बुरे, भयानक दुस्वप्न में बदल चुका था। अब यह दूसरी दुनिया पहले जैसी नहीं रही थी।

शिवांशी के हाथ काँप रहे थे। उसकी आँखों में डर था—और एक गहरा अपराधबोध। उसे लगा कि अब उसका अंत निश्चित है। पर कहीं भीतर... उसके रक्त में... एक अजीब-सी शक्ति भी जाग रही थी। जैसे कड़े ने केवल नाग का बंधन नहीं तोड़ा हो—बल्कि शिवांशी के भीतर भी कुछ 'खोल' दिया हो। कुछ ऐसा जो अब तक सुप्त था।

साधु ने भारी, मरे हुए स्वर में कहा— “अब पीछे लौटने का रास्ता नहीं है।” “अब जो जागा है... वह तुम्हें छोड़ेगा नहीं।” “अपनी मौत का सामना करो।”

और तभी—

उस विशाल नाग ने धीरे-धीरे अपना फन उस साधु की तरफ से हटाकर शिवांशी की तरफ मोड़ा। वह नीचे झुकने लगा। उसका विशालकाय सिर अब शिवांशी के चेहरे से सिर्फ कुछ फीट की दूरी पर था।

उसकी गर्म साँसें शिवांशी के चेहरे पर लग रही थीं। उसमें गंधक और पुरानी राख की गंध थी।

शिवांशी की आँखें उस नाग की जलती हुई आँखों से मिलीं। वह हिल भी नहीं पा रही थी। वह मौत का इंतज़ार कर रही थी। नाग एक पल के लिए स्थिर हो गया। समय जैसे जम गया। उसकी आँखों में जो क्रोध था... वह अचानक थम गया।

वह उसे देख रहा था। नहीं... वह उसे पहचान रहा था।

शिवांशी को लगा जैसे वह नाग उसके नहीं, बल्कि उसके हाथ में मौजूद कड़े के—सम्मान में रुका है। ऐसा लग रहा था जैसे वो उस कड़े को देख रहा है। ओर उसे चिड़ा रहा है कि उसका बंधन भी उसे नहीं रोक सका। आखिर वो इस बंधन से मुक्त हो ही गया। शिवांशी के मन में एक विचार बिजली की तरह कौंधा— 'यह मुझे मार नहीं रहा... लेकिन क्यों?'

हवा अचानक भारी हो गई। जंगल की आवाज़ें थम-सी गईं। शिवांशी की धड़कनें उस सन्नाटे में हथौड़े की तरह बज रही थीं। क्या वह हमला करेगा? क्या वह उसे निगल लेगा?

और फिर, बिना कोई फुफकार भरे, बिना किसी आक्रमण के— वह नाग धीरे से पीछे मुड़ा।

उसने शिवांशी को नुकसान नहीं पहुँचाया। उसने उसे छोड़ दिया। उसका विशाल शरीर, जो किसी ट्रेन के डिब्बों जितना मोटा था, अंधकार में सरकता हुआ जंगल की दूसरी दिशा में जाने लगा।

किस दिशा में?

शिवांशी की आँखों ने उसका पीछा किया। उसका दिल एक बार फिर रुक गया। वह नाग उस दिशा में जा रहा था जहाँ से शिवांशी आई थी। सुरंग की तरफ। इंसानी दुनिया की तरफ।

ना कोई निशान छोड़ा। ना कोई चेतावनी दी। बस एक मूक संकेत—कि अब वह आज़ाद है। और उसकी मंज़िल यह जंगल नहीं, कहीं और है।

शिवांशी की साँसें अटक गईं। उसके हाथ काँपने लगे। उसे उसी क्षण समझ आ गया—यह भागना नहीं था। यह मुक्ति थी। उसने अनजाने में उस बंधन को तोड़ दिया था जो उस महाकाव्यीय विनाश को इस दुनिया में कैद रखे हुए था। अब वह केवल जंगल का नहीं रहा था। अब वह हमारी दुनिया की ओर बढ़ चुका था।

शिवांशी की आँखों के सामने उसके सारे सवाल घूमने लगे—उसकी जिज्ञासा, उसके सपने, उसका साहस। और उसी के साथ एक भारी पछतावा उसके दिल में उतर आया। उसने जवाब ढूँढने के लिए एक ऐसी गलती कर दी थी जिसकी कीमत अब केवल वही नहीं चुकाने वाली थी। उसका परिवार, उसका शहर... पूरी दुनिया चुकाने वाली थी।

वह वहीं खड़ी रह गई—पत्थर की मूर्ति की तरह। जंगल की ओर देखती हुई। जहाँ से अब कुछ वापस नहीं आने वाला था।

लेकिन तभी—

उसके हाथ में पकड़ा कड़ा हल्का-सा गर्म हो उठा। जैसे उसमें भी दिल धड़क रहा हो।

धक्... धक्...

वृत्त के निशान, जो अब तक स्थिर थे, धीरे-धीरे धुँधले पड़ने लगे—पर पूरी तरह मिटे नहीं। जैसे कुछ अधूरा रह गया हो।

साधु अब भी ज़मीन पर बैठा था, किसी टूटे हुए खिलौने की तरह। उसकी आँखों में अब डर नहीं, शून्य था। वह विचार कर रहा था कि काश सब कुछ पहले जैसा शांत और सुरक्षित हो जाए।

लेकिन नियति करवट ले चुकी थी। अब अब कुछ पहले जैसा शांत होना असंभ था। शायद ये ही नियति का मकसद था।

जंगल की गहराई से एक अजीब-सी सरसराहट उठी—जो इस ओर नहीं, बल्कि जंगल के बाहर की दिशा में जाती हुई लगी। शिवांशी ने आँखें बंद कर लीं। उसे नहीं पता था कि उसने जो खोला है, वो केवल एक द्वार था—या एक ऐसी राह जिसका अंत अब उसके बस में नहीं था।

और पहली बार उसे यह एहसास हुआ—

यह कहानी जंगल में नहीं रुकेगी।

अब कहानी उसका पीछा करेगी।

भविष्यवाणी पूरी हो चुकी है। जो मुक्त हुआ है,वह अब किसी अंत को स्वीकार नहीं करेगा। उसे रोका नहीं जा सकता लेकिन दुनिया को बचाना है।

"जो एक बार मुक्त हुआ— फिर कभी बँधा नहीं।
न देवों की सीमा में, न मृत्यु की गंध में कहीं।
दुनिया को अब बचाना है—पर रास्ता...
किसी को दिखता नहीं।"

••• भाग-*2* का समापन •••

भाग – 3

प्रलय का सामना

अध्याय 10
नियति का खेल

जंगल में अब सन्नाटा था। लेकिन यह वो शांति नहीं थी जो मन को सुकून दे, बल्कि यह वो मनहूस खामोशी थी जो किसी बड़े तूफ़ान के गुजर जाने के बाद पीछे रह जाती है।

नाग तो जा चुका था, लेकिन अपने पीछे वह जो विनाश का निशान छोड़ गया था, वह किसी बुरे सपने से कम नहीं था। शिवांशी ने अपनी धुंधली आँखों से उस रास्ते को देखा जिधर वह विशालकाय जीव गया था। वहां अब जंगल नहीं था, बल्कि एक चौड़ा, समतल रास्ता बन गया था। सैकड़ों साल पुराने बरगद और पीपल के पेड़, जो कल तक गर्व से आसमान को छू रहे थे, अब माचिस की तिल्लियों की तरह बीच से टूटे पड़े थे। उनकी जड़ें उखड़ कर बाहर आ गई थीं, जैसे धरती का पेट चीर दिया गया हो।

हवा में अभी भी उस विशालकाय नाग के गुजरने की गंध और धूल तैर रही थी। गीली मिट्टी, कुचले हुए पत्तों और एक तीखी, कसैली बदबू की, जो शायद उस नाग के शरीर से निकली थी। वह गंध इतनी तेज़ थी कि शिवांशी को उबकाई आने लगी। उसका पेट मरोड़ रहा था। उसे लगा कि वह अभी उल्टी कर देगी।

जंगल के जानवर, जो हमेशा शोर मचाते थे, अब एकदम चुप थे। न झींगुरों की आवाज़, न पक्षियों की चहचहाहट।

ऐसा लग रहा था मानो जंगल ने भी अपनी सांस रोक ली हो, इस डर से कि कहीं वो शैतान वापस न आ जाए। सूखी पत्तियां, जो कुछ पल पहले तक बवंडर की तरह हवा में नाच रही थीं, अब ज़मीन पर बेजान पड़ी थीं—बिल्कुल शिवांशी की उम्मीदों की तरह।

शिवांशी के पैर कांप रहे थे, लेकिन यह सिर्फ डर नहीं था। यह एक शारीरिक प्रतिक्रिया थी। उसका दिल उसकी पसलियों से टकरा रहा था—धक... धक... धक...। हर धड़कन के साथ उसे अपनी नसें फटती हुई महसूस हो रही थीं। उसने अपने कांपते हाथों को देखा। उन पर धूल और खरोंच के निशान थे।

"क्या यह सब सच है?" उसने खुद से पूछा। "क्या मैं अभी भी सपना देख रही हूँ?"

उसने अपनी बांह पर चिमटी काटी, इतनी ज़ोर से कि दर्द हो। लेकिन मंज़र नहीं बदला। तबाही वहीं थी। यह हकीकत थी। एक ऐसी हकीकत जिसे उसने अपने हाथों से बुना था।

"बस कर शिवांशी। इस हकीकत को ओर कितना सपना समझेगा? ये सब सच है, वो ही सच जिसे तू इतने समय से ढूंढ रही थी। अब तुझे ये सच कड़वा, डरावना, ओर सपना लग रहा है।" — शिवांशी ने निराश ओर उदास मन से खुद को कहा।

शिवांशी वहीं खड़ी थी, पत्थर की मूर्ति की तरह। उसकी आँखों के सामने अभी भी वही मंज़र घूम रहा था—वो

विशाल, काला साया, वो लाल अंगारों जैसी आँखें और वो आज़ादी की हुंकार जो आसमान का सीना चीर कर निकल गई थी।

उसके घुटनों में अब खड़े रहने की ताकत नहीं बची थी। वह धीरे-धीरे ज़मीन पर बैठ गई, या यूं कहें कि गिर गई। उसने अपनी हथेलियों को देखा—इन्हीं हाथों ने उस कड़े को उठाया था। इन्हीं हाथों ने अनजाने में उस प्रलय को आज़ाद कर दिया था जिसे सदियों से देवताओं ने बांध कर रखा था।

"यह मैंने क्या कर दिया..." उसके होंठ फड़फड़ाए, लेकिन आवाज़ गले में ही घुट गई।

अचानक, आंसुओं का एक सैलाब फूट पड़ा। वो चीखी नहीं, बस सुबकती रही। उसका पूरा शरीर पश्चाताप की आग में जल रहा था।

"क्यों? आखिर क्यों मैं अपने सपनों के पीछे पागलों की तरह भागी? अगर मैं उस कड़े को हाथ न लगाती... अगर मैं उस गुफा में न जाती... तो आज यह दुनिया सुरक्षित होती। मैंने अपनी जिज्ञासा, अपनी ज़िद के लिए सब कुछ दांव पर लगा दिया।"
वह ज़मीन पर मुक्का मारने लगी। मिट्टी उसकी उंगलियों में फंस गई।

"मैं ही दोषी हूँ। मैं ही विलेन हूँ इस कहानी की। वो नाग आज़ाद नहीं हुआ, मैंने... मैंने उसे आज़ाद किया है। अब

जो भी तबाही होगी, उन सबकी जिम्मेदार सिर्फ और सिर्फ मैं हूँ!"

शिवांशी का रोना जंगल के सन्नाटे को चीर रहा था। उसे लग रहा था कि आस-पास खड़े विशाल वृक्ष झुककर उसे ही देख रहे हैं, उसे कोस रहे हैं। हर पत्ता, हर हवा का झोंका उसे अपराधी ठहरा रहा था।

तभी, एक भारी और गंभीर आवाज़ ने उसके कानों में प्रवेश किया।
"आंसुओं से तो पत्थर भी नहीं पिघलते लड़की, फिर यह तो नियति है।"

शिवांशी ने भीगी पलकों से ऊपर देखा। साधु बाबा उसके सामने खड़े थे। उनके चेहरे पर न तो क्रोध था, न ही घबराहट। बस एक अजीब सी शांति थी, जैसे वो पहले से जानते थे कि यह होने वाला है।

"आपने मुझे रोका था न बाबा। आखिर मैं क्यों नहीं रुकी? क्यों किया मैंने ऐसा? आखिर क्यों? मै ही क्यों?" शिवांशी की आवाज़ में दर्द और शिकायत दोनों थे। "आप तो सब जानते थे न? आपने मुझे वो कड़ा उठाने क्यों दिया? मैंने आपकी बात नहीं मानी, मैं जानती हूँ... लेकिन आप तो ज्ञानी थे, आप मुझे बलपूर्वक रोक सकते थे!"
साधु ने एक गहरी सांस ली और अपनी लाठी को ज़मीन पर टिकाया।

"अगर तुम न आतीं, तो शायद कोई और आता। जिसे होना होता है, वो किसी न किसी माध्यम को ढूँढ ही लेता

है। उस भविष्यवाणी को तो सत्य होना ही था। तुम्हे क्या लगता कि तुम खुद आई थी यहां? नहीं। बिल्कुल भी नहीं। तुम यहां आई नहीं थी बुलाई गई थी। तुम एक माध्यम थी उस नाग की मुक्ति का। जिसे उसने खुद चुना था। तुम्हारे सपनों के सहारे उसने तुम्हे आकर्षक किया। ओर तुम यहां आई। उसने तुम्हे चुना था।"

शिवांशी के आंसू एक पल के लिए थम गए। "भविष्यवाणी? कैसी भविष्यवाणी?"
साधु उसकी आँखों में झांकते हुए बोले, "वही भविष्यवाणी, जिसका एक हिस्सा तुमने अपने सपनों में देखा था। ज़रा याद करो, तुमने क्या देखा था?"

शिवांशी ने अपनी आँखें बंद कीं। उसके दिमाग में वो धुंधला सा सपना फिर से चलने लगा। वो दिव्य रोशनी, वो मंत्रों की गूंज, और वो विशाल नाग जिसे किसी अदृश्य शक्ति ने बांध दिया था।
"मैंने... मैंने देखा था कि उसे एक दिव्य शक्ति ने बंधक बनाया था," शिवांशी ने कांपते हुए कहा।

"हाँ," साधु ने सिर हिलाया। "लेकिन कहानी वहीं खत्म नहीं हुई थी, शिवांशी । सत्य का आधा हिस्सा ही तुम्हें दिखा था। अब समय आ गया है कि तुम पूरा सच जानो। शायद तभी तुम समझ पाओगी कि तुम यहाँ अपनी मर्जी से नहीं आई हो, तुम्हें बुलाया गया है।"
साधु ने अपना हाथ आगे बढ़ाया। "मेरे साथ चलो। मैं तुम्हें उस समय में ले चलता हूँ जहाँ से यह सब शुरू हुआ था।"

शिवांशी समझ नहीं पाई कि वो क्या कह रहे हैं, लेकिन जैसे ही साधु ने उसका माथा छुआ, आस-पास का नज़ारा बदलने लगा। जंगल वही था, लेकिन वातावरण बदल गया। पेड़ों का रंग गहरा हो गया, हवा में एक प्राचीन सुगंध घुल गई। यह वर्तमान नहीं था... यह अतीत था।

जैसे ही समय बदला, शिवांशी ने महसूस किया कि हवा का तापमान भी बदल गया है। वर्तमान की ठंडक गायब हो गई थी और उसकी जगह यज्ञ की अग्नि की तपिश ने ले ली थी। उसके चारों तरफ जो कबीले दिखाई दे रहा था, वह किसी ऐतिहासिक किताब के पन्ने जैसा था।

मिट्टी की बनी झोपड़ियाँ कतार में खड़ी थीं, जिनके बाहर गायों को बांधा गया था। लोग... वो लोग डरे हुए थे। शिवांशी ने एक माँ को देखा जो अपने बच्चे को छाती से चिपकाए हुए थी, उसकी आँखों में मौत का खौफ साफ़ दिख रहा था। बच्चे रो नहीं रहे थे, शायद डर ने उनकी आवाज़ छीन ली थी।

"यह... यह तो वही जगह है," शिवांशी बुदबुदाई। वह देख सकती थी कि वो अब अकेली नहीं है। वहाँ कबीले के सैकड़ों लोग मौजूद थे, लेकिन वो सब शिवांशी के आर-पार देख रहे थे, जैसे वो कोई हवा हो।

कबीले के बीचों-बीच एक विशाल यज्ञ कुंड बना हुआ था। उसमें जलती हुई आग सामान्य नहीं थी; उसकी लपटें नीली और सुनहरी थीं, जो आसमान की तरफ लपक रही थीं। कबीले के सभी लोग सहमे बैठे थे। एक लड़की जिसका चेहरा घुटनों से ढका हुआ था, डरी ओर सहमी

बैठी रो रही थी। सैकड़ों ऋषि-मुनि उस कुंड के चारों ओर बैठे थे। उनके मुख से निकलते मंत्र किसी साधारण भाषा में नहीं थे। वो संस्कृत से भी पुरानी कोई दैवीय भाषा लग रही थी। हर मंत्र के उच्चारण के साथ हवा में एक कंपन पैदा हो रहा था। शिवांशी को लगा जैसे वो कंपन उसकी हड्डियों तक पहुँच रहा है।

और फिर... उसने उस नाग को देखा।

उसकी सांसें अटक गईं। उसकी आँखों के ठीक सामने, वो घटना घट रही थी जिसे उसने अब तक सिर्फ सपनों में देखा था। वो विशाल नाग तड़प रहा था, और आसमान से गिरती हुई दिव्य रश्मियां उसे जकड़ रही थीं।

वह नाग आज वाले नाग से भी ज्यादा भयानक और क्रोधित लग रहा था। वह हवा में फन फैलाए फुंकार रहा था, लेकिन मंत्रों की अदृश्य रस्सियों ने उसे जकड़ रखा था। वह जितना तड़पता, रस्सियाँ उतनी ही कसती जातीं। उसकी फुंकार से आस-पास के पेड़ झुलस रहे थे। शिवांशी ने देखा कि कैसे उस जीव की आँखों में सिर्फ़ क्रोध नहीं, बल्कि एक प्रतिशोध की आग थी। ऐसा लग रहा था कि वह कसम खा रहा हो—"आज मुझे बांध लो, लेकिन जिस दिन मैं छूटूंगा, उस दिन सृष्टि का कण-कण मेरे ज़हर से जल जाएगा।"

शिवांशी उस नज़ारे को देख नहीं पा रही थी, पर अपनी आँखें बंद भी नहीं कर पा रही थी। वह उस इतिहास की गवाह बन रही थी जिसे भुला दिया गया था। नागबंधन की प्रक्रिया पूरी हो चुकी थी।

कुछ पलों बाद, सब शांत हो गया। नाग बंधक बन चुका था। लेकिन दृश्य फिर बदला। अब कुछ दिन बीत चुके थे।

शिवांशी ने देखा कि कबीले का मुखिया—एक बुजुर्ग और तेजस्वी व्यक्ति—अपनी बेटी के साथ उस स्थान पर खड़ा है। उसका चेहरा पसीने से भीगा हुआ था। वह आसमान की ओर हाथ जोड़कर खड़ा था। उसकी बेटी उसे समझा रही थी। – " पिता जो जो स्वयं ईश्वर ने लिखा हो वो कभी नहीं मिट सकता। आप व्यर्थ की प्रयास कर रहें है। मेरी बात मानिए वो चलिए यहां से।" किन्तु मुखिया नहीं माना ओर इश्क़ से प्रार्थना करने लगा।

"हे ईश्वर! हमने उसे बांध तो दिया है," मुखिया की आवाज़ में घबराहट थी। "लेकिन मेरे मन को शांति नहीं मिल रही। मुझे भय है कि यह बंधन अनंत काल तक नहीं टिकेगा। अगर कभी भविष्य में यह टूट गया, तो क्या होगा? हमारी आने वाली पीढ़ियों का क्या होगा?"

तभी, बादलों में एक हलचल हुई। वही दिव्य सुनहरी रोशनी, जिसने नाग को बांधा था, एक बार फिर प्रकट हुई। लेकिन इस बार वह नाग पर नहीं, बल्कि उस मुखिया के सामने एक पुंज बनकर ठहर गई।
उस रोशनी से एक आवाज़ आई—गहरी, गूंजती हुई और अटल।

"इतिहास सदैव स्वयं को दोहराता है, मानव। बंधन लगते ही हैं खुलने के लिए।"

शिवांशी का दिल ज़ोर से धड़का। वह एक-एक शब्द को अपने भीतर उतार रही थी।

आवाज़ ने आगे कहा, "किंतु याद रहे... इस बंधन को तोड़ने वाले की नीयत ही, उसकी और इस संसार की नियति तय करेगी।"

मुखिया ने कांपते हुए पूछा, "कौन? कौन तोड़ेगा इसे?"

"वह इंसान, जिसका सम्बन्ध सिर्फ़ बाहरी दुनिया से ही नहीं, बल्कि इस आंतरिक दुनिया से भी होगा। वह जो दोनों जहान का होगा। वह, जिसे अपने अस्तित्व को जानने की जिज्ञासा यहाँ खींच लाएगी।"— दिव्य शक्ति ने उत्तर दिया।

शिवांशी को लगा जैसे किसी ने उसके सीने पर हथौड़ा मार दिया हो। 'दोनों जहान'—यानी सपनों की दुनिया और हकीकत की दुनिया। 'जिज्ञासा'—वही जिज्ञासा जो उसे यहाँ लाई थी। यह भविष्यवाणी... यह उसके लिए थी!

रोशनी की आवाज़ और गंभीर हो गई:
"लेकिन यह अटल सत्य है कि यदि यह बंधन टूटा, तो फिर इस विशाल नाग को शक्ति या बल से बंधक बनाना असंभव होगा। न अस्त्र काम आएंगे, न मंत्र, और तो ओर भगवान भी नहीं। यही नियति ने तय किया है।"

यह सुनकर मुखिया हताश होकर घुटनों के बल बैठ गया।

"हे ईश्वर! यदि ऐसा हुआ तो इस धरती का सर्वनाश निश्चित है! इस अनर्थ को कोई रोक ही नहीं पाएगा। आपकी बनाई हुई यह सृष्टि, यह संसार सब कुछ राख हो जाएगा। इंसान का पूर्ण अस्तित्व मिट जाएगा। कोई तो रास्ता होगा प्रभु! हमें इस अंधकार में मत छोड़िए!"

कुछ पल तक सन्नाटा छाया रहा। फिर, ईश्वर की आवाज़ में एक अजीब सी करुणा और रहस्य घुल गया।

"उस इंसान को यह नाग अपनी मुक्ति के लिए चुनेगा... लेकिन केवल नाग ही नहीं, अपितु नियति भी उसे स्वयं चुनेगी। वह इंसान... जो इस बंधन को तोड़ेगा, वही इस प्रलय को रोकने का माध्यम भी बनेगा।"

"उसकी जिज्ञासा भले ही इस बंधन को तोड़ दे, लेकिन उसका 'विश्वास' ही उसका अस्त्र होगा।"

"विश्वास?" मुखिया ने दोहराया।

"हाँ। वह इंसान दुनिया के सामने प्रेम, भक्ति, विश्वास और स्वयं के समर्पण का ऐसा उदाहरण होगा जो सबका नज़रिया बदल देगा। अब वह अपने डर को चुनता है या अपने विश्वास को, यह पूर्णतः उस पर निर्भर होगा। उसकी नीयत ही, नियति तय करेगी।"

"किन्तु प्रभु, वो इंसान कोई लड़का होगा या कोई लड़की?"– मुखिया ने चिंतावश पूछा।

“सब कुछ ही जाने के इच्छुक हो। लेकिन ये सब तो नियति ही तय करेगी कि वो किसको चुनती है। समय आने पर सब प्रश्न के उत्तर मिलेंगे। स्मरण रहे, नियति अपना रास्ता खुद बनाती है।”– प्रभु ने हल्की हंसी के साथ उत्तर दिया।

"अर्थात? मै समझा नहीं प्रभु। भला किसी एक व्यक्ति के विश्वास से इतनी बड़ी विपदा कैसे दूर हो सकती है?" मुखिया ने जिज्ञासा पूर्वक पूछा।

लेकिन इस बार कोई उत्तर नहीं मिला। ईश्वर की हंसी—धीमी और रहस्यमयी—हवा में गूंजी। "इसका अर्थ तो समय आने पर नियति स्वयं बता देगी।"
इतना कहकर वह रोशनी लाखों तारों की तरह बिखर गई और आसमान में विलीन हो गई।

शिवांशी वहां स्तब्ध खड़ी सब देख रही थी। किन्तु अब शिवांशी के गालों पर आंसुओं की धार बह निकली। दृश्य धुंधला हुआ और एक झटके के साथ वह वापस वर्तमान में, उसी डरावने जंगल में लौट आई।
अब वह खड़ी नहीं रह सकी। वह वहीं ज़मीन पर बैठ गई और फूट-फूट कर रोने लगी। इस बार उसका रोना सिर्फ़ डर का नहीं था, बल्कि उस भारी बोझ का था जो सदियों पहले उसके कंधों पर रख दिया गया था।

"महादेव, यह कैसा न्याय है?" शिवांशी चीख पड़ी, उसकी आवाज़ जंगल के सन्नाटे में गूंज गई। "आपने मुझे क्यों चुना? मैं कोई योद्धा नहीं हूँ। मैंने तो आज तक अपने हाथ में चाकू भी ठीक से नहीं पकड़ा, मैं तलवार कैसे

उठाऊँगी? मैं उस राक्षस का सामना कैसे करूँगी जिसकी एक फूंक से पहाड़ हिल जाते हैं?"

वह घुटनों के बल बैठ गई, सिर ज़मीन पर रख दिया। मिट्टी उसके आंसुओं से गीली हो गई।

"मेरे माता-पिता... मेरा घर... मेरे दोस्त... सब मारे जाएंगे। और उन सबकी मौत का बोझ मेरे सिर पर होगा। मैं यह बोझ लेकर कैसे जीऊंगी महादेव? मुझे मार क्यों नहीं देते? मुझे खत्म कर दीजिए! इस पाप के साथ जीने से बेहतर है कि मैं अभी मर जाऊं।"

उसके दिमाग में अपने परिवार का चेहरा घूमने लगा। माँ की मुस्कान, पापा की डांट, भाई के साथ लड़ाई। क्या वो अब उन्हें कभी नहीं देख पाएगी? क्या वो सब उस नाग का शिकार बन जाएंगे? इस ख्याल ने उसे अंदर से तोड़ दिया।

उसने आसमान की तरफ चेहरा उठाया और पागलों की तरह बड़बड़ाने लगी। "यह सब मेरी गलती है... न मैं सपनों को सच मानती, न उन्हें ढूँढने निकलती। मैंने अपने मतलब के लिए सब बर्बाद कर दिया। जिसे बंधक बनाने के लिए स्वयं ईश्वर को आना पड़ा... उसे मैं, एक साधारण सी लड़की, कैसे रोक सकती हूँ?"

साधु बाबा वहीं खड़े थे। उनकी आँखों में अब एक कठोरता आ गई थी।

"रोने से अब कुछ नहीं होगा शिवांशी !" उनकी आवाज़ कड़क थी।

"हमें इसका सामना करना ही होगा। इसका रास्ता अब तुम ही ढूँढ सकती हो क्योंकि भविष्यवाणी यही थी—जो मुक्त करेगा, वही बचाव भी करेगा।"

"नहीं!" शिवांशी ने सिर हिलाया। "मैं नहीं कर सकती। मैं बहुत छोटी हूँ, बहुत कमज़ोर हूँ।"

"तुम अभी बहुत छोटी थीं, इसी कारण मैंने तुम्हें रोकने की कोशिश की थी," साधु ने कहा। "लेकिन तुम...तुम तो सच जानने के लिए इतनी उत्सुक थी कि तुमने मेरी एक न सुनी। जो होना था, वो हो गया। अब पछतावा छोड़ो और सोचो कि आगे क्या करना है।"

शिवांशी की आँखों में बेबसी थी।

"आप कहते हैं 'विश्वास'?" उसने आसमान की तरफ देखकर ताना मारा। "विश्वास तो टूट चुका है मेरा। किस पर विश्वास करूँ? अपनी किस्मत पर जो मुझे यहाँ मौत के मुंह में ले आई? या आप पर, जो सब कुछ जानते हुए भी चुप रहे? यह कोई परीक्षा नहीं है, यह सज़ा है। और यह सज़ा मुझे उस गुनाह के लिए मिल रही है जो मैंने अनजाने में किया।"

वह हांफ रही थी। उसका गला सूख चुका था। "मैं तो एक कीड़े को भी मरते हुए नहीं देख सकती, भला इतने बड़े नाग को कैसे खत्म करूँगी? आप खुद सोचिए महादेव!

आप इस असंभव को संभव क्यों बनाने चले हैं? आप भी तो आए थे न मेरे सपने में... मेरी उम्मीद बनकर? आपने ही तो मुझे यहाँ तक भेजा था, मेरी हिम्मत बनकर।"

उसने आसमान की ओर हाथ फैला दिए, जैसे भीख मांग रही हो।

"तो महादेव, अब आप ही मेरा मार्गदर्शन करें। क्योंकि अगर विश्वास ही सही मार्ग है... तो महादेव, मेरा विश्वास आप हैं। मैं आपको मानती हूँ। मुझे सही दिशा दिखाओ। कोई रास्ता बताओ जिससे मैं उस नाग से सभी को बचा सकूँ। महादेव... आप मुझे यहाँ अकेला नहीं छोड़ सकते!"

जंगल में सिर्फ उसकी सिसकियों की आवाज़ थी। साधु ने उसे देखा। उनकी आँखों में एक क्षण के लिए नमी आई, लेकिन उन्होंने उसे छुपा लिया।

"मैं नियति के अगले पन्ने पलटने की राह नहीं देख सकता, पुत्री," साधु ने अपनी लाठी उठाई। "मुझे जाना होगा। वो नाग अब बस्तियों की ओर बढ़ेगा। मुझे उन निर्दोष लोगों की रक्षा के लिए जाना होगा। मैं यहाँ खड़े-खड़े इस दुनिया का अंत होते नहीं देख सकता।"

"बाबा, आप मुझे छोड़कर..." शिवांशी कुछ कह पाती, इससे पहले ही साधु तेज़ कदमों से झाड़ियों के बीच ओझल हो गए।

शिवांशी अकेली रह गई।

बिल्कुल अकेली।

इस विशाल, डरावने और आदमखोर जंगल के बीच। जहाँ हर पेड़ के पीछे मौत छिपी हो सकती थी।

कुछ देर तक वह वहीं बैठी रही, घुटनों में सिर दिए। सन्नाटा उसे निगलने को तैयार था।

लेकिन तभी... हवा का एक झोंका आया। उस झोंके में ठंडक नहीं थी, बल्कि एक अजीब सी गर्माहट थी। शायद महादेव का स्पर्श? या शायद उसके अंदर की सोई हुई कोई शक्ति?

शिवांशी के रोने की आवाज़ बंद हो गई। उसने धीरे से अपना सिर उठाया। उसकी आँखों में अभी भी आंसू थे, लेकिन अब उनमें लाचारी नहीं थी।

लेकिन फिर, उसी निराशा के बीच, एक विचार उसके मन में कौंधा।

"अगर... अगर नियति ने मुझे चुना है, तो इसका मतलब है कि मैं ही वो ताला हूँ और मैं ही चाबी भी। अगर मैंने ही उसे आज़ाद किया है, तो उसे रोकने का तरीका भी मेरे ही पास होना चाहिए।"

यह विचार एक छोटी सी चिंगारी जैसा था। अंधेरे कमरे में जलती हुई एक माचिस की तीली।

"साधु बाबा ने कहा था—'विश्वास ही अस्त्र है'। अस्त्र लोहे का नहीं होता, अस्त्र मन का होता है।"

शिवांशी ने अपनी भीगी आँखें पोंछीं। उसने अपनी मुट्ठी कसकर बंद की, इतनी ज़ोर से कि नाखून हथेलियों में गड़ गए।

"मैं डरपोक हूँ। हाँ, मैं हूँ। लेकिन मैं कायर नहीं हूँ। मैं यहाँ बैठकर दुनिया को खत्म होते नहीं देख सकती। अगर मरना ही है, तो लड़कर मरूँगी। कम से कम अपनी आखिरी सांस तक मुझे यह संतोष रहेगा कि मैंने कोशिश की थी।"

उसके अंदर कुछ बदल गया था। वो डरपोक शिवांशी , जो परछाई से डरती थी... वो शायद अभी भी डरी हुई थी। लेकिन उस डर के साथ-साथ कुछ और भी जागा था।

एक जिद्द।

एक जिम्मेदारी।

"विश्वास..." उसने धीरे से बुदबुदाया।

"अगर मेरा विश्वास ही मेरा अस्त्र है... तो मुझे उसे ढूँढना होगा।"
शिवांशी खड़ी हो गई। उसके पैरों में अब कंपन नहीं था। उसने घने जंगल के उस अँधेरे रास्ते की ओर देखा जिधर नाग गया था।

"मैं भागी थी... अपनी सच्चाई जानने के लिए। अब मैं भागूँगी... अपनी गलती सुधारने के लिए।"

उसने एक गहरा लम्बा सांस लिया और पहला कदम आगे बढ़ाया। जंगल वही था, खतरा वही था, लेकिन शिवांशी अब वो नहीं थी जो कुछ घंटे पहले यहाँ आई थी। खेल शुरू हो चुका था, और अब पीछे मुड़ने का कोई रास्ता नहीं था।

उसने अपनी आँखें बंद की ओर सभी भविष्यवाणी को जोड़ कर समझने की कोशिश करने लगी।

“मै दोनों जहां से कैसे जुड़ी हुई है? विश्वास ही अस्त्र कैसे हो सकता है?” – शिवांशी ध्वनि लगा कर सोचने लगी।

अब डर की जंगह सब कुछ ठीक करने के निर्णय ने ले ली। ओर तभी शिवांशी ने अपनी आँखें खोली। एक उम्मीद से भरी हुई। मानो जैसे उसने ढूंढ लिया वो ही रास्ता जिससे वो विश्वास को अस्त्र बनाएगी।

"शिवांशी की आँखों में अब आंसू नहीं, बल्कि एक अजीब सी शांति थी—वो शांति जो किसी बहुत बड़े तूफ़ान के आने से पहले होती है।

साधु की पहेली का जवाब उसे मिल चुका था।

उसने अपनी मुट्ठी कसकर बंद की और अँधेरे को चीरती हुई उस दिशा में देखा जहाँ मौत उसका इंतज़ार कर रही थी। उसके चेहरे पर अब एक ऐसा निश्चय था जिसने जंगल की हवाओं को भी चौंका दिया।

उसने वो फैसला ले लिया था जिसकी उम्मीद शायद स्वयं नियति को भी नहीं थी। अब वो भागने वाली नहीं थी। वो अब कुछ ऐसा करने जा रही थी जो उसका आखिरी दांव साबित होने वाला था।

लेकिन यह दांव... जीत लाएगा या सर्वनाश? यह तो आने वाला पल ही बताने वाला था।"

अध्याय 11
प्रेम ही अस्त्र है

जंगल के उस घने और रहस्यमयी पल में सन्नाटा इतना गहरा था कि हवा के चलने की आवाज़ भी किसी दबी हुई चीख जैसी लग रही थी। आसमान भी काले बादलों के पीछे छिपा हुआ था, जैसे ऊपर बैठे देवता भी नीचे होने वाली घटना को देखने से घबरा रहे हों। सूखे पत्तों की सरसराहट हर बार ऐसे प्रतीत होती थी जैसे किसी के दबे हुए कदमों की आहट हो—कभी लगता कोई पीछे खड़ा है, तो कभी लगता कि अंधेरे में कोई उसकी तरफ देख रहा है।

लेकिन शिवांशी अब इन आवाज़ों से डर नहीं रही थी। डर का वह दौर बीत चुका था। उसके भीतर का वह डर, जो कुछ घंटे पहले तक उसे कमज़ोर बना रहा था, अब एक ठंडे और दृढ़ निश्चय में बदल चुका था।

वह उस प्राचीन 'गोल घेरे' के किनारे पर खड़ी थी। यह जगह जंगल के बाकी हिस्सों से अलग थी। यहाँ की हवा में एक भारीपन था, एक सदियों पुरानी याद थी। यह वही घेरा था जो अब तक उसके लिए एक अनसुलझा सवाल बना हुआ था, लेकिन आज शायद वही उसका अंतिम जवाब बनने वाला था। उसकी सांसें तेज़ थीं, सीना धड़क रहा था, लेकिन उसका दिमाग अब शांत हो रहा था। जैसे एक भयानक तूफान के आने से ठीक पहले समुद्र की

लहरें शांत हो जाती हैं, वैसा ही कुछ खतरनाक ठहराव उसके मन में आ गया था।

शिवांशी ने एक गहरी, लंबी सांस ली। जंगल की ठंडी हवा उसके फेफड़ों में भर गई, जो उसे अंदर तक ठिठुरा गई। उसने अपने लड़खड़ाते कदमों को मज़बूत किया। उसके पैरों ने ज़मीन को जकड़ लिया। उसने उस घेरे की तरफ कदम बढ़ाया।

जैसे ही उसने अपना पहला कदम उस घेरे के भीतर रखा, उसे एक अजीब सी, बिजली जैसी ऊर्जा महसूस हुई। एक ठंडी सी लहर उसकी रीढ़ की हड्डी में दौड़ गई, जैसे किसी ने बर्फ का टुकड़ा उसकी गर्दन पर रख दिया हो। यह कोई साधारण जगह नहीं थी; यहाँ की मिट्टी में सदियों पुराने राज़, मंत्र और पूर्वजों की शक्तियाँ दफन थीं। हर एक कण में ऊर्जा थी।

वह घेरे के बिल्कुल बीचों-बीच जाकर बैठ गई। ज़मीन ठंडी थी, नमी से भरी हुई, पर उस ठंडक ने उसे होश में रखा। उसने अपनी आँखें बंद कीं। अंधेरा अब बाहर भी था और अंदर भी। उसकी आँखों के सामने अभी भी वे भयानक दृश्य नाच रहे थे—उसके सपने, वह तबाही, वह विशाल नाग। लेकिन उसने तय कर लिया था कि वह इस अंधेरे से भागेगी नहीं, बल्कि इसमें रोशनी ढूँढ कर ही रहेगी।

"अगर मेरे वे सारे सपने सच थे... वह जंगल, वह दुनिया, वह बंधन, वह नाग, वह बर्बादी... तो फिर वह सपना भी सच होना चाहिए जिसमें मैंने उन्हें देखा था," उसने मन

ही मन खुद को समझाया। उसकी मुट्ठियाँ कस गईं। "मुझे विश्वास रखना होगा।"

उसने अपने दोनों हाथ अपने घुटनों पर रखे और ध्यान मुद्रा में आ गई। शुरुआत में उसका दिमाग भटक रहा था। कभी पिता का चेहरा सामने आता, कभी जंगल का वही दृश्य, कभी साधु की बातें और कभी उस भयानक नाग का चेहरा। लेकिन उसने अपने मन को खींचा और केंद्रित किया।

उसके होंठ हिलने लगे, पहले धीरे, फिर थोड़े स्पष्ट।

"ॐ नमः शिवाय... ॐ नमः शिवाय..."

शुरू में ये सिर्फ शब्द थे, लेकिन धीरे-धीरे ये ध्वनि बन गए। मंत्र का उच्चारण उसके गले से नहीं, उसकी नाभि से, उसके अस्तित्व की गहराइयों से निकल रहा था। हर शब्द के साथ उसकी बेचैनी कम होने की बजाय बढ़ती जा रही थी। उसे आज शांति नहीं चाहिए थी, उसे उत्तर चाहिए थे। उसे वह रास्ता चाहिए था जो उसे और उसके अपनों को बचा सके।

उसकी आत्मा तड़प रही थी। यह तड़प किसी साधारण भक्त की नहीं थी।

"हे महादेव..." शिवांशी की अंतरात्मा चीख उठी। यह पुकार किसी मंदिर में की गई प्रार्थना से ज़्यादा, एक भटकी हुई, डरी हुई बेटी की गुहार थी। "आप मेरे पिता हैं,

मेरे दोस्त, मेरे साथी, मेरे गुरु... सब कुछ आप ही हैं। कहाँ हैं आप? देखिए मैं कितनी अकेली हूँ इस लड़ाई में।"

बंद आँखों से आँसू की एक गर्म बूंद निकल कर उसके ठंडे गाल पर लुढ़क गई।

"मुझे आपकी बहुत ज़रूरत है। मैंने अब तक उस आकाशवाणी से, साधु बाबा से, सभी से यही सुना है कि विश्वास सबसे बड़ा अस्त्र है। किन्तु मेरा विश्वास तो आप हैं महादेव। मेरे सब कुछ हमेशा से आप ही तो हैं। आप ही मेरा आरंभ हैं और आप ही मेरा अंत। अगर आज आपने मेरा हाथ छोड़ दिया, तो मेरा विश्वास टूट जाएगा। और अगर मेरा विश्वास टूटा, तो मैं बिखर जाऊंगी, फिर मुझे कोई नहीं समेट पाएगा। प्लीज... मेरे इस विश्वास को टूटने मत दीजिए।"

उसका शरीर कांपने लगा था। अपराधबोध, डर, और ज़िम्मेदारी का बोझ उसे अंदर से खाए जा रहा था। वह खुद को दोषी मान रही थी हर उस चीज़ के लिए जो हो रहा था।

"मुझे कोई तो रास्ता दिखाइए ताकि मैं इस संकट को टाल सकूँ। मैं सबको बचाना चाहती हूँ, लेकिन मुझे नहीं पता कैसे। आपको तो याद होगा महादेव, जब बचपन में भी मैं किसी मुश्किल में होती थी या कोई सवाल मुझे परेशान करता था और उसका हल मैं आपसे ही तो मांगती थी। उस वक्त आप ही मेरे सहारे बनते थे। तो अब भी आ जाइए न मेरी मदद करने। आप तो अंतर्यामी हैं, सब

जानते हैं। मेरे अंदर का शोर भी और बाहर का खतरा भी। क्या मेरी भक्ति में कोई कमी रह गई?"

वह रोती जा रही थी और मंत्र पढ़ती जा रही थी। उसकी आवाज़ अब भारी हो गई थी, हिचकियाँ मंत्र के बीच में आ रही थीं। "मेरे साथ चलिए महादेव... इस संघर्ष में मुझे अकेला मत छोड़िए। मैं अकेले नहीं लड़ सकती।"

तभी... अचानक हवा का रुख बदल गया।

जो हवा अब तक सरसरा रही थी, वह अचानक एक तूफान में बदल गई। पेड़ों की डालियाँ ज़ोर-ज़ोर से हिलने लगीं, जैसे प्रकृति किसी के आगमन का स्वागत कर रही हो। जंगल का हर एक जीव शांत हो गया। झींगुर की आवाज़ें, उल्लू की आवाज़ें—सब बंद हो गईं। एक भारी, गंभीर सन्नाटा छा गया, जो उस तूफान के शोर से भी ज़्यादा प्रचंड था। यह सन्नाटा 'मृत्यु' का नहीं, बल्कि 'दिव्यता' का था।

शिवांशी की बंद आँखों के सामने अंधेरा था, लेकिन अचानक वहाँ एक तेज़ रोशनी फूट पड़ी। वह रोशनी इतनी प्रचंड, इतनी तेज़ थी कि बंद पलकों के पीछे भी शिवांशी की आँखें उस तेज़ को सहन न कर पाई। उसे लगा जैसे हज़ारों सूरज एक साथ ज़मीन पर उतर आए हों। उसके पूरे शरीर में एक गर्माहट फैल गई।

उस तेज़ रोशनी में से, धुएँ और बादलों के बीच से, एक आकृति उभरनी शुरू हुई।

पहले धुंधली, फिर स्पष्ट।

एक विशाल, दिव्य आकृति। जटाओं में गंगा का वेग, गले में सर्प की माला, माथे पर विभूति, और चेहरे पर वह शांति जो ब्रह्मांड के सारे शोर, सारे दुख को खामोश कर दे। वे वहाँ थे। साक्षात्। उनकी उपस्थिति ने ही वातावरण को पवित्र कर दिया था। चारों तरफ एक मनमोहक सुगंध फैल गई।

शिवांशी का शरीर स्थिर हो गया। उसकी सांसें अटक गईं। रोना बंद हो गया। यह कोई कल्पना नहीं थी; वह उस ऊर्जा को, उस तेज को अपने रोम-रोम में महसूस कर सकती थी। यह वह पल था जिसके लिए ऋषि-मुनि सदियों तपस्या करते हैं।

उसने कांपते हाथों को जोड़ा। हाथ जुड़ नहीं रहे थे, पर उसने कोशिश की। वह झुक गई, इतना झुकी कि उसका माथा ज़मीन को छू गया। उसके मुँह से शब्द मुश्किल से निकल रहे थे।

"महादेव... आप आ गए? मैं जानती थी... मैं जानती थी आप मुझे इस अंधेरे में भटकने के लिए अकेला नहीं छोड़ेंगे। आप अपने भक्त को कभी निराश नहीं करते।"

महादेव ने उसे देखा। उनकी आँखों में गुस्सा नहीं, बल्कि असीम करुणा थी। वे शिवांशी को ऐसे देख रहे थे जैसे एक पिता अपनी परेशान बच्ची को पहली बार साइकिल चलाते हुए गिरने के बाद देखता है—सहारा देने के लिए तैयार, पर उठना खुद उसे ही है। महादेव ने सवाल किया,

उनकी आवाज़ गूँजी, जैसे बादलों की गरज भी संगीत बन गई हो। वह आवाज़ कानों से नहीं, सीधे आत्मा से सुनाई दे रही थी, "शिवांशी। उठो बेटी। तुम्हारी आंखों में आंसू? भला क्यों? तुम्हारा मन व्याकुल है किन्तु इन आंसुओं का कारण मुझे समझ नहीं आ रहा।"

"महादेव, मेरी मदद कीजिए," शिवांशी गिड़गिड़ाई, उसका सिर अभी भी झुका हुआ था। "आप तो सब जानते हैं। आप जानते हैं मेरे इन आंसुओं का कारण भी और मैंने आपको क्यों बुलाया ये भी। भला आपसे क्या ही छुपा रहा है। मुझे रास्ता दिखाइए। मैं टूट चुकी हूँ। मुझे नहीं समझ आ रहा मैं क्या करूँ।"

महादेव के होंठों पर एक हल्की, रहस्यमयी मुस्कान आ गई। "शिवांशी... उठो। रास्ता तो तुम खुद ही हो बेटी। मैं इसमें तुम्हारी क्या मदद करूँ?"

शिवांशी हैरान रह गई। वह धीरे से सीधी हुई और उनकी आँखों में देखा। यह वह जवाब नहीं था जिसकी उसे उम्मीद थी।

"मैं?" वह हड़बड़ा गई। "महादेव, आप क्या कह रहे हैं? आप तो सर्वशक्तिमान हैं। त्रिलोक के स्वामी हैं। आपके लिए तो यह सब कुछ पलों का खेल है। आप चाहें तो एक पल में उस नाग को वापस बाँध सकते हैं, उसे भस्म कर सकते हैं। आप खुद ही इस विनाश को रोक दीजिए न। प्लीज, इसे खत्म कर दीजिए। मैं बहुत छोटी हूँ इसके लिए। किन्तु आपके लिए तो सब कुछ संभव है।"

महादेव ने धीरे से अपना सिर हिलाया, उनकी जटाएं हल्की सी हिलीं।

"यह नियति है, शिवांशी। और मैं नियति के फैसले में हस्तक्षेप नहीं कर सकता। सृष्टि नियम से चलती है, चमत्कार से नहीं। हर युद्ध मेरा नहीं होता। उस नाग के अंत के लिए नियति ने मुझे नहीं, तुम्हें चुना है। तुम ही वह माध्यम हो, जो इस विशाल नाग के प्रकोप से इस दुनिया को बचा सकता है।"

"महादेव... मैं?" शिवांशी की आवाज़ में अविश्वास और डर था। "मैं कैसे करूँगी यह सब? मैं तो एक साधारण लड़की हूँ। जिसे कल तक यह भी नहीं पता था कि वह कौन है, जिसका परिवार साधारण है। आप खुद देखिए जिसे एक बार बंधक बनाने के लिए भी साक्षात् दिव्य शक्ति को आना पड़ा था, तो भला उस विशाल नाग का मैं एक साधारण सी लड़की क्या ही बिगाड़ लेगी? महादेव? मुझे कोई रास्ता तो बताइए, मैं उसका अंत कैसे करूँगी? मेरे पास कोई शक्ति नहीं है, कोई हथियार नहीं है। मुझे कुछ तो बताएं।"

"तुम्हें अपने अस्त्र को पहचानना होगा," महादेव बोले। "जो तुम्हारे पास है। तुम्हारे भीतर है। जिसे तुम्हें खुद बाहर लाना है। शक्ति बाहर से नहीं मिलती शिवांशी, वह भीतर सोती है, उसे जगाना पड़ता है।"

"मेरे अंदर?" शिवांशी ने अपने हाथों को देखा, अपनी हथेलियों को उलट कर देखा जैसे वहाँ कोई हथियार ढूँढ रही हो। "वह कौनसा अस्त्र है महादेव जिसके बारे में मुझे

ही नहीं पता? क्या मैं कोई मंत्र बोलूँ? या कोई शास्त्र उठाऊँ?"

महादेव की आँखें चमकीं, जैसे उन्होंने कोई गहरा राज़ खोला हो। उन्होंने एक शब्द कहा, जो गूँज बन कर शिवांशी के कानों में उतर गया और उसके अस्तित्व को हिला गया।

"प्रेम।"

सन्नाटा छा गया। हवा भी रुक गई। शिवांशी को लगा शायद उसने गलत सुना।

"प्रेम?" उसने दोहराया। "कैसे महादेव? प्रेम किसी राक्षस को कैसे मार सकता है? प्रेम तो कमज़ोर बनाता है। प्रेम तो डर पैदा करता है खोने का।"

महादेव कुछ कदम आगे बढ़े। उनका आकार विशाल था, पर उनकी उपस्थिति बहुत सौम्य थी। हल्की मुस्कान के साथ महादेव ने उत्तर दिया –

"प्रेम से बढ़कर कुछ नहीं है इस संसार में, शिवांशी। तुम प्रेम को कमज़ोरी समझती हो? प्रेम सृजन भी है और विनाश भी। इस सम्पूर्ण ब्रह्मांड का मूल आधार है 'प्रेम'। इस संसार में ऐसा कोई भी नहीं जो इस भाव से वंचित हो। हर व्यक्ति को जीवन में किसी न किसी चीज से प्रेम है।"

"महादेव। ये तो असंभव है न कि प्रेम हर एक चीज में ही हो। एक साधु संपूर्ण संसार का त्याग करता है। वो भी तो इस भाव का त्याग करता है। उसके जीवन में प्रेम, दुख, खुशी, क्रोध किसी भी चीज का भाव नहीं रहता। एक गुस्से वाले इंसान में भी प्रेम नहीं मिल सकता। तो ये सब जगह कैसे हो सकता है महादेव?" शिवांशी ने उत्सुकता को बढ़ाते हुए पूछा।

महादेव शिवांशी का तर्क सुन कर थोड़े मुस्काए और बोले — "शिवांशी... तुम्हे ज्ञान नहीं है किन्तु ये ही सत्य है कि संपूर्ण संसार का आधार प्रेम ही है। तुम कह रही हो एक साधु संपूर्ण सुखों का त्याग करता है, किन्तु किसके लिए? अपने परमात्मा को पाने के लिए। वो केवल सांसारिक मोह का त्याग करता है आत्मिक जीवन का नहीं। एक साधु अपने ईश्वर से प्रेम करता है।

पुत्री, प्रेम हर भाव में व्याप्त है। तुम जिसे क्रोध कहती हो, वह भी प्रेम का ही एक विकराल रूप है—जब प्रेम को चोट पहुँचती है, तो वह ज्वाला बनकर फूटता है। ममता में प्रेम है, करुणा में प्रेम है, एक लालची इंसान को भी दौलत से प्रेम है। हमारा जीव और निर्जीव वस्तुओं से लगाव भी प्रेम ही है। यहाँ तक कि तीव्र नफरत भी प्रेम का ही एक उल्टा रूप है,क्योंकि जहाँ लगाव नहीं होता वहाँ नफरत भी जन्म नहीं ले सकती। प्रत्येक व्यक्ति या वस्तु जिसके प्रति हम लगाव रखे और सभी सीमा पार कर ले वो ही प्रेम है।

महादेव शिवांशी की ओर मद्धम मुस्कान के साथ देखते हुए बोले—

"शिवांशी... इस संसार में हर एक वस्तु, हर एक भाव की कोई न कोई परिभाषा दी जा सकती है। तर्क उसे शब्दों में बाँध सकता है। किन्तु 'प्रेम' इस सृष्टि का एकमात्र ऐसा सत्य है जिसकी कोई परिभाषा नहीं हो सकती। याद रखना, प्रेम किसी भी रूप में हो सकता है, और यही वह अस्त्र है जिसे तुम्हें पहचानना है। तुम प्रेम को जितना समझोगी, वह उतना ही गहरा होता जाएगा, क्योंकि प्रेम का कोई अंत नहीं है... वह अनंत है, जैसे मैं हूँ।" वह कोमल भी है और विकराल भी, वह शांत भी है और प्रलयंकारी भी। उसे शब्दों के संकुचित घेरे में नहीं बताया जा सकता, उसे तो केवल शुद्ध हृदय से महसूस किया जा सकता है। और जिसे शब्दों में बताया न जा सके, वही तो सबसे शक्तिशाली होता है।"

"किंतु कैसे महादेव?" शिवांशी ने फिर पूछा, उसकी उत्सुकता और उलझन दोनों बढ़ गई थी। "मैं प्रेम से लड़ूँगी? तलवार या शक्ति की जगह प्रेम? और मैं उसे अस्त्र कैसे बनाऊंगी? और ये प्रेम अस्त्र उस नाग के बंधन का कारण कैसे बनेगा?"

"प्रेम एक भाव भी है और अस्त्र भी," महादेव ने समझाया। "उसे पहचानो। प्रेम ही तुम्हारी सबसे बड़ी ताकत है। किंतु तब जब तुम अपने डर का सामना करोगी। प्यार में इंसान इस दुनिया को बदल सकता है। प्रेम में तो इंसान भगवान को उनकी नियति बदलने तक पर विवश कर सकता है। सती के प्रेम ने मुझे विवश किया, सावित्री के प्रेम ने यमराज को। और तुम पूछ रही हो कि प्रेम कैसे अस्त्र हो सकता है?"

उनकी बातों में वज़न था। शिवांशी चुप थी, उनकी बातों को समझने की कोशिश कर रही थी। हर शब्द उसके दिमाग के ताले खोल रहा था।

"ऐसे कितने उदाहरण हैं, सोच कर देखो। सब उत्तर तुम अपने भीतर ही पाओगी। मैं यहाँ तुम्हारे समक्ष आया केवल और केवल तुम्हारे विश्वास और प्रेम के कारण ही। संपूर्ण सृष्टि का आधार केवल और केवल प्रेम ही है। प्रेम से बड़ा कुछ नहीं है। प्रेम ही वह ऊर्जा है जो सृष्टि के कण–कण को एक दूसरे से जोड़ती है। अब तुम्हारा प्रेम अस्त्र कैसे बनेगा... इसमें तो नियति ही स्वयं तुम्हारी मदद करेगी। इसमें मैं तुम्हारी मदद नहीं कर सकता, किंतु साथ ज़रूर रहूँगा। सदैव। किन्तु इसके लिए भी तुम्हें ही पहले कदम बढ़ाना होगा।"

शिवांशी के अंदर कुछ बदल गया। जैसे अंधेरे मन के कमरे में किसी ने दिया जला दिया हो। महादेव की बातों ने उसके अंदर के डर को पूरी तरह खत्म नहीं किया था, लेकिन उसे एक दिशा दे दी थी। एक अजीब सी ताकत, एक 'दैवीय संकल्प' उसकी नसों में दौड़ने लगी।

उसने सिर उठा कर, पहली बार पूरे आत्मविश्वास के साथ महादेव की आँखों में देखा।

"महादेव, मैं इस डर का सामना करूँगी। अब मैं पीछे नहीं हटूँगी। अगर आप कहते हैं कि प्रेम मेरी शक्ति है, तो मैं उस शक्ति को ढूँढ कर ही रहूँगी। मैं उस नाग का अंत

करके ही रहूँगी। और सबको बचाऊँगी भी, फिर चाहे इसके लिए मुझे अपने प्राण भी क्यों न देने पड़ जाएँ।"

शिवांशी की यह हिम्मत और यह जुनून देख कर महादेव के चेहरे पर एक शैतानी, पर स्नेह-भरी मुस्कान आ गई। यह मुस्कान छल-कपट वाली नहीं, बल्कि लीला वाली थी। वे ठिठोली करते हुए बोले,

"हूँ... यह जोश तो ठीक है शिवांशी। किन्तु मुझे याद आता है, कुछ समय पहले एक लड़की थी जो अपने पिता को एक छोटा सा साँप नहीं मारने दे रही थी? जिसे उस छोटे से जीव की पीड़ा महसूस हो रही थी, वह लड़की खुद एक विशाल, विनाशकारी नाग का अंत कर पाएगी? सच में शिवांशी? क्या तुम्हारा हृदय इतना कठोर हो पाएगा?"

महादेव की यह बात सुनकर शिवांशी एक पल के लिए चुप हो गई। उसे वह दृश्य याद आ गया जब उसने रोते हुए साँप को बचाया था, कैसे वह उसके लिए तड़प उठी थी। वह शर्मिंदा नहीं हुई, बल्कि उसे एहसास हुआ कि महादेव शुरू से उसके साथ थे। वे उसके हर पल, हर आँसू, हर डर के साक्षी रहे हैं। वे हमेशा से वहीं थे।

उसने नम आँखों से मुस्कुराते हुए कहा, "महादेव, आप तो सब जानते हैं। मेरा मार्गदर्शन आप करते रहिए, बस। जिसके आप सहारे, वह कभी न हारे। मैं वह भी करूँगी जो असंभव लगता है, क्योंकि अब मेरे साथ आप हैं। मेरा साहस आप हैं।"

इतना कह कर वह ज़मीन पर पूरा झुक गई और महादेव के चरणों में नतमस्तक हो गई। उसे लगा जैसे उनके चरणों की धूल ने उसके माथे की किस्मत बदल दी हो।

महादेव ने अपना हाथ उठाया। उनकी हथेली से एक दिव्य किरण निकली और शिवांशी को छू गई। आशीर्वाद की मुद्रा में वे बोले, "तथास्तु (ऐसा ही हो)।"

धीरे-धीरे वह तेज़ रोशनी फीकी पड़ने लगी। हवा का शोर कम होने लगा। वह दिव्य आकृति हवा में धुएँ की तरह घुलने लगी। जंगल वापस अपने पुराने रूप में आने लगा।

"महादेव!" शिवांशी चिल्लाई, उन्हें रोकने के लिए हाथ बढ़ाया।

उसने झटके से अपनी आँखें खोलीं।

सामने घना जंगल था। वही सन्नाटा। वही अंधेरा। वही सूखे पत्ते। वहाँ कोई नहीं था। न रोशनी, न तूफान, न महादेव।

वह सब कुछ उसने अपने ध्यान में, अपने अवचेतन मन की गहराइयों में देखा था। या शायद वह सच था जो सिर्फ उसकी आत्मा ने देखा। महादेव उसे मार्ग दिखाने आए थे, किंतु जवाब देने की बजाय वे एक और पहेली छोड़ गए थे।

प्रेम अस्त्र कैसे हो सकता है?

शिवांशी वहीं बैठी रही, उसका शरीर पसीने से भीगा हुआ था, लेकिन मन शीतल था। उसने जंगल की मिट्टी को अपनी मुट्ठी में भींच लिया। महादेव ने कहा था नाग मुक्त है। वह अपनी तबाही की ओर बढ़ चुका है। समय रेत की तरह फिसल रहा था। हर बीतता पल उन्हें विनाश के करीब ले जा रहा था।

लेकिन अब सवाल बदल चुका था।

क्या शिवांशी समय रहते अपनी ताकत को पहचान पाएगी? या प्रेम की परिभाषा ढूँढने में ही देर हो जाएगी? अनर्थ उसकी तरफ बढ़ रहा था, और अब सवाल यह नहीं था कि वह लड़ेगी या नहीं... सवाल यह था कि कैसे लड़ेगी? और क्या प्रेम वाकई किसी विनाश को रोक सकता है?

उसकी आँखों में अब डर नहीं, एक जिज्ञासा और एक आग थी। जंग शुरू हो चुकी थी।

अध्याय 12

नियति का रणघोष

महादेव जा चुके थे। जंगल का वह प्राचीन और रहस्यमयी गोल घेरा, जो कुछ क्षण पहले तक साक्षात् दिव्यता, अकल्पनीय प्रकाश और ब्रह्मांडीय ऊर्जा से जगमगा रहा था, अब फिर से उसी धुंधले, ठंडे और डरावने सन्नाटे में डूब गया था। वह स्वर्णिम रोशनी जो रूह को सुकून दे रही थी, अब ओझल हो चुकी थी और उसकी जगह जंगल के आदिम अंधेरे ने ले ली थी। शिवांशी अभी भी वहीं नम मिट्टी पर बैठी थी। उसकी मुट्ठियों में जंगल की गीली मिट्टी, सड़े हुए पत्ते और प्राचीन घास के तिनके कसी हुई थी। उसकी हथेलियों से पसीना बहकर मिट्टी में मिल रहा था, पर उसके सीने के भीतर एक अजीब सी जम देने वाली ठंडक थी। उसके कानों में अभी भी वह एक शब्द गूँज रहा था, जैसे किसी विशाल खाली कमरे में कोई अनंत प्रतिध्वनि हो— "प्रेम।"

उसने अपनी आँखें मूँद लीं। बंद पलकों के पीछे उसे वे सारी पहेलियाँ, साधु बाबा की रहस्यमयी चेतावनियाँ और वह गूँजती हुई आकाशवाणी किसी खौफनाक फिल्म की तरह घूमती दिखाई दी। उसने अपनी यादों के गलियारों में भागते हुए उन पलों को फिर से जिया। वह बचपन, जब उसे चोट लगती थी और पिता का हाथ उसके सिर पर आता था—वही तो प्रेम था। वह पल, जब उसकी दादी उसके लिए मंदिर से प्रसाद लाती थी—वही तो प्रेम था।

"विश्वास रास्ता दिखाएगा, और प्रेम अस्त्र बनेगा," उसने कांपते होंठों से खुद से फुसफुसाकर कहा। उसकी आवाज़ में एक थरथराहट थी, लेकिन उस थरथराहट के पीछे एक ऐसा पत्थर जैसा दृढ़ निश्चय था जो उसने अपनी पूरी ज़िंदगी में पहले कभी महसूस नहीं किया था।

उसने गहराई से सोचना शुरू किया—प्रेम क्या है? क्या यह सिर्फ वह कोमलता है जो माँ की लोरी या पिता के दुलार में होती है? नहीं। उसने अपनी स्मृतियों के सबसे अंधेरे और गहरे कोनों में झाँका। उसे याद आया कि कैसे महादेव ने माँ सती के वियोग में तांडव किया था—वह प्रेम का सबसे प्रलयंकारी, रौद्र और संहारक रूप था। जब हम किसी से अगाध प्रेम करते हैं, तो उसे सुरक्षित देखने की तड़प हमें काल के जबड़े से भी भिड़ने की शक्ति देती है। प्रहलाद का अपने प्रभु पर जो अटूट और अविचल विश्वास था, वही तो प्रेम का सबसे शुद्ध और शक्तिशाली रूप था। उसी प्रेम की पुकार ने सर्वशक्तिमान को एक निर्जीव पत्थर के खंभे से प्रकट होने पर विवश कर दिया था। शिवांशी ने सोचा, जब नृसिंह प्रकट हुए थे, तो उनका वह विकराल, भयानक और संहारक रूप क्या था? वह आधा शेर और आधा इंसान का शरीर, वह रोंगटे खड़े कर देने वाली दहाड़ और वह खूनी तबाही—वह सब भी तो अपने नन्हे भक्त के प्रति अगाध प्रेम का ही एक रूप था। वह ममता का ही एक रौद्र और प्रलयंकारी चेहरा था, जो अपने प्रिय की रक्षा के लिए साक्षात् काल बनकर उतरा था। उसकी आवाज़ में एक नई गूँज थी। उसे अहसास हुआ कि यदि नृसिंह का वह डरावना रूप प्रेम हो सकता है, तो उसका यह डर और

अपनों को खोने का दुख भी उसकी सबसे बड़ी शक्ति बन सकता है।

शिवांशी को अचानक यह बोध हुआ कि उसका अपने पिता की मुस्कान, अपनी दादी की ममता, उन छोटे मासूम बच्चों की किलकारी और अपनी इस मातृभूमि की मिट्टी के प्रति जो जुड़ाव है, वही उसकी असली तलवार है।

"प्रेम ही सृजन का आधार है, और प्रेम ही संहार की प्रलयंकारी ज्वाला," उसने मन ही मन किसी बीज मंत्र की तरह दोहराया। उसके भीतर का वह डर, जो अब तक उसे लकवा मार रहा था और उसकी नसों में बर्फ की तरह जम रहा था, अब एक ठंडे और घातक संकल्प में बदल चुका था। उसने अपनी मुट्ठियाँ खोलीं और धीरे से खड़ी हो गई। उसके पैरों के नीचे की आदिम ज़मीन जैसे उसे अपनी सदियों पुरानी शक्ति दे रही थी। उसने उस अंधेरी गुफा की ओर कदम बढ़ाए, जो मौत की उस मायावी दुनिया से उसके अपने घर और अपनी हकीकत की ओर जाती थी।

खतरे की भयावह आहट और प्रकृति का क्रूर विद्रोह

जब शिवांशी उस संकरी और दमघोंटू गुफा से बाहर निकली और अपने घर की ओर बढ़ने लगी, तो उसे लगा जैसे वह किसी दूसरी भयावह दुनिया में आ गई है। प्रकृति का वह सौम्य रूप, जिसे वह बचपन से जानती थी, अब पूरी तरह विकृत और वीभत्स हो चुका था। सूरज अभी पूरी तरह ढला नहीं था, लेकिन आकाश का उजाला जैसे किसी विशाल काली छाया ने सोख लिया था। बादलों का

रंग नीला या सिंदूरी होने के बजाय राख जैसा सलेटी और मटमैला हो गया था, मानो पूरे ब्रह्मांड ने कफन ओढ़ लिया हो।

हवा में एक ऐसा अजीब भारीपन था कि हर साँस के साथ सीने में जलन हो रही थी। ऑक्सीजन जैसे वातावरण से गायब हो रही थी और उसकी जगह एक घुटन भरी गंध ले रही थी। पेड़ों पर बैठे पक्षी अब चहक नहीं रहे थे, बल्कि वे एक विक्षिप्त खौफ में ऐसी आवाज़ें निकाल रहे थे जैसे वे रो रहे हों। जंगल के छोटे जानवर—हिरण, खरगोश और यहाँ तक कि सियार भी—पागलों की तरह इंसानी बस्तियों की ओर भाग रहे थे। उनकी आँखों में वह आदिम डर था जो तब आता है जब शिकारी स्वयं साक्षात् यमराज बनकर आ रहा हो।

शिवांशी के पैर थककर पत्थर हो चुके थे, तलवों की त्वचा छिल चुकी थी और वहाँ से खून रिस रहा था, लेकिन उसका जुनून उसे रुकने का नाम नहीं लेने दे रहा था। वह भागते हुए जब अपने आँगन के करीब पहुँची, तो वहाँ का दृश्य देखकर उसकी रूह कांप गई। वहाँ सब कुछ 'सामान्य' दिख रहा था, लेकिन वह सामान्यता सबसे बड़ी चेतावनी थी। आँगन में एक खौफनाक, गला घोंटने वाला सन्नाटा व्याप्त था—ऐसा सन्नाटा जो किसी बड़े धमाके से पहले आता है। घर की दीवारें भी जैसे कांप रही थीं और पालतू कुत्ते डर से कोने में दुबक कर कराह रहे थे।

"दादी! माँ! चाची! सब बाहर निकलो! अभी भागो यहाँ से!" शिवांशी की चीख उस खामोशी को कांच की तरह चीरती हुई गूँजी।

उसकी दादी, जो तुलसी के पवित्र चबूतरे के पास संध्या आरती के लिए हाथ में पीतल का पुराना दीया लिए खड़ी थीं, उनके हाथ अचानक एक अज्ञात डर से कांप गए। दीया हाथ से छूटा और फर्श पर गिरकर बुझ गया। पीला तेल पूरे फर्श पर फैल गया, जो किसी अशुभ संकेत की तरह लग रहा था। तेल की वह काली छाया फर्श की दरारों में समाने लगी। "शिवांशी? तू कहाँ थी इतनी देर? और ये तेरा हुलिया... तेरे कपड़े कांटों से फटे हुए हैं, माथे पर खून और धूल है... जैसे तू श्मशान की राख से उठकर आई हो।"

शिवांशी ने दादी के दोनों कंधों को अपनी पूरी ताकत से पकड़कर झकझोर दिया। उसकी आँखों में एक अजीब सी छटपटाहट थी। "दादी, अब समझाने का समय नहीं है। हमें इसी पल, इसी सेकंड यहाँ से निकलना होगा। वह नाग... वह काल की सदियों पुरानी बेड़ियों से मुक्त हो चुका है। वह यहाँ आ रहा है! वह सबको निगलने आ रहा है! हमें उस प्राचीन गुफा की ओर भागना होगा, वही एकमात्र जगह है जहाँ उसकी माया नहीं पहुँच सकती!"

बरामदे में रखी आराम कुर्सी पर बैठे उसके चाचा और चाची, जो ठंडी शाम की हवा का आनंद ले रहे थे, एक-दूसरे को देखकर उपहास भरे ठहाके मारकर हंस पड़े। चाचा ने व्यंग्य भरी मुस्कान के साथ अपना पैर हिलाते हुए कहा, "अरे ओ लड़की! कौन सा भूत चढ़ गया है तुझ पर? देख, न कोई तूफान है, न कोई संकेत। तूने ज़रूर जंगल में कोई ज़हरीला फल खा लिया है या कोई बहुत डरावना सपना देख लिया है। जा, अंदर जाकर मुँह धो

और चुपचाप सो जा। यहाँ हवा तक नहीं चल रही और तू प्रलय की बात कर रही है।"

चाची ने भी चुटकी लेते हुए कहा, "दिन भर उस जंगली साधु के पीछे घूमेगी, जो इसके सिवा आज तक किसी ने नहीं देखा, तो दिमाग तो ठिकाने रहेगा नहीं। इतना बड़ा नाग कहाँ से आएगा? क्या हमें अपनी आँखों से कुछ नहीं दिख रहा? तू पागल हो गई है शिवांशी, तुझे इलाज की ज़रूरत है। लगता है तुझे किसी मनोचिकित्सक को दिखाना पड़ेगा। न जाने सारा दिन कहां से इतनी अजीब बातें लाती है। कभी जंगल, कभी साधु, कभी नाग, कभी कुछ...। ये सब तेरे दिमाग का वहम है।"

शिवांशी की माँ रसोई से बाहर आईं और उसके बर्फ जैसे ठंडे पड़ चुके हाथों को अपने गरम आंचल में छिपा लिया। शिवांशी के माथे पर हाथ रखते हुए बोली,–"बेटा, दिखा तुझे बुखार तो नहीं है न? नहीं। बुखार तो नहीं है सब ठीक ही है। तू बहुत ज्यादा थक गई है और डर गई है। देख, यहाँ सब ठीक है। सूरज ढल रहा है, रात होने वाली है। हम सब साथ हैं, हमें कुछ नहीं होगा।"

शिवांशी की आँखों से बेबसी और गुस्से के आँसू बह निकले। यह 'अनजान' होना उस आने वाली मौत से भी ज़्यादा खौफनाक था। वह पूरी ताकत से चिल्लाई, "मैं पागल नहीं हूँ! मैंने साक्षात् महादेव के चरणों को स्पर्श किया है! मैंने उस जलती हुई दुनिया की गंध महसूस की है! वह उस कबीले और वहां के जंगल को राख कर चुका है और अब उसे हमारी इस दुनिया का रास्ता मिल गया है। प्लीज... मेरी बात मानो, वरना हममें से कोई सुबह का

सूरज नहीं देख पाएगा! आप जिसे शांति समझ रहे हैं, वह तूफान के आने से पहले का सन्नाटा है!"

लेकिन उसके परिवार के लिए शिवांशी का ऐसा व्यवहार उसके मन के वहम या शायद उसके किसी बुरे सपने का असर था। वे उस 'महाप्रलय' के पदचाप नहीं सुन पा रहे थे जो उनके दरवाजे पर काल बनकर खड़ा था।

उसकी दादी ने दौड़कर उसे गले लगा लिया, उनकी आँखों में आंसू थे। "हम ठीक हैं बेटा, पर तू कहाँ थी? सारा घर देख लिया था पर तू सुबह से घर ही नहीं थी। हमें तेरी बहुत फिक्र हो रही थी। और तुम हो कि आते ही बहकी बहकी बातें करने लगी। और ये बाहर का मौसम अचानक ऐसा क्यों हो गया? कुछ देर पहले तक तो सब ठीक था।"

दादी की ये बात सुन कर की वो सुबह से घर नहीं थी, शिवांशी के मन में एक गहरा और तीखा सवाल उठा। अरे हां...! वह नाग तो बहुत पहले ही मुक्त हो चुका था। उसकी शक्ति अपार है और उसकी गति तो हवा से भी तेज़। तो उसने अब तक यहाँ सब कुछ राख क्यों नहीं किया? वह अब तक हमारे घर तक क्यों नहीं पहुँचा? वह है कहाँ? वो इतना शांत कैसे हो अभी तक?

शिवांशी ये सब सोच ही रही थी कि तभी बाहर आंगन से खौफनाक आवाज आई। सभी घर वाले बाहर बगीचे में आए और इधर उधर देखने लगे कि ये आवाज कहां से आई।

शिवांशी को उसके सवाल का उत्तर उसे तब मिला जब उसने जंगल की सीमा पर एक नीली, बिजली जैसी चमकती धुंध देखी। वहाँ, घने पेड़ों के बीच साधु बाबा खड़े थे। उनके साथ कबीले के कुछ बचे हुए लोग भी खड़े थे, जो अपनी जान बचा कर कबीले से यहां आए थे। बाबा का शरीर पसीने से तर-बतर था, उनकी नसें खिंची हुई थीं और उनके हाथ हवा में एक मंत्रमुग्ध मुद्रा में थे। उनके चारों ओर एक नीली ऊर्जा का घेरा था जो जंगल के एक बड़े हिस्से को ढके हुए था।

शिवांशी दौड़कर उनके पास पहुँची। बाबा की आँखें आधी बंद थीं और उनके मुँह से लगातार प्राचीन मंत्रों का उच्चारण हो रहा था। उन्होंने बेहद कमजोर आवाज़ में कहा, "शिवांशी... मैं इसे ज़्यादा देर नहीं रोक पाऊँगा। मैंने अपनी पूरी जीवन की तपस्या और अपनी शक्तियों का अंतिम कवच बनाकर इसे जंगल के गहरे हिस्सों में उलझाए रखा था, ताकि तुम कोई समाधान निकाल सको। लेकिन मेरी शक्तियाँ अब जवाब दे रही हैं... वह राक्षस... ये नाग बहुत बलशाली है।"

शिवांशी को अब समझ आया कि उसका परिवार सिर्फ इसलिए बचा है क्योंकि बाबा ने अपनी जान जोखिम में डालकर उस नाग को 'बांध' रखा था।

"बाबा, मुझे उत्तर मिल गया है। इसका हल प्रेम है," शिवांशी ने आत्मविश्वास से कहा।

साधु बाबा की थक चुकी आँखों में एक दिव्य चमक आई, पर तभी आकाश में एक जोरदार बिजली कड़की। बाबा के

चारों ओर का नीला घेरा कांच की तरह टूटकर बिखर गया। "अब समय खत्म हुआ! यह सुनसान और विरान इलाका तो फिर भी बच गया, पर अगर यह नाग यहाँ से बाहर निकल गया, तो दुनिया का कोई कोना इसे रोक नहीं पाएगा। इसे यहीं खत्म करना होगा, शिवांशी! अपनी रूह की शक्ति को जगाओ!" और तभी होता है।—

प्रलय का भयानक नृत्य और महानाग का आगमन

तभी... अचानक वह हुआ जिसकी कल्पना मात्र से पत्थर का दिल भी फट जाए।

सबसे पहले ज़मीन के बहुत नीचे से एक ऐसी भारी और गूँजती हुई गड़गड़ाहट हुई जैसे हज़ारों ज्वालामुखी एक साथ फटने की कोशिश कर रहे हों। आँगन में रखा पानी का पुराना मटका बिना किसी के छुए टुकड़े- टुकड़े होकर बिखर गया। फर्श की दरारों से एक गाढ़ा, काला और सड़ांध भरा तरल पदार्थ उबलने लगा। वह सन्नाटा अचानक एक ऐसी कर्कश आवाज़ में बदल गया जिसे सुनकर कान के पर्दों से खून निकलने लगे—यह आवाज़ हज़ारों इंसानी हड्डियों के एक साथ टूटने जैसी थी।

आकाश में काले बादलों ने अचानक बिजली की गति से एक विशाल, घूमती हुई कुंडली का आकार ले लिया। बादलों के बीच से कोई साधारण बिजली नहीं कड़की, बल्कि पूरा क्षितिज एक ज़हरीली नीली और बैंगनी रोशनी से नहा गया। यह रोशनी इतनी तेज़ थी कि आँखों के सामने अंधेरा छा गया।

और फिर जंगल की उस सीमा पर, जहाँ सदियों पुराने बरगद और पीपल के पेड़ खड़े थे, वे सूखे तिनकों की तरह जड़ से उखड़ने लगे। मिट्टी, धूल और मलबे का एक ऐसा विशाल गुबार उठा कि आँखों के सामने पूर्ण अंधकार छा गया। उस उठते हुए मलबे और धुएं के बीच दो विशाल, दहकती हुई रक्त-रंजित लाल आँखें चमकीं, जो साक्षात् मौत का निमंत्रण दे रही थीं। प्रत्येक आँख एक विशाल मशाल की तरह धधक रही थी।

वह नाग आ चुका था।

उसका आकार इतना विशाल था कि जब उसने अपना फन उठाया, तो उसने बादलों की परतों को चीर दिया। उसकी खाल काली नहीं थी, बल्कि उसमें से एक मटमैली नीली और पीली आग की चमक निकल रही थी। उसकी खाल के स्केल्स किसी पुराने कवच की तरह एक-दूसरे पर चढ़े हुए थे, जिनमें से ज़हरीला धुआँ निकल रहा था। उसके शरीर पर लगे विशाल काले कांटे किसी आरी की तरह बड़े-बड़े पेड़ों को मक्खन की तरह काटते हुए आगे बढ़ रहे थे। जब उसने अपनी विशाल फन फैलाई, तो बची-कुची रोशनी भी पूरी तरह गायब हो गई। उसकी हर साँस के साथ हवा में गंध फैल रही थी—जैसे लाखों गलित लाशें एक साथ धूप में छोड़ दी गई हों।

दादी के हाथ से पूजा की थाली गिर गई, तांबे का लोटा लुढ़ककर बगीचे के एक कोने में जा गिरा। लोटे की आवाज़ उस सन्नाटे में भयानक लग रही थी। चाचा का चेहरा राख जैसा सफेद पड़ गया, उनका पूरा शरीर वहीं खड़े खड़े बुरी तरह कांपने लगा। चाची के मुँह से चीख भी

नहीं निकली, बस वे वहीं पत्थर की मूरत बन गईं। उनकी आँखों की पुतलियाँ इतनी फैल गई थीं कि लग रहा था वे अभी फट जाएँगी।

"यह... यह क्या दानव है?" चाचा की आवाज़ में अब वह सारा घमंड मिट्टी में मिल चुका था, अब वहाँ सिर्फ मौत का डर था।
नाग ने एक ऐसी फुफकार मारी कि आसपास की सारी जमीन टूटकर बिखरने लगी। वह धीरे-धीरे, अपनी विशाल देह को सिकोड़ते और फैलाते हुए सीधे शिवांशी के घर की ओर बढ़ रहा था। उसका भारी, मांसल शरीर जब ज़मीन पर रगड़ रहा था, तो ऐसा लग रहा था जैसे कोई विशालकाय पहाड़ खिसक रहा हो। ज़मीन पर एक गहरी खंदक जैसी दरार पड़ती जा रही थी।

शिवांशी ने अपनी आखिरी बची-कुची ताकत बटोरी और दहाड़ी, "जल्दी! पीछे के रास्ते से भागो! कोई भी गाड़ी या आवाज़ करने वाली चीज़ मत उठाना, वह कंपन महसूस करता है! सिर्फ पैदल चलो, उस गुप्त गुफा की ओर भागो!"

तभी, मलबे और धुएं के बवंडर के बीच से साधु बाबा प्रकट हुए। उनके हाथ में एक प्राचीन काष्ठ दंड था और उनकी आँखों में वह अलौकिक स्थिरता थी जो प्रलय के समय भी विचलित नहीं होती। उनके वस्त्र हवा में ऐसे लहरा रहे थे मानो वे किसी और ही लोक से आए हों। उन्होंने शिवांशी की ओर देखा, उनकी आवाज़ किसी बादल की गरज की तरह गूँजी, "शिवांशी, अब भागने का मार्ग सदा के लिए बंद हो चुका है। यह तुम्हारी नियति का अंतिम

रणक्षेत्र है। यदि आज तुम पीछे हटी, तो यह नाग पूरे ब्रह्मांड को एक विशाल श्मशान बना देगा। कहाँ है तुम्हारा वह प्रेम-अस्त्र जिसे महादेव ने स्वयं जगाया है? पहचानो अपनी शक्ति को, वरना ये सब राख बन जाएँगे।"

शिवांशी की नज़र अपने परिवार पर पड़ी। चाचा, चाची और उनके दो नन्हे बच्चे—आर्यन और टीना—दहशत के मारे जड़ हो चुके थे। उनके पैर जैसे ज़मीन में जम गए थे। वे जैसे ही बदहवासी में आँगन से बाहर की ओर भागे, नाग की वह विशाल पूँछ, जो किसी काले पहाड़ जैसी भारी और खुरदरी थी, हवा में एक विशाल चाबुक की तरह घूमी। पूँछ के प्रहार से बिजली के खंभे मुड़ गए और कंक्रीट की दीवारें ढह गईं।

"धपाक्!"

एक भयानक कंपन हुआ जिससे पूरे घर की नीवें हिल गईं। शिवांशी की आँखों के सामने उसकी चाची और दोनों मासूम बच्चों को नाग ने अपनी पूँछ की विशाल कुंडली में जकड़ लिया। नाग की खाल के कांटे उनकी कोमल खाल में चुभने लगे थे।

"बचाओ! हमें कोई तो बचाओ! हे भगवान हमारी मदद करो! हमें बचाओ...!" चाची की आवाज़ एक दर्दनाक चीख में बदली, जो बीच में ही घुट गई क्योंकि नाग ने अपनी पकड़ को हड्डियों को चूर-चूर करने वाली सीमा तक कस दिया था। चाची की आँखों से आँसू नहीं, बल्कि खून जैसा पानी बह रहा था। नाग ने अपनी विशाल,

भयानक गर्दन नीची की और अपना मुँह उन तीनों के करीब लाया। उसकी काली, दोमुँही जीभ लपलपा रही थी, जिससे नीली ज़हरीली आग की लपटें निकल रही थीं। वह उन्हें ज़िंदा निगलने की तैयारी में था, उसकी आँखों में एक पाश्विक और ठंडी भूख थी।

शिवांशी का दिल जैसे सीने को फाड़कर बाहर आने को था। उसके पैर लड़खड़ा रहे थे, उसकी साँसें अटक रही थीं। उसके दिमाग के एक कोने में एक ठंडी और डरावनी आवाज़ आई— "भाग जा शिवांशी! तू एक मामूली इंसान की बच्ची है, तू इस शैतान को कभी नहीं हरा सकती! अपनी जान बचा ले! ये सब तो मरेंगे ही, तू क्यों अपनी आहुति दे रही है?"

लेकिन तभी उसकी नज़र उन छोटे मासूम बच्चों—आर्यन और टीना—के चेहरों पर पड़ी। उनकी छोटी-छोटी मुट्ठियाँ नाग की खाल को हटाने की नाकाम कोशिश कर रही थीं। उनकी आँखों में वही 'मृत्यु का खौफ' था जिसे देखकर पत्थर भी पिघल जाए। शिवांशी को अपनी रूह में एक असहनीय दर्द महसूस हुआ। वह अपने परिवार के सदस्यों को, अपने खून को और अपने अपनों को इस दानव का निवाला बनते नहीं देख सकती थी। उसे बचपन की वह सारी बातें याद आईं जब ये बच्चे उसकी उँगली पकड़ कर चलते थे।

अचानक, उसके पूरे शरीर में एक ऐसी झनझनाहट हुई जैसे हज़ारों वोल्ट का करंट एक साथ उसकी नसों में दौड़ गया हो। उसके रोंगटे खड़े हो गए और कानों में पड़ने वाला प्रलय का शोर अचानक एक विचित्र और अलौकिक

शांति में बदल गया। उसके भीतर एक ऐसी ऊर्जा का विस्फोट हुआ जो नफरत से नहीं, बल्कि एक असीम ममता, दर्द और अपने परिवार को खोने के असहनीय खौफ से जन्मी थी।

उसकी आँखों की पुतलियाँ, जो पहले काली थीं, अब धीरे-धीरे धधकते हुए शुद्ध सोने की तरह सुनहरी और तेज़वान होने लगीं। उसके मन के भीतर किसी कोने में एक सुनहरी आभा उभरने लगी जो उस ज़हरीले नीले अंधेरे को काट रही थी।

उसने एक लंबी, गहरी साँस ली, अपना सीना तानकर खड़ी हुई और एक ऐसी आवाज़ में चिल्लाई जो साक्षात् वनराज की दहाड़ थी और जिसमें महादेव का अंश छुपा था— "छोड़ दो उन्हें! तुम्हारा काल खड़ा है तुम्हारे सामने!"

वह विशाल नाग अचानक रुक गया। उसकी आँखों में अचरज की एक लकीर दौड़ी। उसने धीरे से उन तीनों को अपनी पकड़ में और ज़ोर से दबाया, जैसे वह शिवांशी के साथ कोई खूनी खेल खेल रहा हो। उसने अपनी गर्दन घुमाई और अपनी जलती हुई शैतानी आँखों से शिवांशी की सुनहरी आँखों में देखा। उसकी आँखों में एक गहरा उपहास था, मानो वह अपनी फुफकार से पूछ रहा हो— "तू एक धूल के कण जैसी बच्ची मेरा क्या बिगाड़ लेगी? तू किसके दम पर मुझसे लड़ रही है?"

शिवांशी ने अपने खाली हाथों को देखा। उसके पास न कोई तलवार थी, न कोई ढाल, न कोई मंत्र। पर उसे

अहसास हुआ कि उसका यह 'प्रचंड क्रोध' वास्तव में उसके 'अथाह प्रेम' का ही दूसरा, रौद्र चेहरा है। उसकी रगों में दौड़ता हुआ खून अब लावा बन चुका था। वह अपने परिवार की आहुति नहीं होने देगी।

नाग ने एक ऐसी गर्जना की जिससे धरती के सीने में मीलों लंबी दरारें पड़ गईं और अपना फन कई फ़ीट ऊँचा उठाकर शिवांशी पर अंतिम और प्राणघातक प्रहार करने के लिए तैयार हुआ। हवा में उसकी फुफकार से बिजली कड़कने लगी।

क्या शिवांशी उस मौत के खूनी जबड़े से अपने अपनों को खींच पाएगी? क्या एक साधारण लड़की के भीतर का असाधारण प्रेम उस प्राचीन दानव की राक्षसी सत्ता को चुनौती दे पाएगा? मौत और जीवन का यह खूनी खेल अब अपने चरम पर था और आकाश में देवता भी अपनी सांसें रोक कर इस महायुद्ध को देख रहे थे।

अध्याय 13

अग्नि-परीक्षा और काल का शिकंजा

धूल, राख और मलबे के उठते बवंडर के बीच शिवांशी उस प्रागैतिहासिक और विकराल नाग के सामने किसी नन्ही सी चट्टान की तरह डटी हुई थी। उसकी आँखों में वह दिव्य सुनहरी चमक अब भी राख में दबी चिंगारी की तरह धुंधली सी तैर रही थी, लेकिन उसका नश्वर शरीर अभी भी एक साधारण इंसान की सीमाओं में जकड़ा हुआ था। वह कांप रही थी, पर उसके पैर पीछे नहीं हटे। नाग ने अपनी विशाल, काली गर्दन को थोड़ा टेढ़ा किया, उसके गले से निकलने वाली घुरघुराहट किसी पुरानी मशीन के चलने जैसी थी। उसकी जलती हुई लाल आँखों में शिवांशी के लिए कोई सम्मान नहीं, बल्कि एक हिंसक उपहास था, मानो वह इस तुच्छ जीव की 'वीरता' के नाम पर किए जा रहे बचपने का मज़ाक उड़ा रहा हो।
अचानक, बिना किसी चेतावनी या आहट के, नाग की वह विशाल, भारी और खुरदरी पूँछ बिजली की गति से हवा के दबाव को चीरती हुई आई। हवा में एक तीखी सीटी जैसी आवाज़ हुई।

"धपाक्*!*"

एक ऐसा ज़ोरदार प्रहार हुआ जिसने भौतिकी के नियमों को चुनौती दे दी। शिवांशी को प्रतिक्रिया करने या संभलने का एक क्षण भी नहीं मिला। उसका शरीर किसी सूखे, बेजान पत्ते की तरह हवा में कई फीट ऊपर उछला। उसे

महसूस हुआ कि उसकी हड्डियों से हवा टकरा रही है। वह सीधे बगीचे की कंक्रीट की मज़बूत दीवार से जा टकराई। टकराव इतना भीषण था कि दीवार में दरारें पड़ गईं। शिवांशी ज़मीन पर किसी निर्जीव गुड़िया की तरह गिरी। उसके मुँह से गर्म, गाढ़ा खून का एक कतरा निकला और उसकी पसलियों में एक ऐसी बिजली जैसी लहर उठी जिसने उसके फेफड़ों की हवा छीन ली। सन्नाटे को चीरती हुई उसकी माँ की एक ऐसी चीख गूँजी जिसने जंगल के पक्षियों को फिर से डरा दिया, "शिवांशी! मेरी बच्ची!"

शिवांशी ने अपनी धुंधली होती आँखों को खोलने की कोशिश की। दुनिया गोल घूम रही थी। धूल के बादलों के बीच उसने देखा कि वह दानव अब उसकी चाची और बेबस आर्यन-टीना के और करीब पहुँच गया है। नाग की दोमुँही काली जीभ उनकी कोमल गर्दन के ठीक पास लपलपा रही थी, जिससे नीली लार टपक रही थी। जहाँ-जहाँ वह लार गिर रही थी, वहाँ की घास तुरंत जलकर काली पड़ रही थी।

शिवांशी ने टूटी हुई आवाज़ में फुसफुसाया, "मैं इसे शारीरिक शक्ति से नहीं हरा सकती... महादेव, रास्ता दिखाइए...' तभी उसके धुंधले पड़ते दिमाग़ में एक बिजली सी कौंधी। उसे याद आया—घर के अंधेरे तहखाने में उसके पिता ने सर्दियों में मिट्टी का चूल्हा जलाने के लिए केरोसिन (मिट्टी का तेल) के ढेरों पीपे जमा कर रखे थे। वह तेल नहीं, वह उम्मीद की आखिरी चिंगारी थी।

तहखाने का नर्क: एक सर्वाइवल हॉरर

उसने अपने शरीर के एक-एक सेल में उठते हुए असहनीय दर्द को पीछे धकेला। वह लड़खड़ाती हुई उठी, उसका दाहिना हाथ बेजान होकर लटक रहा था, पर उसकी आँखों में अब मौत का डर नहीं, बल्कि एक खूनी प्रतिशोध था। वह किसी घायल और भूखी शेरनी की तरह अपने पुश्तैनी घर की ओर दौड़ी।

वह तहखाने के उस दमघोंटू अंधेरे और सड़न भरी गंध में घुसी जहाँ पीढ़ियों पुराना कबाड़ और यादें दफन थीं। यहाँ का माहौल ऊपर की दुनिया से भी ज़्यादा डरावना था। बिजली जा चुकी थी, और छत से रिसाव के कारण पानी की बूंदें टप-टप गिर रही थीं, जिसकी आवाज़ किसी कब्रिस्तान के सन्नाटे में हथौड़े की चोट जैसी लग रही थी। अंधेरे में उसे कुछ सरकने की आवाज़ें आईं—शायद चूहे थे, या शायद उस नाग के छोटे वंशज। गंध इतनी तीखी थी कि शिवांशी का दम घुटने लगा।

एक जगह उसका पैर गीली काई पर फिसला और वह सीधे पुराने लोहे के कबाड़ पर जा गिरी। एक नुकीली चीज़ उसकी बांह को चीर गई, खून की एक नई धार बह निकली। दर्द की एक लहर उसके दिमाग़ तक गई, उसने खुद के होंठ काट लिए ताकि चीख बाहर न निकले। "अगर आज मैं यहीं गिरकर मर गई... तो सब खत्म हो जाएगा," उसने खुद से फुसफुसाकर कहा।

तभी उसकी नजर दीवार पर लगी कुछ तसवीर के पास गई। ओर जैसे ही शिवांशी ने उन तस्वीरों को छुआ तभी उसे एक भ्रम हुआ मानो एक अदृश्य शक्ति उसके आस पास हो और उसे कुछ बताना चाहती हो। उसने अपने

सामने अपने जैसे दिखने वाली एक लड़की हो देखा, जिसे देख कर ऐसे लग रहा था मानो वो शिवांशी की ही कोई जुड़वां बहन हो। उस शक्ति ने धीमे से शिवांशी के कानो में कहा।— "तुम्हे इस बार उसे रोकना ही होगा। इस विशाल नाग की तबाही को रोकने के लिए अब ये बस तुम्हारा अंतिम प्रयास है। कुछ भी हो जाए डरना मत। और न ही अपनी हिम्मत हारना। नियति स्वयं तुम्हारे साथ है। वो तुम्हे तुम्हारी मंजिल तक खुद ले कर जाएगी, तुम बस खुद पर विश्वास रखना और हौसला न छोड़ना।" इतना कह कर वो वहां से एक साए की तरह गायब हो गई। शिवांशी सोच में थी कि "ये आख़िर थी कौन? बिल्कुल मेरे जैसी?" लेकिन तभी उसका ध्यान उसकी चाची ओर उनके बच्चों की आवाज की ओर गया और वो तेल के डिब्बे ढूंढने लगी।

कोने में केरोसिन के लोहे के पुराने और जंग लगे पीपे रखे थे। उसकी साँसें किसी लुहार की धौंकनी की तरह चल रही थीं, छाती में उठती हर लहर उसे मारने की धमकी दे रही थी, लेकिन उसके हाथ अब पत्थर के हो चुके थे। उसने एक भारी ड्रम को खींचने की कोशिश की, हाथ तेल के कारण फिसल रहे थे। ड्रम लगभग गिर ही गया था, जिससे एक बड़ा धमाका हो सकता था, पर उसने अपनी पूरी जान लगाकर उसे थामा। उसने अपनी पूरी शारीरिक और मानसिक ताकत को एक बिंदु पर केंद्रित किया और एक-एक करके केरोसिन के भारी पीपों को सीढ़ियों से ऊपर आँगन की ओर घसीटना शुरू किया। लोहे के पीपों के फर्श पर रगड़ने की आवाज़ उस सन्नाटे में किसी युद्ध के नगाड़े जैसी लग रही थी।

खतरनाक योजना और पाश्विक अग्नि का तांडव

आँगन में पहुँचते ही उसने जो देखा, उससे उसका कलेजा मुँह को आ गया। नाग ने अपना विकराल जबड़ा इतना फैला लिया था कि वह एक साथ तीनों को निगल सके। शिवांशी ने अपना सारा खून और ताकत अपनी आवाज़ में लगा दी और चीखी, "ओए काल के कीड़े! यहाँ देख!"

जैसे ही नाग ने अपनी विशाल गर्दन घुमाई, शिवांशी ने पूरी शक्ति के साथ केरोसिन के डब्बे उस नाग की विशाल देह पर फेंकने शुरू कर दिए। काला, चिपचिपा और ज्वलनशील तेल नाग के उन प्राचीन नीले स्केल्स के बीच की दरारों में समाने लगा। नाग को समझ नहीं आ रहा था कि यह छोटी सी इंसानी बच्ची यह क्या तरल पदार्थ उस पर फेंक रही है। तेल की तीखी, कड़वी गंध ने पूरे बगीचे की हवा को ज़हरीला बना दिया।

शिवांशी ने पास पड़ी एक मज़बूत लकड़ी उठाई, उस पर फटाफट एक पुराना फटा हुआ कपड़ा लपेटा और उसे बचे हुए केरोसिन के ड्रम में डुबो दिया। उसने कांपते हाथों से माचिस की एक तीली जलाई... और वह मशाल एक धमाके के साथ धधक उठी। उसकी सुनहरी आँखों में उस आग का प्रतिबिंब नाच रहा था।

"अपनी उस नरक की आग में वापस जाओ जहाँ से तुम आए हो!" शिवांशी ने अपनी पूरी आत्मा की शक्ति के साथ वह मशाल नाग के तेल से लथपथ शरीर के ठीक बीच में फेंक दी।

"फूँSSS!"

अगले ही पल, एक भयावह धमाके के साथ नारंगी और लाल आग की लपटें साठ फीट ऊँची उठ गईं। नाग का वह पहाड़ जैसा शरीर अब आग के एक प्रचंड गोले में तब्दील हो चुका था। वह आग इतनी भयंकर थी कि उसकी तपिश से बगीचे के हरे-भरे पेड़ भी सेकंडों में झुलसकर काले हो गए। खिड़कियों के कांच गर्मी से चटकने लगे। नाग पहली बार एक असहनीय, रूहानी दर्द से बिलबिला उठा। उसकी जो गूँजती हुई चीख निकली, उसने पूरे इलाके की धरती को हिला दिया। वह दर्द की व्याकुलता में इधर-उधर अपनी पूँछ पटकने लगा। उसी झटके में उसकी पकड़ ढीली हुई और चाची तथा बच्चे गीली मिट्टी पर गिरे।

शिवांशी ने बिना एक सेकंड गंवाए मौत के उस घेरे की ओर दौड़ लगाई। उसने अपनी चाची और बच्चों को लगभग घसीटते हुए सुरक्षित दूरी पर पहुँचाया जहाँ उसके माता-पिता खड़े थे। "भागो! कार की ओर भागो! गुफा की तरफ निकलो! मै इसके अंत से पहले नहीं आ सकती! आप सब जाएं प्लीज़...!" वह पागलों की तरह, गला फाड़कर चिल्लाई।

शिवांशी की मां वहीं गिर गई। वह रोते हुए बोली – "मै अपनी बेटी को लिए बिना कहीं नहीं जाऊंगी। वो इसका सामना नहीं कर सकती। वो मर जाएगी।" शिवांशी ने अपनी मां की ये हालत देखी तो उसे महसूस हुआ कि ये सब उसकी वजह से हो रहा है। वो इसे ठीक करके ही रहेगी। उसने अपनी मां को समझते हुए कहा– "मां आपको जाना ही होगा। अगर आप सब नहीं गए ओर आप में से किसी को भी कुछ हुआ तो मैं तो वैसे भी जीते जी मर ही जाऊंगी। प्लीज़... आप ये ज़िद्द छोड़ दे। मै

वादा करती हूं मै किसी को कुछ नहीं होने दूंगी। और इस नाग का अंत आज ही करके रहूंगी। आप सब मेरी हिम्मत बने मेरी कमज़ोरी नहीं। जब तक आप सब यहां है मुझे आप सभी की चिंता रहेगी। लेकिन जब मुझे विश्वास होगा कि आप सब सुरक्षित है तो मैं अपना ध्यान इस नाग को हराने पर लगा सकूंगी। अब ज़िद्द छोड़े ओर कार में बैठ जाए।" उसकी ये बातें सुन कर उसकी मां न चाहते हुए भी उसकी बात मान लेती है और कार में बैठ जाती हैं।

माता-पिता की बेबसी,
कार के भीतर का माहौल किसी कत्लगाह से कम नहीं था। शिवांशी के पिता के हाथ स्टेयरिंग व्हील पर जम गए थे, पर उनकी आँखें अपनी बेटी पर टिकी थीं। उनकी आत्मा उन्हें धिक्कार रही थी कि एक पिता होकर वह अपनी बच्ची को मौत के मुँह में छोड़कर भाग रहे हैं। वह कार का दरवाजा खोलने ही वाले थे कि शिवांशी की माँ ने उनका हाथ पकड़ लिया।
माँ के चेहरे पर वह अपराधबोध था जो शायद उन्हें उम्र भर सोने न दे। "मैंने उसे क्यों नहीं रोका? मैंने उसे उस जंगल की ओर जाने ही क्यों दिया? आखिर मेरी बच्ची ही क्यों?" वह दहाड़ें मारकर रो रही थीं। पिता का चेहरा पत्थर का हो चुका था, उन्होंने एक पल के लिए सोचा कि कार को वापस उस नाग की ओर मोड़ दें और सब साथ मरें, पर पीछे बैठे डरे हुए छोटे बच्चों को देखकर उनका पैर ब्रेक पर ही थमा रह गया। यह एक ऐसी लाचारी थी जो किसी भी नरक से ज़्यादा दर्दनाक थी। माँ की सिसकियाँ कह रही थीं— "शिवांशी, हमें माफ़ कर देना..."

काल की अमरता और रूह कंपा देने वाली विफलता

पूरा परिवार कार में बैठा, इंजन की कर्कश आवाज़ गूँजी, टायर मिट्टी उड़ाते हुए घूमे, लेकिन शिवांशी के कदम वहीं जम गए। उसे कुछ महसूस हुआ। उसने पीछे मुड़कर देखा और उसका सारा शरीर बर्फ की तरह जम गया। उसका दिल धड़कना भूल गया।

वह आग, जिसे किसी भी जीवित प्राणी को राख की ढेरी बना देना चाहिए था, अब धीरे-धीरे शांत हो रही थी। नाग के शरीर से गाढ़ा नीला धुआँ उठ रहा था। जैसे ही वह धुआँ छँटा, शिवांशी की आँखों के सामने अंधेरा छाने लगा। नाग की उस प्राचीन खाल पर जलने का एक छोटा सा निशान भी नहीं था। एक खरोंच तक नहीं थी। उल्टा, उस आग ने उसकी नीली खाल को पॉलिश कर दिया था, जिससे उसके स्केल्स अब और भी ज़्यादा चमकदार, मज़बूत और डरावने दिख रहे थे।

नाग ने अपनी विशाल गर्दन को बहुत धीरे से, लगभग 'स्लो मोशन' में घुमाया। उसकी आँखों में अब केवल भूख नहीं थी, बल्कि एक बहुत ही ठंडा, परिष्कृत और हिंसक बदला था। वह धीरे से फुफकारा, और उस फुफकार में एक नहीं, बल्कि हज़ारों तड़पते हुए इंसानी आवाज़ों जैसा शोर सुनाई दिया। वह शिवांशी को ऐसे देख रहा था, मानो वह उसके कानों में सीधे बात कर रहा हो— "तुझे क्या लगा छोटी बच्ची? इन इंसानी खिलौनों और इस मामूली आग से तू उस 'काल' का अंत करेगी जिसे स्वयं काल भी नहीं छू सका? मैं वह हूँ जिसे प्राचीन समय में भी केवल बंधक बनाने के लिए स्वयं उस परमेश्व को धरती पर प्रकट होना पड़ा था। जिसे बांधना अब किसी भी शक्ति के लिए

संभव नहीं, उसके लिए तेरी यह आग केवल एक कोमल स्पर्श थी।"

नाग अब किसी शिकारी की तरह नहीं, बल्कि एक विजेता सम्राट की तरह शिवांशी की ओर बढ़ा। उसकी गति अब अकल्पनीय थी। पलक झपकते ही वह शिवांशी के सामने था। उसने अपनी विशाल देह की कुंडली शिवांशी के कोमल शरीर के चारों ओर लपेटनी शुरू की।

शिवांशी की पसलियाँ आपस में भिड़ने लगीं। उसे महसूस हुआ कि उसके आंतरिक अंग दब रहे हैं। उसकी साँसें उसके गले में ही घुटने लगीं। कार का दरवाजा खुला, उसके पिता बाहर निकलने के लिए चिल्लाए, उसकी माँ दहाड़ें मारकर रो रही थी, "मेरी बच्ची को छोड़ दो! ले लो मेरी जान, हमें खा लो, पर उसे छोड़ दो!" माता-पिता की वह बेबसी उस नाग के लिए एक मधुर संगीत जैसी थी।

शिवांशी ने अपनी पूरी इच्छाशक्ति बटोरी, अपनी गर्दन मोड़ी और अपने बिलखते हुए माता-पिता को आखिरी बार देखा। उसकी आवाज़ अब एक फुसफुसाहट मात्र थी, पर उसमें एक अमर दृढ़ता थी, "भागो... माँ... बाबा... यहाँ से निकलो! मेरी चिंता मत करो... महादेव... उन्होंने मुझे यहाँ तक लाया है... वही संभालेंगे... भागो!"

महायुद्ध: आँखों से रूह तक

नाग ने शिवांशी को हवा में उठाया और अपनी विशाल फन फैलाकर उसे बिल्कुल अपनी आँखों के स्तर पर ले आया। वो पल ऐसा लग रहा था जैसे काल का पहिया रुक गया हो। शिवांशी को अपनी धड़कनें अपने कानों में गूँजती हुई सुनाई दे रही थीं— धक्-धक्, धक्-धक्। नाग

की वह दहकती हुई लाल आँखें, जिनमें सदियों का अंधकार, हज़ारों हत्याओं का पाप और राक्षसी घमंड था, शिवांशी की कांपती पर अब स्थिर होती सुनहरी आँखों से सीधे टकरा रही थीं। नाग की आँखों की गहराई में शिवांशी को अपनी ही मौत का प्रतिबिंब दिख रहा था। वह पहले से ओर भी भयानक लग रहा था। नाग का चेहरा उसके इतने पास था कि उसे उसके नथुनों से निकलने वाली गंध और ज़हरीली गर्मी महसूस हो रही थी।

वह नाग उसे केवल देख नहीं रहा था, वह उसकी रूह के भीतर झाँक रहा था। उसे लगा जैसे नाग उसके दिमाग़ में फुसफुसा रहा है— "तेरा प्रेम कमज़ोर है शिवांशी। जिस परिवार को तू इतना प्रेम करती है, जिनके लिए तू मरने को भी तैयार है, वे तुझे तड़पता हुआ छोड़कर भाग रहे हैं। तेरा महादेव तुझे बचाने नहीं आएगा।" नाग की आँखों में एक क्रूर चमक थी, वह शिवांशी के भीतर के डर को बाहर निकलने का इंतज़ार कर रहा था।

शिवांशी ने महसूस किया कि समय का बोध खत्म हो रहा है। नाग की आँखें एक अनंत खाई की तरह लग रही थीं। लेकिन उसी पल, शिवांशी ने नाग के उपहास के जवाब में अपनी नज़रें नहीं हटाईं। उसने मृत्यु को सीधे आँखों में देखा।

शिवांशी के भीतर अब एक डरावनी शांति छा गई थी। यह शांति प्रेरणादायक नहीं थी, बल्कि यह एक 'सर्वनाश' का संकल्प था। उसने अपने फेफड़ों में बची हुई आखिरी ऑक्सीजन बटोरी और अपने मन के भीतर एक ऐसी शपथ ली जो खुद प्रकृति को भी डरा दे।

"अगर महादेव का प्रेम मुझे नहीं बचा सकता, तो मेरा यह बलिदान ही मेरी शक्ति बनेगा। अगर इस शैतान को मिटाने के लिए मुझे खुद को भस्म करना पड़े, तो मैं तैयार हूँ। मेरा शरीर राख बन जाए, मेरी हड्डियाँ मिट्टी में मिल जाएँ, पर इस दानव को मैं अपने साथ नर्क में लेकर जाऊँगी। अगर प्रेम कोमलता है, तो आज मेरा प्रेम वह ज्वाला बनेगा जो सब कुछ जला देगी—मुझ समेत। अगर ये ही नियति है तो मुझे ये स्वीकार है।"
यह कोई प्रार्थना नहीं थी, यह एक भयानक सौदा था। उसकी रूह ने हार मानने से इनकार कर दिया था।

नाग ने अपना विशाल जबड़ा खोला। उसके तलवार जैसे नुकीले दांतों से गाढ़ा नीला ज़हर टपक रहा था, जो ज़मीन पर गिरते ही पत्थर को भी पिघला रहा था। शिवांशी ने अपनी आँखें बंद नहीं कीं। उसने मृत्यु को सीधे आँखों में देखा और अपने मन के सबसे गहरे कोने में महादेव का नाम लिया—नफरत से नहीं, बल्कि एक अंतिम और संपूर्ण समर्पण वाले प्रेम के साथ।

ठीक उसी पल, जब नाग के ज़हरीले दांत शिवांशी की गर्दन को भेदने वाले थे, तभी शिवांशी ने मन में अंतिम बार महादेव को याद करते हुए बोला– " हे महादेव! मैंने अपनी पूरी कोशिश की ताकि मै इस अनर्थ को रोक सकू। किन्तु मैं विफल रही। कृपया मुझे कोई रास्ता दिखाए। मेरे विश्वास और प्रेम की लाज रखिए। कोई तो चमत्कार कर दीजिए। आपने कहा था आप इस सफर में मेरे साथ है, कृपया अपनी इस बेटी की रक्षा करे और कोई मार्ग

दिखाए।" इतना कह कर शिवांशी जोर जोर से महादेव के मंत्र का जाप करने लगी।

ॐ नमः शिवाय! ॐ नमः शिवाय।

ओर तभी वातावरण में एक अलग ही तरह की कंपन होने लगी। जिसने उस नाग को भी कुछ पल के लिए रोक दिया था। उसके चारों ओर एक अलग ही ऊर्जा जाह रही थी जो उस वातावरण को शुद्ध कर रही थी।

किन्तु शिवांशी का ये प्रयास भी ज्यादा समय तक टिकेगा या नहीं कोई नहीं जानता था। मृत्यु के द्वार पर खड़ी शिवांशी को अब वह अंतिम चुनाव करना था—क्या वह एक बेबस शिकार बनकर इतिहास के पन्नों में दब जाएगी, या वह उस 'प्रेम' को एक ऐसे ब्रह्मांडीय ज्वालामुखी में बदल देगी जो इस 'अमर' काल को भी भस्म करने की शक्ति रखता हो?
अब 'शिवांशी' केवल एक लड़की नहीं थी... वह एक 'अस्त्र' बनने की प्रक्रिया में थी।

अध्याय 14

नियति का अंतहीन खेल

वातावरण में केवल और केवल मृत्यु का तांडव नाच रहा था। हवा में ऑक्सीजन की जगह ज़हरीली गंध और जलती हुई राख ने ले ली थी। शिवांशी, जो अब तक अपनी हर एक सांस के लिए उस प्रागैतिहासिक और विशालकाय नाग के शिकंजे में संघर्ष कर रही थी, अब टूटने लगी थी। उसकी सहनशक्ति की सीमा समाप्त हो चुकी थी। नाग की मांसपेशियों के दबाव से उसकी पसलियों के चटकने की 'कड़क' आवाज़ उसे अपने कानों में साफ़ सुनाई दे रही थी—यह आवाज़ किसी सूखी लकड़ी के टूटने जैसी थी। नाग की कुंडली उसके कोमल शरीर पर किसी धधकती हुई लोहे की भारी जंजीर की तरह कसती जा रही थी।

साधु बाबा, जो इस युगों पुराने धर्मयुद्ध के एकमात्र साक्षी और रक्षक थे, वे भी अब बेबस नज़र आ रहे थे। उनके चेहरे पर खून और पसीने की लकीरें उभरी हुई थीं। बाबा ने अपनी अंतिम आत्मिक शक्ति बटोरी। उनकी आँखों में एक संकल्प की ज्वाला चमकी। उन्होंने अपने प्राचीन काष्ठ दंड को हवा में किसी चक्र की तरह घुमाया। उनके मुख से निकलने वाले ऋग्वैदिक मंत्रों की गूँज हवा के दबाव को चीर रही थी।

बाबा ने नाग के मस्तक पर एक के बाद एक कई प्रहार किए। हर प्रहार के साथ बिजली कड़कने जैसी आवाज़ हो रही थी, लेकिन उस मायावी और अमर नाग पर उन

प्रहारों का कोई भौतिक असर नहीं हो रहा था। नाग की नीली खाल उन दिव्य मंत्रों की ऊर्जा को ऐसे सोख रही थी जैसे तपती हुई रेत पानी की बूंदों को पी जाती है। वह नाग अब केवल एक जंगली जानवर नहीं रहा था; वह एक ऐसा काल-पुरुष बन चुका था जिसने स्वयं नियति के विधान को चुनौती दे दी थी।

नाग ने एक गहरी, तिरस्कार भरी नज़र बाबा पर डाली। उसकी आँखों में चमकता हुआ लाल रंग अब खौफनाक तरीके से गहरा होकर रक्तिम हो गया था। उसने अपना विशाल जबड़ा खोला और एक बहुत गहरी, सांद्र और ज़हरीली फुफकार बाबा की ओर छोड़ी। वह बैंगनी धुआँ इतना शक्तिशाली और अम्लीय था कि साधु बाबा का मानसिक और शारीरिक संतुलन पूरी तरह बिगड़ गया। इससे पहले कि वे खुद को संभाल पाते, नाग की पूँछ बिजली की कड़क के साथ घूमी। बाबा कई फीट दूर हवा में उछाले गए और सूखे पत्तों के ढेर की तरह पथरीली ज़मीन पर जा गिरे। उनकी आँखों के सामने अंधेरा छाने लगा और बाबा की यह बेबसी इस बात का अंतिम प्रमाण थी कि अब कोई भी मानवीय या सांसारिक शक्ति इस विनाशकारी प्रलय को नहीं रोक सकती। उन्होंने अंतिम बार भगवान से गुहार की— "हे ईश्वर! इस अनर्थ हो रोक दो। यदि आज इस लड़की की जान चले गई तो फिर ये महाविनाश केवल इस धरती के अंत पर ही रुकेगा। कृपया अपनी कृपा बरसाए। अब ये सब आपके भरोसे है।"

अंतिम समर्पण और नियति का स्वीकार

अब उस नाग का पूरा ध्यान केवल शिवांशी पर केंद्रित था। उसकी अगली भेंट, उसका अगला शिकार वही छोटी सी लड़की थी जिसने उसे युगों पुराने बंधनों से मुक्त करने की 'भूल' की थी और अब उसे फिर से बांधने की धृष्टता कर रही थी। नाग ने शिवांशी को अपनी पूँछ की लपेट में उठाकर बिल्कुल अपनी जलती हुई आँखों के सामने लाया। उसकी गरम, चिपचिपी और हज़ारों लाशों की गंध भरी साँसें शिवांशी के चेहरे की कोमल त्वचा को झुलसा रही थीं।
शिवांशी ने अपनी आखिरी बची हुई चेतना और शारीरिक शक्ति को मुट्ठियों में समेटा। उसने नाग के उस अभेद्य, खुरदरे और ठंडे शरीर पर अपने नन्हे हाथों से पागलों की तरह प्रहार करना शुरू किया। वह उसे मार रही थी, उसे धकेलने की कोशिश कर रही थी, उसकी उंगलियाँ नाग के स्केल्स को उखाड़ने की नाकाम कोशिश में लहूलुहान हो गई थीं। उसे महसूस हो रहा था जैसे वह अपनी मुट्ठियों से किसी विशाल ग्रेनाइट के पहाड़ को छेदने की कोशिश कर रही हो।

धीरे-धीरे शिवांशी के हाथ ढीले पड़ने लगे। उसके शरीर की ऊर्जा किसी रिसते हुए घड़े की तरह बह चुकी थी। उसकी दृष्टि धुंधली हो गई, रंगों की पहचान खत्म होने लगी। उसने अपनी गर्दन घुमाकर दूर खड़ी उस कार को देखा। वहाँ उसके पिता की जड़ हो चुकी देह, उसकी माँ की पथराई हुई आँखें, दादी का कांपता हुआ शरीर और वे मासूम बच्चे उसे अपनी आँखों के सामने तिल-तिल कर मरते हुए देख रहे थे। उनके चेहरों पर छाई वह लाचारी और गहरी निराशा दुनिया का सबसे बड़ा मानसिक दुःख था। शिवांशी ने एक लंबी, कांपती हुई साँस ली और अपनी

आँखें मूँद लीं। उसने मन ही मन समझ लिया था कि उसकी जीवन यात्रा का अंतिम पड़ाव यही है।

उसने अपने हृदय के सबसे शांत और पवित्र कोने में महादेव की उस छवि को संजोया जिसे उसने उस दिव्य घेरे में देखा था। उसने मन ही मन फुसफुसाया, "हे त्रिकालदर्शी! हे महादेव! मैंने अपनी इस दुखद नियति को स्वीकार कर लिया है। यदि मेरी यह तुच्छ आहुति ही इस संसार की सुरक्षा की कीमत है, तो मुझे यह अंत स्वीकार है। मेरी रूह को अपने चरणों में स्थान देना, पर मेरे निर्दोष परिवार की रक्षा करना..."
ज़मीन पर लहूलुहान अवस्था में पड़े साधु बाबा ने अपनी आखिरी ताकत लगाकर आकाश की ओर हाथ उठाए। उनकी आवाज़ फटी हुई थी, "हे जगन्नाथ! इस घोर अनर्थ को रोक दे! क्या आज सत्य की जड़ें उखड़ जाएंगी? कोई तो चमत्कार कर! शिवांशी का गिरना केवल एक देह का गिरना नहीं होगा, यह मानवता के अटूट विश्वास का अंत होगा!"

उस क्षण पूरे बगीचे में एक ऐसा भयानक सन्नाटा पसर गया जैसे स्वयं समय की गति रुक गई हो। मृत्यु ने जैसे अपनी उँगली अपने होंठों पर रख दी हो। आसमान काले घने बादलों से ढका हुआ था, उनमें तीज चमकदार और गरज के साथ बिजली कड़क रही थी। ऐसा लग रहा था जैसे आसमान में बैठे देवता भी शिवांशी की इस हार पर चीख रहे हो। हर तरफ निराशा ओर दुख न माहोल था। एक दिन सन्नाटा मानो जैसे पूरी प्रकृति ओर वातावरण किसी महान इंसान के बचाव में मन ही मन प्रार्थना कर रही हो। अब केवल ईश्वर ही उनका आख़िरी सहारा है।

अब केवल उस नाग की फुफकार और शिवांशी की डूबती धड़कनों की आवाज़ आ रही थी। नाग ने अपना विशाल जबड़ा फैलाया, उसके लंबे, नुकीले दांतों से ज़हर की बूंदें टपक रही थीं। वह शिवांशी को निगलने के लिए पूरी तरह तैयार था।

ब्रह्मांडीय विस्फोट: कड़े का सोया हुआ रहस्य

और ठीक उसी पल... वह हुआ जिसकी कल्पना किसी भी प्राचीन पौराणिक ग्रंथ या ऋषि-मुनियों की भविष्यवाणियों में नहीं की गई थी।

जैसे ही नाग के ज़हरीले, आरी जैसे दांत शिवांशी की गर्दन की त्वचा को स्पर्श करने वाले थे, नाग के भीतर से एक ऐसी चीख निकली जो किसी जीव की नहीं, बल्कि फटने वाले ज्वालामुखी की लग रही थी। अचानक एक प्रचंड, दूधिया सफेद और नीली रोशनी उस नाग के शरीर के उस हिस्से से फूटने लगी जहाँ शिवांशी का दाहिना हाथ उसकी कुंडली के नीचे दबा हुआ था।

वह रोशनी कोई साधारण टॉर्च या बिजली का प्रकाश नहीं थी। वह 'ब्रह्मांडीय रूहानी आग' थी। वह नाग, जो कुछ सेकंड पहले तक स्वयं को भगवान समझ रहा था, अब एक असहनीय, रूहानी दर्द से पागलों की तरह छटपटाने लगा। उसके गहरे नीले स्केल्स के बीच की दरारों से वह प्रकाश पिघले हुए लावा की तरह बाहर निकल रहा था। वह प्रकाश नाग की बाहरी खाल को नहीं, बल्कि उसकी आत्मा और उसके भीतर की मायावी शक्ति को जला रहा था।

शिवांशी अपनी आँखें खोलकर यह सब देख रही थी, पर वह हैरान थी। उसे कोई दर्द नहीं हो रहा था। उसे उस आग की तपिश नहीं, बल्कि एक दिव्य शीतलता महसूस हो रही थी। उसे लग रहा था जैसे वह जेठ की तपती दोपहर से निकलकर साक्षात् गंगा की बर्फीली लहरों में समा गई हो। उसकी चेतना वापस लौटने लगी। उसने अपनी कलाई की ओर देखा। वहाँ वह प्राचीन कड़ा किसी दूसरे सूर्य की तरह धधक रहा था।

वही कड़ा, जिसे उस दिव्य शक्ति ने उस नाग के अहंकार और उसकी असीमित शक्ति को बांधने के लिए बनाया था। शिवांशी ने इसे केवल महादेव का 'प्रसाद' समझकर पहन लिया था, पर उसे यह बोध नहीं था कि वह अपनी कलाई पर साक्षात् 'ब्रह्मांडीय ज़ंजीर' और 'ईश्वरीय दंड' लेकर घूम रही है।
असल में, जब शिवांशी ने हार मानकर अपना सब कुछ महादेव के चरणों में समर्पित कर दिया था, और जैसे ही उसने महादेव के मंत्र का जाप किया। तब उसके उस 'पूर्ण समर्पण' की ऊर्जा और 'मंत्र' जाप ने उस सोए हुए कड़े को हज़ारों वर्षों की नींद से जाग्रत कर दिया था। अब वह कड़ा नाग की अशुद्ध त्वचा के संपर्क में आते ही उसे घायल कर रहा था। वह नाग की अमर खाल को राख में बदल रहा था। जहाँ-जहाँ कड़ा स्पर्श कर रहा था, वहाँ से नीली आग की लपटें निकल रही थीं। नाग की जो गर्जना अब निकल रही थी, वह इतनी डरावनी थी कि कार के कांच चटक गए और धरती में दरारें पड़ गईं।

शिवांशी को अचानक उस रहस्यमयी छाया-लड़की की बात याद आई जो उसे उस घर के अंधेरे बेसमेंट में मिली थी— "नियति स्वयं तुम्हारी ढाल बनेगी शिवांशी। वह तुम्हें तुम्हारे गंतव्य तक ले जाएगी, बस अपनी रूह पर विश्वास रखना।"

मुक्ति, विजय और हृदय विदारक क्षण

नाग अब शिवांशी को अपनी कुंडली में पकड़े रखने की स्थिति में नहीं था। उस कड़े से निकलने वाली दैवीय ऊर्जा उसके लिए नरक की अग्नि से भी ज्यादा कष्टकारी थी। एक भीषण झटके और एक अंतिम कराह के साथ नाग ने अपनी कुंडली खोल दी। शिवांशी को एक शक्तिशाली आवेग के साथ दूर फेंक दिया गया। वह हवा में तैरती हुई बगीचे की गीली घास पर गिरी, पर चमत्कारिक रूप से उसे एक खरोंच तक नहीं आई थी। वह कड़ा अब उसके हाथ में किसी नक्षत्र की तरह स्थिर और प्रज्वलित चमक रहा था।

शिवांशी उस नाग के पास दौड़ी ओर वो कड़ा उसकी मोटी खाल पर दबा कर रखा। उसके ऐसा करते ही वो कड़ा नाग से ऐसे चिपक गया, मानो वो उसके शरीर का ही एक हिस्सा हो।

साधु बाबा लड़खड़ाते हुए, अपने दंड का सहारा लेकर खड़े हुए। उनकी आँखों में श्रद्धा और विस्मय के आँसू थे। उन्होंने कांपती आवाज़ में कहा, "शिवांशी! बेटी! तुमने वह कर दिखाया जो सदियों से नहीं हुआ! तुमने असंभव की परिभाषा बदल दी! तुमने नियति के उस जटिल चक्र

को पूर्ण कर दिया है जिसे स्वयं देवता भी ऊपर से निहार रहे थे। आज मृत्यु हारी है और विश्वास जीता है।"

शिवांशी के माता-पिता कार का दरवाजा तोड़कर बाहर दौड़ पड़े। कबीले के लोगों के चेहरों पर जो भाव थे, उन्हें लिखना किसी भी भाषा के लिए असंभव है। यह खुशी, राहत और भय का एक ऐसा मिश्रण था जो केवल एक चमत्कार के बाद आता है। पिता ने अपनी बेटी को सीने से लगा लिया, उनका पूरा शरीर कांप रहा था। माँ ने उसके चेहरे को चूमते हुए उसे ऐसे देखा जैसे वह साक्षात् देवी का अवतार हो।
"मेरी बहादुर बच्ची! मेरी कोख आज धन्य हो गई! तूने हमें मौत के जबड़े से छीन लिया!" पिता की आवाज़ में एक योद्धा जैसा गर्व और एक पिता जैसी ममता की गूँज थी।

पूरे वातावरण का घनत्व बदल चुका था। वह ज़हरीली सड़न अब कम हो रही थी। ऐसा लग रहा था जैसे हज़ारों वर्षों की लंबी, काली रात के बाद सुबह की पहली सुनहरी किरण ने अंधेरे को चीर दिया हो। सब एक-दूसरे के गले लग रहे थे। घरवालों ने शिवांशी का हाथ थाम लिया और उसे कार की ओर खींचने लगे। "चलो बेटा, यहाँ से जल्दी निकलो। वह नाग जल रहा है, वह अपनी ही आग में राख हो जाएगा। हमें किसी सुरक्षित शहर, किसी ऐसी जगह जाना होगा जहाँ यह साया हमें छू न सके।"

अंतिम सस्पेंस: एक नई जंग का आह्वान

घरवाले कार की ओर बढ़े, टायर मिट्टी उड़ाने लगे और इंजन की आवाज़ फिर से गूँजी। पर शिवांशी के कदम वहीं

रुक गए। उसने अपने पिता का मज़बूत हाथ और अपनी माँ का ममतामयी आंचल धीरे से छोड़ दिया। उसकी आँखों में एक अजीब सी स्थिरता थी।
"नहीं माँ, मैं आपके साथ नहीं जा सकती," शिवांशी ने एक ऐसी आवाज़ में कहा जिसमें एक लड़की की मासूमियत नहीं, बल्कि एक भविष्यवक्ता की गंभीरता थी।

सब जड़ हो गए। इंजन बंद कर दिया गया। दादी ने हैरान होकर मुड़कर देखा, "क्या प्रलाप कर रही है तू? वह दानव अभी भी तड़प रहा है, वह मरा नहीं है। यहाँ एक पल भी रुकना साक्षात् आत्महत्या है। चल हमारे साथ!"

शिवांशी ने पीछे मुड़कर देखा। वह नाग अभी भी वहां ज़मीन पर पड़ा था। उसका पूरा विशाल शरीर उस कड़े की दिव्य नीली ऊर्जा से लहूलुहान और नीला पड़ रहा था। वह मर नहीं रहा था, वह 'रूपांतरित' हो रहा था। उसकी आँखें अभी भी शिवांशी को देख रही थीं, पर उन आँखों में अब केवल नफरत नहीं थी, बल्कि एक ऐसा गहरा और काला रहस्य था जिसे केवल शिवांशी की रूह ही पढ़ सकती थी। मानो ऐसा कुछ अभी भी बाकी था जो शिवांशी को अपनी ओर आकर्षित कर रहा था और उसे वहीं रुकने को मजबूर कर रहा था।

शिवांशी को अपने भीतर एक ऐसी आवाज़ सुनाई दी जो शब्दों में नहीं थी। उसे अहसास हुआ कि यह कहानी का अंत नहीं, बल्कि यह तो केवल प्रस्तावना है। वह कड़ा उसे पीछे खींच रहा था। उसकी रूह उसे चिल्ला-चिल्लाकर बता रही थी कि उसका और इस नाग का रिश्ता केवल इस

जन्म का नहीं है। यह एक ऐसा अधूरा हिसाब है जिसे चुकता करना ही होगा। यदि वह आज अपने परिवार के साथ चली गई, तो वह एक ऐसा कार्य कर देगी जो नियति के फैसले के भी विरुद्ध होगा। उसे लगा जैसे ये नियति का वो फैसला नहीं है जिसकी सबको अपेक्षा थी। ऐसा अभी भी बहुत कुछ बाकी है जो इन सभी से अलग है।

"आप लोग जाइये," शिवांशी ने अपनी कलाई पर स्थिर चमकते कड़े की ओर देखते हुए कहा। उसकी आवाज़ में अब कोई कंपन नहीं था। "महादेव ने मुझे यहाँ अपनी जान बचाने के लिए नहीं भेजा था। उन्होंने मुझे इस दुनिया की लड़ाई को उसके अंतिम अंजाम तक पहुँचाने के लिए चुना है। अगर मैं आज भाग गई, तो मैं केवल अपनी जान बचाऊंगी, पर अभी भी कुछ ऐसा हो जो गलत है। ओर उसे कभी जान ही नहीं पाऊंगी।"

कार की हेडलाइट्स की रोशनी में शिवांशी की परछाई बगीचे की ढह चुकी दीवारों पर बहुत लंबी, विकराल और किसी रक्षक की तरह लग रही थी। अचानक, पीछे पड़े उस नाग के गले से एक ऐसी आवाज़ निकली जो न तो फुफकार थी और न ही कराह—वह किसी प्राचीन युद्ध के बिगुल जैसी थी, जो एक नई और भयंकर चुनौती दे रही थी। लेकिन शिवांशी के मन को कोई ओर ही दृश्य दिखाई दे रहा था। लेकिन क्या ये शिवांशी के सिवा किसी को नहीं पता था।

क्या यह नाग का वास्तव में अंत था? या यह एक ऐसी महाजंग की शुरुआत थी जिसमें शिवांशी को अपनी पहचान, अपना परिवार और शायद खुद को भी पूरी तरह

मिटाना होगा? नियति ने अपना अगला और सबसे क्रूर पत्ता फेंक दिया था, और शिवांशी ने उस चुनौती को अपनी सुनहरी आँखों के संकल्प के साथ स्वीकार कर लिया था।

उसके घर वाले साधु बाबा ओर संपूर्ण ब्रह्मांड हैरान था कि शिवांशी के मन में क्या चल रहा है। ऐसा क्या खयाल है उसके मन में जो उसे रोक रहा है। अब वहां केवल सवालों के साथ शिवांशी उसका परिवार ओर साधु बाबा, वह नाग—उसका काल और उसकी नियति—उसके अगले सवालों के जवाब का इंतज़ार कर रहे थे।

"अंत दिखा जो आँखों को, क्या वो ही अंतिम सत्य था?

या नियति के उस खेल में, कोई पन्ना अभी अलभ्य था?

बंधन टूटे, ज्वाला उठी, पर मौन अभी भी गहरा है,

विजय खड़ी है द्वार पर, पर शंकाओं का पहरा है।

जिस काल को समझा अंत यहाँ, क्या वो ही नया सवेरा है?

सुलझी हुई इस राह में, छिपा एक और अंधेरा है।"

•••भाग – *3* का समापन•••

भाग – 4

करुणा और कालचक्र

अध्याय 15
शिवांशी का अपराधबोध

हवा में जलते हुए मांस, पिघलती हुई पुरानी खाल और उस रहस्यमयी रूहानी आग की एक अजीब, तीखी गंध तैर रही थी। आसमान, जो कुछ पल पहले तक काले बादलों के साये में था, अब उस भीषण अग्नि से लाल हो चुका था जो उस विशालकाय, सदियों पुराने नाग को अपनी लपटों में समेटे हुए थी। ऐसा लग रहा था मानो क्षितिज पर कोई दूसरा सूरज उग आया हो, लेकिन यह सूरज जीवन नहीं, मृत्यु लेकर आया था।

सब कुछ वैसा ही हो रहा था, जैसा लिखा गया था। या शायद... जैसा उन्होंने सोचा था कि लिखा गया है।

चारों तरफ विजय का शोर था। जो उस नाग की भयावह चीखों को दबाने की कोशिश कर रही थीं। लोग एक-दूसरे को गले लगा रहे थे, उनके चेहरों पर एक उन्माद था, एक ऐसी खुशी जो किसी भयानक खतरे के टल जाने पर मिलती है। वह नाग, जिसका एक-एक शल्क किसी अभेद्य ढाल जैसा था, अब उसी कड़े की शक्ति से जल रहा था जिसे शिवांशी ने उसकी ओर फेंका था। वह जमीन पर लोट रहा था, उसका विशाल शरीर, जो किसी पहाड़ जैसा प्रतीत होता था, अब पीड़ा से ऐंठ रहा था। उसकी पूंछ जब जमीन पर पटकती, तो धरती में कंपन होता, जैसे पृथ्वी स्वयं उस दर्द को महसूस कर रही हो।

हर कोई खुश था। साधु बाबा, कबीले के लोग, वहां की प्रकृति, आसमान और शिवांशी का परिवार—सबकी आँखों में एक ही चमक थी: मुक्ति की चमक। एक युगों पुराने अभिशाप के अंत की चमक।

लेकिन शिवांशी ... वह वहां खड़ी थी, बिल्कुल अकेली। उस शोर-शराबे के बीच एक वीरान द्वीप की तरह। निस्तब्ध। बिलकुल पत्थर की मूरत की तरह।

उसके हाथ अभी भी स्थिरता से कड़े के अभाव से रुके हुए थे। लेकिन अब वे कांप रहे थे। उसकी हथेलियाँ पसीने से तर थीं और उंगलियों में एक अजीब सी सिहरन थी। उसकी आँखों में विजय का उल्लास नहीं, बल्कि एक गहरा, काला शून्य था। उसने उस नाग की आँखों में देखा। वे आँखें, जो कुछ देर पहले क्रोध और प्रतिशोध की आग से धधक रही थीं, अब केवल याचना कर रही थीं। उन पीली, सर्पीली पुतलियों में उसे एक ऐसा दर्द दिखाई दिया जो शायद शब्दों से परे था। वह दर्द केवल शारीरिक नहीं था; वह एक आत्मा का क्रंदन था जिसे कभी किसी ने समझने की कोशिश नहीं की थी।

अचानक, शिवांशी के कानों में विजय का शोर धीमा पड़ गया। दुनिया की सारी आवाजें मद्धम हो गईं, जैसे वह पानी के भीतर खड़ी हो। रह गई तो सिर्फ उस नाग की सिसकियां, जो किसी घायल बच्चे की तरह सुनाई दे रही थीं।

"यह... यह सही नहीं है," शिवांशी के सूखे होंठों से एक फुसफुसाहट निकली, जो उसके अपने कानों तक भी मुश्किल से पहुंची।
उसके मन के भीतर विचारों का एक बवंडर उठ खड़ा हुआ। उसने अपने कांपते हाथों को देखा। क्या यही वह नियति थी जिसके लिए उसका जन्म हुआ था? क्या 'मुक्ति' का अर्थ केवल 'मृत्यु' होता है? क्या एक बुराई का अंत करने के लिए हमें खुद बुरा बनना पड़ता है?
क्या मैंने उन सभी भविष्यवाणियों का मतलब गलत समझा? यह प्रश्न उसके दिमाग में हथौड़े की तरह बजा।

उसे याद आया कि भविष्यवाणियों में 'प्रेम' और 'समर्पण' की बात कही गई थी। साधु बाबा ने कहा था, 'प्रेम अस्त्र बनेगा।' लेकिन यह क्या था? यह तो हिंसा थी। यह तो छल था। उस नाग को मारने का रास्ता क्या इतना साधारण था कि एक कड़ा, जो उसे इतने सालों से बांधे हुए था, वही उसके अंत का अस्त्र बन गया?

"यह तो गलत हुआ ना महादेव?" उसने आसमान की ओर देखा, जहां धुएं के काले गुबार उठ रहे थे। "अस्त्र तो कड़ा हुआ... प्रेम तो नहीं। अगर अंत हिंसा से ही होना था, तो फिर मेरे होने का, मेरे प्रेम का, मेरी करुणा का क्या अर्थ रह गया? क्या मेरा अस्तित्व सिर्फ एक हत्यारे का है?"

नाग की एक और दिल दहला देने वाली चीख गूंजी। उसका शरीर आग की लपटों में झुलस रहा था, लेकिन वह मर नहीं रहा था। वह तड़प रहा था। वह हर पल मौत मांग रहा था, लेकिन उसे मिल रही थी सिर्फ पीड़ा। उसकी खाल

जलकर गिर रही थी, और उसके नीचे का कच्चा मांस दिखाई दे रहा था। यह दृश्य किसी नरक से कम नहीं था।

शिवांशी ने अपनी आँखें कसकर बंद कर लीं। उसे वह दृश्य अब और नहीं देखा जा रहा था। उसके भीतर का इंसान, उसके भीतर की वह कोमल लड़की जिसे महादेव ने चुना था, अब विद्रोह कर रही थी।

महादेव, आप स्वयं देखें, उसने मन ही मन अपने आराध्य से संवाद करना शुरू किया। यह कोई साधारण प्रार्थना नहीं थी, यह एक भक्त का अपने भगवान से किया गया सवाल था। एक चुनौती थी।

“वो कितना विशाल नाग है, महादेव। उसकी शक्ति को नापना ही असंभव है। अगर वह जीवित रहता, तो उसे अपना पेट भरने के लिए शिकार तो करना ही पड़ता ना? वह एक जानवर है, उसे क्या ज्ञान सही और गलत का? उसके लिए हर चीज उसका भोजन है, या उसका दुश्मन। हम इंसान अपनी भूख मिटाने के लिए क्या कुछ नहीं करते? जंगलों को काटते हैं, जानवरों को मारते हैं। फिर इस जीव को अपने स्वभाव के लिए इतनी क्रूर सजा क्यों? क्या सिर्फ इसलिए कि यह हमसे ज्यादा ताकतवर है?”

तर्क और भावनाएं उसके मन में युद्ध कर रही थीं।
“अगर वह हमें नहीं मारता, तो इंसान उसे मार देते। और देखें, तभी तो उसे इतने साल, न जाने कितनी सदियों तक, उस कालकोठरी में बंधक बनाकर रखा गया। अंधेरे में। अकेलेपन में। क्या आपने कभी उस अंधेरे की कल्पना की है महादेव? जहाँ न दिन है न रात, बस एक अनंत

प्रतीक्षा। बाहर निकलते ही यह जो विनाश हम देख रहे हैं, यह उसकी क्रूरता नहीं है महादेव, यह उसका प्रतिशोध है। यह उस अकेलेपन का शोर है जो उसने सदियों तक सहा है। यह उस अन्याय के खिलाफ एक चीख है।"

शिवांशी की आँखों के कोरों से आंसू बह निकले। वे आंसू आग की गर्मी से तुरंत सूख नहीं रहे थे, बल्कि गालों पर लुढ़क रहे थे।
"महादेव, यदि यह जीव दुनिया के लिए इतना ही बड़ा खतरा था, विनाश का कारण था, तो इसे बनाया ही क्यों गया था? आप तो स्वयं अपने गले में वासुकि नाग को धारण किए हुए हैं। आप तो पशुपतिनाथ हैं, सभी जीवों के स्वामी। क्या इस नाग का दुख, इसकी पीड़ा आपको कभी नहीं दिखी होगी? क्या आपकी सृष्टि में दया सिर्फ इंसानों के लिए है?"

उसके आसपास लोग अभी भी जयकारे लगा रहे थे। "नाग का अंत हो रहा है! हम बच गए! जय हो!" लेकिन शिवांशी को लग रहा था कि वे लोग अंधे हैं। वे एक हत्या का जश्न मना रहे थे। वे अपनी सुरक्षा की खुशी में एक जीव की तड़प को भूल गए थे।

"महादेव, मैंने हमेशा आपके हर निर्णय का सम्मान किया। उसे आपकी मर्जी समझ कर स्वीकार किया। जब मैं उस गुफा में अकेली थी, जब मौत मेरे सामने खड़ी थी, तब भी मैंने आप पर विश्वास किया। किन्तु आज... आज जो हो रहा है वह गलत है। हमें तो सही-गलत का ज्ञान है महादेव। वह इंसान नहीं है, पर हम तो इंसान हैं ना? हमारी मानवता कहाँ गई? एक जानवर को, जो अपनी

प्रकृति के वश में है, उसे इस तरह तड़पा कर मारना पाप है। जब किसी चीज को हमने जीवन नहीं दिया, तो हमें कोई अधिकार नहीं कि हम उसका जीवन इतनी बेरहमी से छीनें।"

नाग ने एक बार फिर सिर उठाया। आग की लपटों के बीच से उसकी नज़र सीधे शिवांशी पर पड़ी। उस पल, समय जैसे थम गया। शिवांशी को लगा कि वह नाग उससे कुछ कह रहा है। उसकी आँखों में अब क्रोध नहीं था, बस एक थकान थी। एक गहरी उदासी थी। जैसे वह कह रहा हो— 'क्या यही तुम्हारा न्याय है, मानव? क्या यही तुम्हारी करुणा है जिसका तुम दम भरते हो?'
शिवांशी का हृदय विदीर्ण हो गया। उसे लगा जैसे किसी ने उसके सीने में खंजर घोंप दिया हो।

आपने सही कहा था महादेव, कि मैं एक छोटे नाग को दूसरों के सहारे भी मरते हुए नहीं देख सकती थी। यह मेरी कमजोरी नहीं, मेरी शक्ति थी। आपने मुझे करुणा दी थी। और आज... आज मैं खुद अपने ही हाथों से इतने विशाल, इतने अद्भुत नाग के अंत का कारण बन गई हूँ। केवल क्यों? इस दुनिया को बचाने के लिए? क्या एक दुनिया को बचाने के लिए दूसरी दुनिया को उजाड़ना ज़रूरी है?

उसने चारों ओर खड़े लोगों को देखा। उनके चेहरों पर डर और घृणा थी। वे अभी भी उस नाग को एक राक्षस के रूप में देख रहे थे।
इंसानों ने भी तो इसे इतना दर्द दिया है। वह क्रोध, वह बदले की अग्नि इस नाग की आँखों में स्पष्ट दिखाई दे रही है। और वह बरसों पुराना दर्द भी, जिसे शायद कभी

किसी ने समझा ही नहीं, और न कभी देखा। हम इंसान अपने डर के आगे कुछ नहीं देखते। इस नाग की चीख मेरे कानों में ऐसे गूंज रही है जैसे वह भी मदद की गुहार लगा रहा हो। जैसे वह कह रहा हो— 'मुझे बचा लो, या मुझे मार दो, पर मुझे तड़पाओ मत।' एक जीव की हत्या का पाप लेकर मैं नहीं जी सकती। मैं यह बोझ नहीं उठा सकती महादेव।

शिवांशी का शरीर अब कांप नहीं रहा था। एक अजीब सी शांति, एक तूफ़ान से पहले की शांति उसके भीतर उतर रही थी। यह शांति समर्पण की नहीं, संकल्प की थी।

कुछ तो ऐसा करें महादेव, जिससे मैं इस नाग को भी बचा सकूं और इस दुनिया को भी। और अगर यह संभव नहीं... तो मुझे भी इसी अग्नि में जला दीजिये। अगर मेरा यह कृत्य 'धर्म' है, तो मैं अधर्मी बनना पसंद करूँगी। मुझे मार्ग दिखाएं। मैं इस दुविधा से कैसे बाहर आऊं?

उसने अपनी रूह की पूरी ताकत से पुकारा। बाहरी शोर पूरी तरह गायब हो चुका था। वह अपने अंतर्मन के उस गहरे सागर में थी जहाँ केवल वह और उसका विश्वास शेष था। वह उस बिंदु पर थी जहाँ भक्त और भगवान के बीच कोई पर्दा नहीं रहता।

और तभी, उसे वह दिखाई दिया।

बंद आँखों के अंधेरे में एक दिव्य प्रकाश उभरा। धुएं और बादलों ने एक आकार लेना शुरू किया। वह आकार किसी और का नहीं, स्वयं महादेव का था। वे वैसे ही शांत, वैसे

ही सौम्य थे, जैसे हिमालय की चोटियां। उनकी जटाओं से बहती गंगा की शीतलता शिवांशी को महसूस हुई। उनके माथे पर लगा त्रिपुंड चमक रहा था।

महादेव की छवि ने एक धीमी, हल्की, मनमोहक मुस्कान के साथ शिवांशी की ओर देखा। वह मुस्कान ऐसी थी जैसे वे कह रहे हों— 'मैं इसी पल का इंतज़ार कर रहा था, शिवांशी । मैं तुम्हारी परीक्षा ले रहा था, और तुम उसमें उत्तीर्ण हुई।'

एक आवाज गूंजी। कानों में नहीं, सीधे उसकी आत्मा में। यह आवाज किसी भाषा में नहीं थी, यह एक अनुभूति थी।

"शिवांशी , तुम केवल वो करो जो तुम्हारा मन कहता है। मन कभी भी गलत नहीं होता। यह वो आंतरिक आत्मा है, जो हमें सच्चाई और आध्यात्मिकता का रास्ता दिखाती है। सही और गलत का फैसला तुम नियति पर छोड़ दो। समाज, नियम, डर—ये सब बाहरी हैं। सत्य तुम्हारे भीतर है। तुम जो करोगी, मैं उसमें तुम्हारे साथ हूँ। आगे बढ़ो और जो तुम चाहती हो, वैसा ही करो। तुम्हारा कल्याण हो।"

शब्द गूंजते रहे और धीरे-धीरे बादलों में विलीन हो गए।

शिवांशी ने अपनी आँखें खोलीं।
उसकी आँखों में अब आंसू नहीं थे। वहां एक नई चमक थी। एक ऐसी दृढ़ता थी जो कुछ पल पहले तक नदारद थी। उसकी रीढ़ सीधी हो गई। उसका चेहरा, जो पहले अपराधबोध से झुका हुआ था, अब एक नए तेज से दमक

रहा था। यह तेज उसी अग्नि के समान था जो सामने जल रही थी।

वह अब जानती थी उसे क्या करना है। उसे न तो दुनिया की परवाह थी, न अपनी जान की। उसे परवाह थी तो सिर्फ उस सत्य की जो उसने अभी-अभी पाया था।

उसने एक गहरा सांस लिया, जैसे वह अपने फेफड़ों में साहस भर रही हो, और आग की तरफ पहला कदम बढ़ाया।

शिवांशी की मां ने उसे देखा। शिवांशी के बढ़ते कदम को देख कर वह शिवांशी को रोकते हुए बोली — "शिवांशी ? तुम कहाँ जा रही हो? आग बहुत तेज है, पीछे हटो! वह खतरनाक है!"
लेकिन शिवांशी ने नहीं सुना। वह दूसरा कदम बढ़ा चुकी थी। उसके कदम सधे हुए थे।

अचानक, उसके परिवार वाले, उसके पिता और साधु बाबा उसके रास्ते में आ खड़े हुए।
"रुक जाओ शिवांशी !" उसके पिता चिल्लाए, उनका चेहरा भय से विकृत था। उन्होंने उसका हाथ पकड़ने की कोशिश की। "तुम क्या कर रही हो? वह खतरनाक है! वह मर रहा है, उसके पास मत जाओ! पागल हो गई हो क्या? हमने अभी-अभी तुम्हें पाया है, हम तुम्हें फिर से नहीं खो सकते!"

एक और आवाज आई, शायद कबीले के प्रधान की, "इसे अपना काम पूरा करने दो, बेटी। यह राक्षस है। इसका

मरना ही विधि का विधान है। इसके पास जाने का मतलब है मौत को दावत देना।"

शिवांशी रुकी। उसने उन सब को देखा। ये वही लोग थे जिनसे वह प्यार करती थी, जिनकी रक्षा के लिए उसने यह सब किया था। लेकिन आज, वे उसे बहुत छोटे लग रहे थे। उनकी सोच, उनका डर, सब कुछ उसे तुच्छ लग रहा था। वे उस विराट सत्य को नहीं देख पा रहे थे जो शिवांशी देख रही थी।

हवा बदल गई थी। ऐसा लग रहा था मानो हवा, बादल, जंगल, पक्षी, जानवर सब साँस रोके खड़े हों। प्रकृति ने अपना शोर बंद कर दिया था। जंगल के पेड़ भी झुककर देख रहे थे कि यह नन्ही सी लड़की अब क्या करेगी। उस जलते हुए नाग ने भी तड़पना बंद कर दिया था, जैसे वह भी शिवांशी के फैसले का इंतज़ार कर रहा हो।

शिवांशी ने किसी को कोई जवाब नहीं दिया। शब्दों का समय अब समाप्त हो चुका था। अब समय कर्म का था। उसने अपने पिता की आँखों में देखा, फिर उस जलते हुए नाग की आँखों में। उस नाग ने भी अपनी तड़प के बीच उसे देखा। जैसे वह भी समझ गया हो कि कुछ बदलने वाला है। उन दोनों के बीच एक अदृश्य डोर बंध गई थी। शिवांशी ने अपने परिवार के उस घेरे को, उन सामाजिक बंधनों को, उस "सुरक्षा" की दीवार को लांघने का फैसला किया। उसने धीरे से, लेकिन अधिकार के साथ उन हाथों को हटा दिया जो उसे रोकने के लिए बढे थे।

"हट जाइये," उसने कहा। उसकी आवाज धीमी थी, लेकिन उसमें चट्टान जैसी मजबूती थी। "मुझे मेरा प्रायश्चित करने दीजिये। मुझे मेरा धर्म निभाने दीजिये। मेरा धर्म किसी की हत्या करना नहीं, किसी को बचाना है।"

वह आगे बढ़ी, सीधे उस धधकती हुई ज्वाला की ओर। आंच इतनी तेज थी कि उसकी त्वचा झुलसने लगी, उसके बाल गर्मी से मुड़ने लगे, लेकिन उसे महसूस नहीं हुआ। उसकी आँखों में सिर्फ वह 'बंधन' था जो उस नाग को जला रहा था। वह कड़ा... जो मुक्ति नहीं, मृत्यु दे रहा था। वह कड़ा, जिसे उसने अपनी कलाई पर महादेव का आशीर्वाद समझकर पहना था, आज किसी की मौत का कारण बन गया था।

शिवांशी जानती थी कि वह जो करने जा रही है, उसका परिणाम क्या होगा। यह दुनिया उसे पागल कह सकती है, गद्दार कह सकती है। हो सकता है वह नाग उसे ही भस्म कर दे। हो सकता है यह आग उसे राख कर दे। लेकिन वह यह भी जानती थी कि अगर उसने आज अपने मन की नहीं सुनी, तो वह जी तो लेगी, पर वह 'शिवांशी' मर जाएगी जिसे महादेव ने चुना था।

क्या नियति का भी वही परिणाम होगा जो शिवांशी चाहती है? या नियति ने कुछ और ही तय कर रखा है?
शिवांशी का यह फैसला तबाही लाएगा या एक नया सफर, यह तो केवल आने वाला वक्त ही जानता था। लेकिन इस पल, आग की लपटों और धुएं के बीच, एक लड़की और एक दैत्य के बीच, एक नई कहानी लिखी जा

रही थी। एक ऐसी कहानी जो नफरत से नहीं, करुणा से लिखी जा रही थी।

उसने अपना हाथ आग में डाल दिया... और उस जलते हुए कड़े की ओर बढ़ा दिया जो नाग के शरीर में धंसा हुआ था।

अध्याय 16

करुणा का महाकुंभ और एक नया जन्म

उस भयानक, धुएं से भरे और जले हुए मांस की गंध से लथपथ बगीचे में, जहाँ हर सांस में मौत की गंध थी, शिवांशी ने अपने दिल की उस आवाज़ को सुना जो हज़ारों सालों के शोर, अनगिनत युद्धों की गर्जना और नियति के कठोर आदेशों से भी ज़्यादा मज़बूत और स्पष्ट थी। आग की लपटें अभी भी उस प्राचीन नाग को अपनी क्रूर और भस्मकारी बाहों में समेटे हुए थीं। उसकी तड़प पूरे ब्रह्मांड के नाजुक संतुलन को हिला रही थी। शिवांशी का मन, जो कुछ पल पहले तक भय और अपराधबोध से ग्रसित था, अब विचलित नहीं था। उसके भीतर एक अजीब सी, अलौकिक शांति भर गई थी—वह शांति जो प्रलयकारी तूफ़ान के बिल्कुल केंद्र में होती है, जहाँ सब कुछ स्थिर होता है।

उसने बिना एक पल गँवाए, बिना अपनी जान की परवाह किए, अपना कोमल हाथ उस धधकती हुई आग की ओर बढ़ा दिया। आंच इतनी तेज थी कि दूर खड़े उसके परिजनों और कबीले वालों की रूह कांप गई, उनकी चीखें गले में ही घुट गईं। लेकिन शिवांशी ने अपनी नंगी उंगलियों से उस जलते हुए कड़े को पकड़ लिया जो नाग के शरीर में धंसा हुआ था और उसकी त्वचा को जलाकर राख बना रहा था। उसका स्पर्श होते ही वातावरण में एक अजीब सी 'सीटी' बजी—जैसे किसी ने ब्रह्मांडीय वैक्यूम

को खोल दिया हो—और वह कड़ा एक झटके के साथ नाग के शरीर से अलग हो गया। जैसे ही वह ब्रह्मांडीय बंधन हटा, नाग के शरीर पर लगी वह रूहानी आग कम होने लगी। लपटें धीमी पड़ने लगीं, उनका रंग डरावने नीले से बदलकर साधारण नारंगी हो गया, लेकिन अभी भी वे पूरी तरह बुझी नहीं थीं। नाग की खाल से गाढ़ा काला और जहरीला धुआँ निकल रहा था, और वह अभी भी असहनीय पीड़ा में ज़मीन पर लोट रहा था। उसका विशाल शरीर ऐंठ रहा था, जैसे कोई मछली पानी से बाहर तड़प रही हो।

शिवांशी ने घबराहट और हड़बड़ी में इधर-उधर देखा। उसकी नज़र बगीचे के एक कोने में, झाड़ियों के बीच छिपे पानी के पुराने नल पर पड़ी। उसने दौड़कर वहाँ एक मोटी, पुरानी रबड़ की पाइप लगाई और नल को पूरी तरह खोल दिया। पानी की एक मोटी धार पाइप से निकली और शिवांशी ने उसे सीधे नाग के जलते हुए शरीर पर डालना शुरू कर दिया।

छन्न-छन्न-छन्न...

पानी जब नाग की गरम, सुलगती हुई खाल पर गिर रहा था, तो भाप के बड़े-बड़े सफेद गुबार उठ रहे थे, जिससे कुछ पल के लिए पूरा दृश्य धुंधला हो गया। शिवांशी पूरी ताकत से पानी डाल रही थी, उसकी आँखें नाग के दर्द को कम करने की जिद पर अड़ी थीं। उसका चेहरा पसीने और धुएं से काला हो गया था, पर वह रुक नहीं रही थी। पर वह आग कोई साधारण आग नहीं थी। वह दैवीय आग थी, जो इतनी आसानी से बुझने वाली नहीं थी। पानी की हर बूंद

भाप बनकर हवा में उड़ रही थी, और नाग की तड़प कम होने का नाम नहीं ले रही थी। उसका विशाल शरीर ऐंठ रहा था, उसकी पूँछ ज़मीन को पीट रही थी, जिससे आसपास की ज़मीन में दरारें पड़ रही थीं।

शिवांशी के घरवाले, कबीले के लोग और घायल साधु बाबा—सब अपनी जगह पर जड़ होकर, मुँह खोले यह अविश्वसनीय दृश्य देख रहे थे। उनकी आँखों में अविश्वास और भय का मिश्रण था। वे समझ नहीं पा रहे थे कि यह वही लड़की है जो कुछ देर पहले डर से कांप रही थी।

"यह लड़की पागल हो गई है! जिस राक्षस ने हमें मारने की कोशिश की, यह उसे ही बचाने में लगी है!" चाचा ने चिल्लाकर कहा, उनका चेहरा गुस्से से लाल था और नसों में तनाव साफ़ दिख रहा था। "शिवांशी, पीछे हटो! यह अनर्थ है! तुम खुद को भी मरवाओगी और हमें भी! यह दयालुता नहीं, आत्महत्या है!"

लेकिन शिवांशी ने किसी की नहीं सुनी। बाहरी दुनिया का शोर उसके लिए बेमानी हो चुका था। उसका ध्यान केवल उस तड़पते हुए जीव पर था। अचानक पाइप से पानी आना बंद हो गया, टंकी खाली हो चुकी थी। नल से केवल हवा की फड़फड़ाती आवाज़ आने लगी। शिवांशी ने निराशा और गुस्से से पाइप ज़मीन पर पटक दी। नाग अभी भी जल रहा था, उसकी कराहट अब मद्धम पड़ रही थी, जैसे उसकी जान धीरे-धीरे शरीर छोड़ रही हो। उसकी आँखों की चमक फीकी पड़ने लगी थी।

अमृत-वर्षा: ईश्वर का संकेत और प्रकृति का विलाप

शिवांशी ने घुटनों के बल बैठकर उस धुएं भरे आकाश की ओर देखा। उसकी आँखों में आंसू नहीं, एक अटल ज़िद थी। उसने हाथ जोड़कर, पूरी श्रद्धा और अधिकार के साथ महादेव से विनती की, "हे त्रिकालदर्शी! हे नीलकंठ! मैंने आपकी दी हुई अग्नि से इसे जलाया, यह मेरा धर्म था। पर अब मेरी करुणा इसे बचाना चाहती है, यह मेरी इंसानियत है। यदि मेरी भक्ति में तनिक भी सच्चाई है, यदि मैंने कभी निस्वार्थ भाव से आपका नाम लिया है, तो इस आग को बुझाने में मेरी मदद करें। यह साधारण पानी इस दैवीय अग्नि को नहीं बुझा सकता। अब आप ही कोई चमत्कार करें! मेरे महादेव, मेरी लाज रख लीजिये! आज एक भक्त की परीक्षा है, उसे विफल मत होने दीजिये!"

उसकी प्रार्थना जैसे ही पूरी हुई, प्रकृति ने एक भयावह करवट ली। आसमान में एक बदलाव आया। जो बादल अब तक केवल डरा रहे थे, वे अचानक घने, काले और भारी हो गए। हवा में एक पवित्र ठंडक घुल गई, जैसे हिमालय की बर्फीली हवाएं बहने लगी हों। और तभी... आसमान का सीना चीरकर, बिजली की कड़कड़ाहट के साथ मूसलाधार बारिश शुरू हो गई।

यह बारिश साधारण नहीं थी। इसकी बूंदें जब नाग के शरीर पर गिर रही थीं, तो उनमें एक अजीब सी चमक थी। ऐसा लग रहा था जैसे आकाश से पानी नहीं, साक्षात् अमृत बरस रहा हो। आग की लपटें, जो पानी से नहीं बुझ रही थीं, इस वर्षा के स्पर्श से शांत होने लगीं। हर बूंद एक मरहम की तरह काम कर रही थी। शिवांशी का मन शांत हो गया। वह बारिश में भीगते हुए मुस्कुराई। उसने देखा

कि नाग का शरीर अब केवल धुआँ छोड़ रहा है, आग पूरी तरह बुझ चुकी है। नाग की साँसें अब थोड़ी स्थिर हो रही थीं, उसका तड़पना कम हो गया था।

उसने आकाश की ओर हाथ जोड़कर, भीगते हुए धन्यवाद दिया, "आपका धन्यवाद प्रभु! आपने मेरी भावना को समझा और मेरी मदद की। आपने साबित कर दिया कि आप केवल संहारक नहीं, रक्षक भी हैं। आपने मेरी पुकार सुन ली।"

घावों का मरहम: हल्दी का उपचार और करुणा की पराकाष्ठा

बारिश थम गई थी, मिट्टी की सौंधी खुशबू हवा में तैर रही थी। लेकिन नाग अभी भी ज़मीन पर पड़ा था। आग तो बुझ गई थी, पर उस आग ने नाग के शरीर पर गहरे, जले हुए और डरावने घाव छोड़ दिए थे। उसकी खाल कई जगहों से फट गई थी, और वहाँ से गाढ़ा नीला खून रिस रहा था। मांस जला हुआ था और हड्डियाँ दिखने लगी थीं। नाग दर्द से कराह रहा था, उसकी विशाल देह कांप रही थी। हर सांस के साथ उसे पीड़ा हो रही थी, उसकी छाती बहुत मुश्किल से ऊपर-नीचे हो रही थी।

शिवांशी ने बिना डरे नाग के करीब कदम बढ़ाया। उसके घरवाले फिर से चीखे, "शिवांशी! मत जा! वह तुझे मार डालेगा! वह अब भी खतरनाक है! उसके पास जाना मौत को गले लगाना है!" शिवांशी ने उनकी बातें अनसुनी कर दी। वह नाग के विशाल फन के पास पहुँची, जो अब ज़मीन पर गिरा हुआ था। नाग ने अपनी भारी आँखें उठाकर शिवांशी को देखा। उन आँखों में अब वह पुरानी दहशत, आग, बदला या क्रोध नहीं था। वहाँ केवल एक

बेबस याचना थी। वह दर्द से भरी निगाहें मानो शिवांशी से कह रही थीं— "धन्यवाद... पर अभी भी बहुत दर्द है... और मदद करो... मुझे बचा लो।"

शिवांशी ने बहुत ही कोमलता और प्रेम-भाव से नाग के झुलसे हुए चेहरे को छुआ। उसका स्पर्श इतना हल्का था जैसे कोई माँ अपने बीमार बच्चे को छू रही हो। नाग उस स्पर्श से सिहर उठा, पर उसने हमला नहीं किया। "मैं जानती हूँ तुम इतने बुरे भी नहीं थे जितना हम इंसानों ने तुम्हें बना दिया," शिवांशी ने नम आँखों से कहा, उसकी आवाज़ में एक गहरा दर्द था। "तुम्हें सदियों तक अंधेरे में रखा गया, तुम्हें दर्द दिया गया। मैं तुम्हारा दर्द समझ सकती हूँ। तुम चिंता मत करो, मैं तुम्हारे साथ हूँ। मैं तुम्हें ऐसे तड़पते हुए नहीं छोड़ूँगी। जब तक मेरी साँस है, मैं तुम्हें ठीक करने की कोशिश करूँगी।"

वहाँ खड़े सभी लोगों के पैरों के नीचे से ज़मीन खिसक गई। साधु बाबा ने अपना माथा पीट लिया। "हे ईश्वर! यह लड़की अपनी ही नियति के विरुद्ध जा रही है। भावनाओं में बहकर यह कोई बड़ा अनर्थ न कर बैठे। इसे सही मार्ग दिखाओ! शत्रु पर दया करना सबसे बड़ी मूर्खता है! इतिहास गवाह है, दया वीरों का आभूषण है, पर मूर्खों की कब्र भी!"

पर शिवांशी को किसी की परवाह नहीं थी। उसे नाग के घाव अपने घाव लग रहे थे। उसे लगा जैसे यह चोट उसी के शरीर पर लगी है। उसकी आँखों से आंसू टपककर नाग के चेहरे पर गिरे। "ये घाव तुम्हें मेरी वजह से मिले हैं... मुझे इन्हें ठीक करना होगा," उसने खुद से कहा।

तभी उसके मन में एक विचार आया। वह दौड़कर घर के भीतर गई। रसोई में जाकर उसने मसालों के डिब्बों को खंगाला और ढेर सारी हल्दी एक बड़ी स्टील की थाली में निकाली। वह जानती थी कि हल्दी से बेहतर कोई एंटीसेप्टिक नहीं होता, यह हमारे पूर्वजों का ज्ञान था, और यही प्रकृति का वरदान है। वह उस थाली को लेकर घर के छोटे से मंदिर में गई और भगवान की मूर्ति के चरणों में रख दी।

"हे ईश्वर! हल्दी हर ज़ख्म भर देती है, पर यह नाग विशाल है। इस पर साधारण दवा काम नहीं करेगी। कृपया इसमें अपना आशीर्वाद दें ताकि यह इस जीव के प्राण बचा सके। इसे संजीवनी बना दीजिये। मेरी श्रद्धा को इसमें मिला दीजिये," उसने सच्चे मन से प्रार्थना की।

वह दौड़कर वापस बाहर आई। उसने अपनी मुट्ठी में हल्दी भरी और हवा में उछाल-उछाल कर नाग के घावों पर डालना शुरू किया। नाग का शरीर इतना विशाल था कि उसका हाथ हर जगह नहीं पहुँच सकता था, इसलिए वह हल्दी को हवा में उड़ा रही थी ताकि वह हवा के साथ उसके ऊँचे घावों पर गिर सके। पीली हल्दी हवा में उड़ते हुए एक सुनहरी धूल की तरह नाग के नीले, रिसते हुए घावों पर गिर रही थी। यह दृश्य अद्भुत था—नीले शरीर पर सुनहरी वर्षा।
और चमत्कार हुआ।

जैसे ही अभिमंत्रित हल्दी ने नाग की खाल को छुआ, घावों से धुआँ निकलना बंद हो गया। फटा हुआ मांस जादुई

तरीके से जुड़ने लगा। नीला खून बहना रुक गया। देखते ही देखते, नाग के शरीर के घाव भरने लगे। यह दृश्य किसी जादू से कम नहीं था। कुछ ही पलों में, नाग के शरीर पर जलने का एक भी निशान बाकी नहीं रहा। उसकी खाल फिर से चमकदार और मज़बूत हो गई, जैसे उसे नया जीवन मिला हो। उसके शल्क फिर से नीलम की तरह चमकने लगे।

इंसानियत का पाठ और नाग का जागरण

जब नाग पूरी तरह ठीक हो गया, तो वह एक बार फिर ज़मीन पर गिर गया, शायद थकान और कमजोरी के कारण। उसकी आँखें बंद होने लगीं। उसका विशाल शरीर अब शांत था।

शिवांशी ने राहत की साँस ली, अपने माथे का पसीना पोंछा और अपने परिवार के पास गई। "आप सब यहाँ से चले जाइये," उसने शांत स्वर में कहा। "मैं यहीं रहूँगी, इसी नाग के साथ। आप फिक्र न करें, यह अब किसी को कुछ नहीं कहेगा।"

उसकी माँ रो पड़ीं, उन्होंने शिवांशी का हाथ कसकर पकड़ लिया। "नहीं बेटी! हम तुम्हें इस राक्षस के पास अकेला छोड़कर नहीं जा सकते। तुम्हारी यह दया हम सबको ले डूबेगी। चलो हमारे साथ! यह जानवर है, यह वफादारी नहीं जानता।"

साधु बाबा भी आगे आए, उनका चेहरा गंभीर था, और वे अपने दंड को कसकर पकड़े हुए थे। "शिवांशी, तुमने नियति के फैसले को बदलकर ठीक नहीं किया। एक

राक्षस को जीवनदान देना, मृत्यु को निमंत्रण देने जैसा है। इसका अंजाम बहुत भयानक होगा। तुम नहीं जानती तुमने किसे जगाया है। यह वही काल है जिसने तुम्हारे पूर्वजों को निगला था।"

शिवांशी ने उन सबकी आँखों में देखा और एक ऐसी बात कही जिसने सबको चुप करा दिया। उसकी आवाज़ में अब एक अलग ही परिपक्वता थी।

"हम सब इंसान हैं ना? जिस इंसान को बनाकर खुद ईश्वर को भी गर्व था कि हम उनकी सबसे सुंदर रचना हैं। जो किसी भी संकट से खुद के बचाव का रास्ता निकाल सकते है, असंभ कार्य को करने की क्षमता रखते है। यदि हम ही अपनी इंसानियत भूल गए, तो क्या फायदा हमारे इस जीवन का? इस नाग का अंत तो स्वयं ईश्वर भी कर सकते थे, एक ही पल में। किन्तु उन्होंने एक साधारण सी इंसान को ही क्यों चुना? वो भी उस इंसान को जो अपने सामने एक कीड़े को भी मरते नहीं देख सकती? और बाबा, आप खुद बताइये, भविष्यवाणी क्या थी? कि 'मेरे विश्वास के रास्ते पर ही चलकर मैं इसका अंत कर सकती हूँ।' अंत का मतलब हमेशा मारना नहीं होता बाबा। अंत का मतलब 'बुराई का अंत' भी हो सकता है। मैंने उसकी बुराई को मारा है, उसे नहीं। मैंने उसके क्रोध को मारा है, उसकी आत्मा को नहीं।"

उसने नाग की ओर इशारा किया, जो अब शांति से सो रहा था। "और मुझे पूरा विश्वास है कि यह नाग अब किसी को कुछ नहीं करेगा। क्योंकि इसे मारने का अस्त्र अब मुझे मिल चुका है। यदि इसने कभी किसी को भी हानि पहुँचाने

की कोशिश की, तो मैं स्वयं इसे उसी आग में जला दूँगी। किन्तु अभी नहीं। अभी वह एक दानव नहीं, एक जानवर है जिसकी प्रवृत्ति ही यह थी। आप सब जाइये। इसी में मुझे शांति मिलेगी और सब सुरक्षित रहेंगे।"

उसने बाबा की ओर देखा, "और हाँ बाबा, मैंने पहली पहेली सुलझा ली है। असल में हमने कभी उस पहेली को सही से पढ़ा ही नहीं था..."

शिवांशी अपनी बात पूरी भी नहीं कर पाई थी कि अचानक एक गहरी, गूँजती हुई और रोंगटे खड़े कर देने वाली आवाज़ सबके कानों में पड़ी। यह आवाज़ किसी बादलों की गड़गड़ाहट जैसी थी, पर यह ज़मीन से आ रही थी। यह आवाज़ इतनी भारी थी कि आसपास के पेड़ हिल गए।

शिवांशी ने झटके से पीछे मुड़कर देखा।
वह नाग अब जाग चुका था। उसके घाव पूरी तरह ठीक हो चुके थे। उसकी खाल पर एक हल्की खरोंच का भी निशान नहीं था। वह धीरे-धीरे अपना विशाल फन उठा रहा था, जो कई मंजिल ऊँचा था। उसकी कराहना सुनकर ऐसा लगा मानो प्रकृति भी डर के मारे चुप हो गई हो। हवा रुक गई, पक्षी शांत हो गए।
वहाँ खड़े सभी लोगों के चेहरों पर फिर से वही पुराना डर छा गया, सिवाय शिवांशी के।

शिवांशी ने अपने परिवार की ओर बिना मुड़े, बहुत ही धीमी और स्थिर आवाज़ में कहा, "जितनी जल्दी हो सके यहाँ से चले जाइये। मुझे यहीं अकेला छोड़ दें। यह अब

मेरे और इसके बीच की बात है। अगर आप रुके, तो वह भड़क सकता है। जाइये!"

उसने मुड़कर नाग को देखा। नाग भी शिवांशी को ही घूर रहा था। उसकी विशाल पीली आँखें शिवांशी की सुनहरी आँखों से मिलीं। अब नाग ने रेंगना शुरू किया। वह तेज़ी से, लेकिन बिना किसी आक्रामकता के, शिवांशी की ओर बढ़ा आ रहा था। उसके चलने से धरती हिल रही थी।

सबकी साँसें थम गईं। क्या वह नाग उन पर रहम करेगा? या आज ही उन सबका अंत हो जाएगा? क्या शिवांशी का विश्वास जीतेगा या उसकी करुणा उसकी मौत बनेगी?

लेकिन शिवांशी इन सभी विचारों से दूर, एकदम डटकर, अपने विश्वास और प्रेम के साथ वहीं अडिग खड़ी थी, जैसे वह किसी पुराने मित्र का स्वागत कर रही हो। नियति ने क्या सोचा है, यह तो स्वयं नियति और ईश्वर ही जानते थे, पर शिवांशी ने अपना दांव खेल दिया था। और अब परिणाम भुगतने के लिए वह तैयार थी।

अध्याय 17

कालचक्र का रहस्य और शाप की मुक्ति

उस विशालकाय नाग की गहरी, रूह कंपा देने वाली आवाज़ और उसकी अकल्पनीय रफ़्तार ने वहाँ खड़े सभी लोगों के मन में एक बार फिर से एक गहरी और काली दहशत भर दी थी। जो लोग थोड़ी देर पहले नाग के जलने और तड़पने पर उसके अंत का जश्न मना रहे थे, जो ढोल की थाप पर नाच रहे थे और एक-दूसरे को गले लगाकर मिठाइयाँ बांटने की बातें कर रहे थे, अब वही लोग अपनी आने वाली, निश्चित दिख रही मौत के मातम का विचार करने लगे थे। वातावरण में एक पल पहले जो विजय का शोर था, वह अब शमशान की शांति में बदल गया था। उनके चेहरों की रंगत उड़ चुकी थी, हाथ-पैर ठंडे पड़ गए थे और गले से आवाज़ भी नहीं निकल रही थी। हवा भी भारी हो गई थी, जैसे हर सांस के साथ उनका दम घुट रहा हो।

लेकिन शिवांशी... वह अभी भी बिल्कुल निडर, शांत और स्थिर होकर उस काल-रूपी नाग के समक्ष खड़ी थी। उसकी देहभाषा में रत्ती भर भी कंपन नहीं था। वह ऐसे खड़ी थी जैसे वह किसी भयानक दानव का नहीं, बल्कि किसी पुराने, बिछड़े हुए दोस्त का इंतज़ार कर रही हो। उसकी सुनहरी आँखों में एक अजीब सी चमक थी—एक ऐसी चमक जो डर को चीरकर आत्मा तक झाँक रही थी। भीड़ में से दबी हुई चीखें और फुसफुसाहटें आ रही थीं। सभी उसे चिल्ला-चिल्लाकर आगाह कर रहे थे—'शिवांशी, हट जा! पागल मत बन! वह एक जानवर है,

वह यह सब नहीं समझ सकता! यह प्रेम, दया, करुणा—ये शब्द उसकी डिक्शनरी में नहीं हैं! वह सिर्फ मारना, चीरना और खाना जानता है! उसका स्वभाव ही हिंसा है!"

लेकिन शिवांशी ने किसी की एक न सुनी। बाहरी दुनिया का शोर उसके कानों तक पहुँच ही नहीं रहा था। उसका विश्वास अटल था। जैसे ही वह नाग अपनी विशाल काया को घसीटता हुआ शिवांशी के बिल्कुल पास पहुँचा, उसकी परछाई ने शिवांशी को पूरी तरह ढक लिया। वह परछाई इतनी बड़ी थी कि शिवांशी उसके सामने एक तिनके जैसी लग रही थी। नाग के नथुनों से निकलने वाली गरम हवा शिवांशी के बालों को उड़ा रही थी।

उसके माँ-पापा ने ज़ोर से चीख मारी, उनका दिल बैठने लगा था। "शिवांशी! संभलकर! हट जाओ वहाँ से! हम तुम्हें नहीं खो सकते!" उनकी चीख में एक माता-पिता का असीम डर था, जो अपनी संतान को काल के गाल में समाते देख रहे थे।

सभी ने अपनी आँखें मूँद लीं। सबने सोचा कि अब नाग शिवांशी को नहीं छोड़ेगा। वह उसे निगल लेगा या अपनी भारी पूँछ से कुचलकर उसका नामोनिशान मिटा देगा। नाग ने अपना विशाल सिर झुकाया और शिवांशी को अपनी कुंडली में फिर से जकड़ना शुरू किया। लेकिन इस बार... इस बार उस जकड़न में वह क्रूरता नहीं थी जो पहले थी। वह दबाव नहीं था जो हड्डियों को तोड़ दे। यह जकड़न एक 'सुरक्षा घेरे' जैसी थी। जैसे एक पिता अपनी

बेटी को तूफ़ान से बचाने के लिए अपनी बाहों में समेट लेता है।

फिर भी, सभी को डर लग रहा था। लेकिन शिवांशी अभी भी प्रेम-भाव से, बिना पलक झपकाए उस नाग की विशाल पीली आँखों में देख रही थी। उसने उस नाग की खुरदरी, ठंडी और सख़्त त्वचा को अपने नन्हे हाथों से प्रेम से छूते हुए, बहुत ही कोमलता से कहा, "मैं जानती हूँ... हम इंसानों ने तुम्हें बहुत पीड़ा दी है। मैं उन सभी की तरफ से तुमसे माफ़ी मांगती हूँ। तुम्हारा गुस्सा अपनी जगह बिल्कुल ठीक है, कोई भी होता तो यही करता। तुम अकेले थे, डरे हुए थे। लेकिन उन सभी ने भी तो अपने बचाव में ही तुम पर प्रहार किया था। उन्हें डर था कि तुम उन्हें मार डालोगे। तुम शांत हो जाओ... अब कोई भी तुम्हें नुकसान नहीं पहुँचाने वाला। मैं हूँ न। मैं ढाल बनकर खड़ी हूँ।"

वह रुकी, उसकी आँखों में आंसुओं की एक परत थी। "ये सब कहते हैं तुम जानवर हो, तुम्हें ये सब समझ नहीं आएगा। किन्तु मैं जानती हूँ तुम मेरी बात समझ भी रहे हो और सुन भी रहे हो। है ना? जब तुम क्रोध और बदला समझ सकते हो, तो प्रेम की भाषा क्यों नहीं? जब तुम दर्द महसूस कर सकते हो, तो मरहम क्यों नहीं? मैंने सही कहा ना? मेरी बातें तुम्हारे दिल तक पहुँच रही हैं।"

शिवांशी बड़े प्यार से उसकी त्वचा को सहला रही थी, उसे शांत कर रही थी, जैसे कोई माँ अपने डरे हुए बच्चे को लोरी गाकर सुला रही हो।

और तभी... तभी वह हुआ जिसकी कल्पना किसी को भी, यहाँ तक कि ज्ञानी साधु बाबा को भी नहीं थी।

एक आवाज़ आई।
यह आवाज़ यहाँ मौजूद किसी इंसान की नहीं थी। यह एक गहरी, भारी और गूँजती हुई आवाज़ थी जो सीधे पाताल लोक से आती हुई प्रतीत हो रही थी। यह आवाज़ कानों में नहीं, बल्कि हड्डियों में गूँज रही थी।

"मुझे समझने... और बचाने के लिए... तुम्हारा धन्यवाद, मानव कन्या।"

वहाँ खड़े सभी लोग मानो यह आवाज़ सुनकर पत्थर के हो गए हों। उनके मुँह खुले के खुले रह गए। समय थम गया। क्योंकि यह आवाज़ किसी और की नहीं, उसी विशाल नाग की थी। वह नाग, जो सदियों से सिर्फ फुफकारता था, दहाड़ता था और तबाही मचाता था, आज इंसानी भाषा बोल रहा था।

नाग ने शिवांशी को बहुत धीरे से ज़मीन पर खड़ा किया और अपना फन उसके स्तर तक झुका लिया। उसने फिर से बोलना शुरू किया, उसके हर शब्द के साथ धरती में हल्का कंपन हो रहा था। उसकी आवाज़ में सदियों का थकान और दर्द था।

"तुमने सही कहा। मैं केवल अपनी क्षुधा (भूख) शांत करने के लिए भोजन की तलाश में भटकता रहता था। मुझे नहीं पता था कि मैं कौन हूँ। कुछ न मिलने पर मैंने इंसानों का शिकार शुरू किया, क्योंकि मुझे जीवित रहना

था। यह मेरा स्वभाव बन गया था। किन्तु जब तुम्हारे पूर्वजों ने मुझे उस अँधेरे बंधन में बांध दिया... वह नर्क था। तुम कल्पना भी नहीं कर सकती। इतने वर्षों तक, सदियों तक उस कालकोठरी में, उस घुप्प अँधेरे में रहने के कारण मेरी ईर्ष्या, मेरा क्रोध और मेरी भूख सब अपनी चरम सीमा पर पहुँच गई थी। मैं पागल हो चुका था। तुम्हें वो स्वप्न भी मेरी माया के कारण ही आ रहे थे। मैं मदद के लिए चिल्ला रहा था, पर मेरी आवाज़ किसी तक नहीं पहुँच रही थी।"

शिवांशी, जो अब भी विस्मय में थी, उसने धीरे से, कांपती आवाज़ में पूछा, "तुम... तुम बोल सकते थे? तुम हम जैसे ही हो? यदि ऐसा था तो इतने वक़्त से तुम क्यों कुछ नहीं बोले? क्यों अपनी पीड़ा किसी को नहीं बताई? हम शायद तुम्हारी मदद कर पाते। इतना खून नहीं बहता।"

तब उस नाग ने एक लंबी, भारी साँस ली, जिससे आसपास की धूल उड़ गई और पेड़ झुक गए। उसने बताया, "मैं पहले कुछ नहीं कह सकता था... सिर्फ समझ सकता था। मेरी वाणी, मेरी चेतना, मेरी यादें... सब उस शाप के भारी पत्थर तले दबी हुई थीं। यह सब एक प्राचीन शाप के कारण था... जिससे तुमने आज, अपनी करुणा और प्रेम से, मुझे मुक्त किया है।"

"शाप...?" शिवांशी ने हैरानी और जिज्ञासा से पूछा, उसकी आँखों में सवाल थे। "कैसा शाप? किसने दिया था तुम्हें यह शाप? और क्यों?"

तब उस नाग ने अपनी आँखों को मूंद लिया, जैसे वह अतीत के पन्नों को पलट रहा हो। उसने अपने शाप और अपने अतीत के राज खोलने शुरू किए। उसकी आवाज़ में अब एक कहानीकार का दर्द था, एक ऐसे इंसान का दर्द जो अपना सब कुछ खो चुका था।

"बहुत पहले... सदियों पहले... जब यह जंगल इतना घना नहीं था, मैं इसी कबीले में रहा करता था, जहाँ आज तुम सब रहते हो। उस वक़्त मैं यह राक्षस नहीं था। मैं एक इंसान था, एक साधारण शिकारी। मेरा नाम और मेरा चेहरा अब धूल में मिल चुके हैं, पर मेरी आत्मा वही है। गाँव के सभी लोग, बच्चे, बुजुर्ग मुझे बहुत प्रेम और सम्मान के साथ रखते थे। उस वक़्त मैं अबोध था, पर दिल का साफ था। मैं शिकार करने में निपुण था, मेरा निशाना कभी नहीं चूकता था। मुझे किसी चीज़ की कमी नहीं थी। गाँव में मान-सम्मान, अपनापन सब था। जंगल से जो भी शिकार मैं लाया करता, वो मैं खुद नहीं रखता था, बल्कि और लोगों में भी बांटता था। मुझे मेरे गाँव, गाँव के लोगों और अपने काम से बहुत प्रेम था।"

नाग रुका, जैसे पुरानी यादें उसे भावुक कर रही हों। उसकी बड़ी पीली आँखों में नमी आ गई थी।

"उस वक़्त उस गाँव में नागों को मारा नहीं जाता था, बल्कि एक देवता की तरह पूजा जाता था। हमारे पूर्वज प्रकृति के रक्षक थे। हर साल एक उत्सव मनाया जाता था—नाग पंचमी जैसा। जिसमें हम अपने सभी फसल का कुछ हिस्सा, दूध और धान नाग देवता को अर्पण करते

थे। ताकि हमारे गाँव में सुख-समृद्धि बनी रहे। वह एक पवित्र समय होता था।"

"एक बार फिर से नाग का त्यौहार पास आया। लोगों के मन में उत्साह था त्यौहार को लेकर। हर घर में तैयारियां चल रही थीं, पकवान बन रहे थे। किन्तु उस वक़्त नियति को कुछ और ही मंजूर था।"

"उसी महीने, एक दिन मैं शिकार के लिए जंगल में गया। वह दिन... वह दिन और दिनों से बेहद अलग लग रहा था। जंगल बहुत घना, गहरा और डरावना लग रहा था। पक्षियों की चहचहाहट नहीं थी, सिर्फ सन्नाटा था। सूरज की रोशनी ज़मीन तक नहीं पहुँच रही थी। आसमान में काले बादल छा रहे थे, हवा में एक अजीब सी मनहूसियत थी। ऐसा लग रहा था मानो जैसे कोई बहुत बड़ी अनहोनी होने वाली हो, और प्रकृति मुझे चेतावनी दे रही हो।"
"मैंने शिकार करना शुरू किया। मैं घंटों भटकता रहा। लेकिन उस दिन मुझे कोई शिकार मिल ही नहीं रहा था। न हिरण, न खरगोश, न कोई पक्षी। मेरा परिवार भूखा था। मैं परेशान होकर, थक-हारकर एक पुराने बरगद के पेड़ के नीचे बैठ गया। तभी अचानक... मुझे सामने वाली झाड़ी के अंदर से एक सरसराहट की आवाज़ आई। मैं सतर्क हो गया। एक शिकारी की वृत्ति जाग उठी। मैंने अपना धनुष संभाला, प्रत्यंचा चढ़ाई और बिना देखे, केवल आवाज़ सुनकर एक तीर उस झाड़ी में दे मारा।"

नाग की आवाज़ भारी हो गई, उसमें पश्चाताप का भार साफ़ महसूस हो रहा था।

"और शायद... वो ही मेरे जीवन की सबसे बड़ी भूल थी। एक ऐसी भूल जो आने वाले भविष्य के लिए एक बहुत बड़ी अनहोनी और अभिशाप बनने वाली थी। तीर छूटते ही एक ऐसी चीख गूँजी जो किसी जानवर की नहीं थी।"

"मैंने जब झाड़ी हटाकर वहाँ देखा... तो मेरे पैरों तले से ज़मीन खिसक गई। मेरा कलेजा मुँह को आ गया। वहाँ मैंने एक साधारण जानवर नहीं, बल्कि एक दिव्य इच्छाधारी नाग को देखा जो कि मेरे चलाए हुए तीर से बुरी तरह घायल हो चुका था। वह तड़प रहा था। उसका सुनहरा खून बह रहा था, जो ज़मीन पर गिरते ही चमक रहा था। ये देखकर मेरे होश उड़ गए। मेरा धनुष हाथ से छूट गया। मैं मन ही मन सोचने लगा—हे ईश्वर! मैंने ये क्या अनर्थ कर दिया! मैंने अनजाने में एक देव-तुल्य जीव की हत्या कर दी!"

"वह नाग अभी भी तड़प रहा था, अंतिम साँसें ले रहा था। तभी वहाँ वो ऋषि प्रकट हुए जिन्होंने उस नाग को बुलाया था। वो केवल एक नाग नहीं, बल्कि एक दिव्य रक्षक था, जिसे कबीले के किसी आने वाले बड़े संकट को दूर करने के लिए उस साधु ने अपने कठिन मंत्रों और तपस्या की शक्ति से बुलाया था।"

"जब उस साधु ने अपने रक्षक नाग को मेरे हाथों मरते हुए देखा, तो उनका क्रोध सातवें आसमान पर पहुँच गया। उनकी आँखों से अंगारे बरसने लगे। उनका चेहरा क्रोध से लाल हो गया। उन्होंने क्रोध में आकर मुझे श्राप दिया—'मूर्ख! तुमने क्या किया! तुमने एक इच्छाधारी नाग को मारा है! जो कि तुम्हारे ही कबीले की रक्षा के लिए आया

था। तुमने बहुत बड़ा पाप किया है! इसका दंड यह है कि तुम भी अगले जन्म में एक इंसान नहीं, बल्कि एक विशाल, कुरुप और भयानक नाग बनकर जन्म लोगे!"

"वह नाग इतना विशाल होगा कि लोग उसके पास जाने से भी डरेंगे। तुम अपने ही लोगों के अंत का कारण बनोगे। और जिन्हें तुम अब अपना मानते हो, जिनसे तुम प्रेम करते हो, जिनके लिए तुम शिकार करते हो, वो ही लोग तुमसे डर कर दूर भागेंगे, तुमसे नफरत करेंगे। वे तुम्हें मारने की कोशिश करेंगे। अपने उस क्रोध और भूख के कारण ही तुम वर्षों तक, सदियों तक एक अँधेरे बंधन में बंध कर रहोगे। और तुम्हारी मुक्ति का कोई मार्ग नहीं होगा। कबीले में से कोई भी तुम्हें मुक्त नहीं कर सकेगा। तुम अपने पाप की आग में जलोगे, घायल होगे, और जिस तरह यह इच्छाधारी नाग आज तड़प रहा है, वैसे ही तुम भी तड़पोगे कि कोई तुम्हारा बचाव करे, तुम्हें समझे। कोई भी देवी-देवता तुम्हें मुक्ति नहीं दे सकेगा। मैं तुम्हें यह शाप देता हूँ!"

"साधु के मुख से ये बातें सुनकर मैं कांप गया। मैं उनके चरणों में गिर गया, गिड़गिड़ाने लगा, रोने लगा— 'मुझे माफ़ कर दीजिये बाबा! मैंने जान-बूझकर कुछ नहीं किया। यह एक दुर्घटना थी। मैंने केवल किसी जानवर को समझकर तीर चलाया था। हम तो नाग को देवता मानते हैं। मुझे मेरी गलती के लिए इतनी बड़ी सज़ा न दें कि उसकी कभी कोई माफ़ी ही न मिल सके। मैं राक्षस नहीं बनना चाहता बाबा। साधु बाबा तो लोगों को मुक्ति का मार्ग दिखाते हैं, कृपया मुझे एक ऐसे बंधन में न छोड़ें जिसका कोई तोड़ ही न हो। मेरी पुकार सुनें!'"

"तब साधु बाबा का क्रोध थोड़ा शांत हुआ, पर विधान लिखा जा चुका था। उन्होंने बोला— 'उठो! जो मैंने कह दिया, वह अब बदला नहीं जा सकता। शब्द वापस नहीं लिए जा सकते। नियति अपना खेल खेल चुकी है। किन्तु हाँ... एक बहुत कठिन और असंभव सा रास्ता है।'"

"उन्होंने मेरी आँखों में देखकर कहा— 'यदि भविष्य में कोई मनुष्य, बिना किसी स्वार्थ भाव के, बिना अपनी जान की परवाह किए, तुम्हारे भयानक रूप को देखकर भी डरे नहीं, और तुम्हारे अंदर की पीड़ा को समझे... यदि वह प्रेम भाव से तुम्हें तुम्हारे दर्द से मुक्त करे... वही मनुष्य का निस्वार्थ प्रेम और विश्वास तुम्हें मुक्ति दे सकता है। किन्तु हाँ, तुम आक्रामक ही रहोगे। और फिर भी, उस क्रोध और भय के बीच, यदि किसी ने इंसानियत के नाते तुम्हारे दर्द के बारे में सोचा और इंसानियत का एक नया उदाहरण दिया... वो ही ईश्वर का सच्चा भक्त तुम्हारी मुक्ति का कारण बनेगा। किन्तु इसके लिए तुम्हें पहले लोगों की नफरत, क्रोध, बंधन, अँधेरा—सब कुछ भुगतना पड़ेगा। उसी के बाद तुम्हारे बरसों के इंतज़ार के बाद तुम्हें मुक्ति मिलेगी।'"

नाग ने शिवांशी की आँखों में देखा। "और उसके बाद से मैं हर रात अपने आने वाले भयानक भविष्य की चिंता में रहने लगा। खाना-पीना छूट गया। मैं बीमार पड़ गया। अपराधबोध मुझे अंदर ही अंदर खाने लगा। और एक दिन कम उम्र में ही मेरी मृत्यु हो गई।"

"जब अगला जन्म हुआ, तो मुझे कुछ याद नहीं था। मैं इसी रूप, इसी विशाल और भयानक शरीर में पैदा हुआ। मेरे अंदर इंसानियत मिट चुकी थी, बची थी तो सिर्फ भूख। अपना पेट भरने के लिए मैंने अपने ही लोगों का शिकार शुरू कर दिया। वे लोग जिन्हें मैं पिछले जन्म में प्यार करता था, उन्हें मैं खाने लगा। और जिससे परेशान होकर कबीले के मुखिया ने अपनी बेटी के कहने पर तपस्या करके मुझे उस बंधन में बंद करवा दिया। और तबसे... तबसे मैं मुक्ति के लिए तड़प रहा था। मैं हर दिन मरता था, हर दिन जी उठता था।"

"यदि आज मैं उस आग में भस्म हो जाता, तो शायद फिर दोबारा इसी भयानक रूप में जन्म लेता। और तब शायद कोई और शिवांशी मुझे मुक्त करने नहीं आती। यह नरक का चक्र चलता रहता।"

नाग ने अपना विशाल सिर झुका लिया, जैसे वह शिवांशी को नमन कर रहा हो। "तुमने आज सिद्ध कर दिया कि प्रेम से बड़ा कोई मंत्र नहीं, कोई अस्त्र नहीं। तुमने बिना किसी अस्त्र-शस्त्र के मुझे हरा दिया और मुझे मेरे पापों से मुक्ति दी। मैं तुम्हारा आभारी हूँ, मानव कन्या। तुम और इंसानों जैसी नहीं हो। तुम सच में ईश्वर के लिए सबसे ख़ास हो, तभी उन्होंने तुम्हें चुना। तुम्हारा धन्यवाद।"

नाग की यह व्यथा-कथा सुनकर वहाँ खड़े सभी लोग हैरान रह गए। पूरा माहौल बदल चुका था। उनकी आँखों में अब डर की जगह नाग के लिए सहानुभूति थी। वे समझ गए थे कि वह कोई राक्षस नहीं, बल्कि एक शापित आत्मा थी जो मुक्ति की बाट जोह रही थी। साधु बाबा,

जो अब तक नाग को अपना शत्रु मान रहे थे, उनकी आँखों से भी आंसू बह निकले। उन्हें अपनी विद्या और ज्ञान पर जो गर्व था, वह शिवांशी के प्रेम के आगे छोटा पड़ गया था।

आखिरकार शिवांशी ने वह कर ही दिखाया जो किसी ने कभी सपने में भी नहीं सोचा था—उसने एक 'दानव' के भीतर छिपे 'इंसान' को जगा दिया था। उसने शाप को वरदान में बदल दिया था।

किन्तु... क्या यह कहानी यहीं पर खत्म होती है?

वातावरण में एक भारी सन्नाटा था। सब स्तब्ध खड़े थे, और केवल शिवांशी और नाग को ही देख रहे थे। लेकिन क्या यह 'मुक्ति' अंतिम सत्य है? या शायद अभी भी ऐसे बहुत से सवाल थे जिनका जवाब नियति ने अभी दिया ही नहीं था। नाग मुक्त हो गया था, लेकिन वह अभी भी यहीं था।

सब सोच रहे थे—अब क्या होगा? क्या नाग चला जाएगा? या नियति का अगला पड़ाव कुछ और ही है? क्या इस मुक्ति का कोई और भी अर्थ है?

अध्याय 18

पहेलियों का अंत और एक नया जन्म

उस प्राचीन, शापित और अब तक भय से कांपते हुए बगीचे में, जहाँ कुछ क्षण पूर्व तक केवल मृत्यु की सड़ी हुई गंध, जलते हुए मांस की बदबू और विनाशकारी आग की लपटें नाच रही थीं, अब एक ऐसी पवित्र और अलौकिक शांति छा गई थी जो शायद सदियों से, या जब से यह कबीला बसा था, तब से इस धरती ने महसूस नहीं की थी। हवा में अब बारूद या धुएं की नहीं, बल्कि गीली मिट्टी और किसी अज्ञात, दिव्य पुष्प की भीनी-भीनी सुगंध तैर रही थी। ऐसा लग रहा था मानो प्रकृति ने खुद को गंगाजल से धोकर पवित्र कर लिया हो। पक्षियों की चहचहाहट, जो सदियों से इस जगह पर नहीं गूँजी थी, अब धीरे-धीरे लौटने लगी थी।

नाग के इस असल रहस्य और उसके पिछले जन्म की दर्दनाक कहानी को सुनकर सभी हैरान थे। वह सन्नाटा जो वहां छाया था, वह डर का नहीं, बल्कि सम्मान का था। अब वहाँ मौजूद सभी लोगों के नेत्रों में—यहाँ तक कि शिवांशी के उन रिश्तेदारों की आँखों में भी जिन्होंने उसे पागल कहा था, उसे रोकने की कोशिश की थी—शिवांशी के लिए सम्मान और भी अधिक बढ़ गया था। उसने केवल एक जानवर को नहीं बचाया था, उसने आज वहाँ खड़े हर व्यक्ति के भीतर मर रही 'इंसानियत' को बचाया था। उसने साबित कर दिया था कि शक्ति का असली रूप

संहार नहीं, बल्कि क्षमा है। शक्ति वह नहीं जो मार दे, शक्ति वह है जो जीवन दे।

नाग, जो अब पूरी तरह ठीक हो चुका था और जिसका विशाल शरीर अब किसी दैवीय रक्षक जैसा चमक रहा था, उसने आखिरी बार अपना विशाल सिर शिवांशी के सामने झुकाया। उसकी पीली आँखों में अब वह हिंसक चमक नहीं थी, बल्कि एक कृतज्ञता थी जो शब्दों से परे थी।

"तेरा कल्याण हो, रक्षक," नाग की भारी, गूँजती हुई आवाज़ वातावरण में फैली, जैसे कोई प्राचीन घंटा बज रहा हो। "मैं जा रहा हूँ... अपनी मुक्ति की ओर। पर मैं हमेशा तुम्हारा ऋणी रहूँगा। जब भी तुम्हें मेरी आवश्यकता होगी, जब भी तुम पर कोई ऐसा संकट आएगा जिसे इंसानी ताकत नहीं रोक सकेगी, यह जंगल, यह हवाएँ और यह नाग तुम्हारी ढाल बनेगा। मेरी आत्मा इस वन के कण-कण में तुम्हारी रक्षा करेगी।"

और देखते ही देखते, एक चमत्कार हुआ। वह विशाल नाग, जो अभी ठोस मांस और मज्जा का बना था, हवा में धीरे-धीरे बिखरने लगा। उसका शरीर छोटे-छोटे सुनहरे, नीले और रुपहले सितारों में बदलने लगा। यह दृश्य इतना अद्भुत और जादुई था कि मानो रात के आकाश से सारे तारे टूटकर ज़मीन पर उतर आए हों। वह प्रकाश पुंज धीरे-धीरे ऊपर उठने लगा, जैसे कोई आत्मा परमात्मा में मिल रही हो। धीरे-धीरे, वह पूरी विशाल आकृति हवा में विलीन हो गई और अंत में आसमान में सितारों की रोशनी की तरह समा गई।

नाग मुक्त हो चुका था—सिर्फ अपने शाप से नहीं, सिर्फ उस कड़े से नहीं, बल्कि अपने उस शरीर से भी जो उसके लिए सदियों से एक जेल बना हुआ था। आकाश में एक सतरंगी आभा छूट गई थी, जो उसकी मुक्ति का प्रमाण थी।

शिवांशी की बहादुरी, उसकी सूझबूझ और उसकी अपार करुणा देखकर सब खुश थे। उनके दिलों से एक भारी बोझ उतर चुका था, जैसे सदियों पुराना श्राप उनके कंधों से हट गया हो। उसके पिता, जिनकी आँखों में अभी भी आंसू थे और हाथ कांप रहे थे, दौड़कर आए और उसे गले लगा लिया। उनका गला रुंधा हुआ था। माँ ने उसका माथा चूम लिया, वे कुछ बोल नहीं पा रही थीं, बस अपनी बेटी को छूकर यकीन कर रही थीं कि वह सुरक्षित है, वह जिंदा है। कबीले के लोग, जो उसे एक बाहरी और शहरी लड़की समझते थे, अब उसके चरणों में झुकने को तैयार थे। उन्हें उसमें देवी का अंश दिख रहा था।

घायल साधु बाबा, जो अपने दंड के सहारे बड़ी मुश्किल से खड़े थे, लड़खड़ाते हुए शिवांशी के पास आए। उनके शरीर पर चोटें थीं, पर उनकी आँखों में एक नई चमक थी—श्रद्धा की चमक। उन्होंने कांपते हाथों से शिवांशी के सिर पर हाथ रखा और बोले, "शिवांशी... बेटी! तुमने वो कर दिखाया जो हम जैसे बड़े-बड़े महान साधु, तपस्वी और ज्ञानी भी नहीं कर सकते थे। हमने केवल पोथियों में मंत्र पढ़े, तुमने उन मंत्रों को जिया है। ईश्वर ने सच ही कहा था कि इस नाग को मुक्त करने वाला दुनिया के सामने प्रेम के नए रूप का उदाहरण प्रस्तुत करेगा। और नियति ही उसका मार्गदर्शन करेगी। आज तुमने सिद्ध

कर दिया कि सबसे बड़ा धर्म 'जीव-दया' है। मैं, अपनी सारी तपस्या के साथ, तुम्हारे सामने नतमस्तक हूँ।"

फिर बाबा ने हैरानी वश, और थोड़ी दबी हुई जिज्ञासा के साथ पूछा, "किंतु शिवांशी... एक बात मुझे अभी भी समझ नहीं आ रही। मैं अपनी विद्या के अहंकार में अंधा था, पर तुम... तुम्हें कैसे ज्ञात हुआ कि उन सभी भविष्यवाणियों और पहेलियों का असल अर्थ क्या है? जहाँ हम सब भटक गए, जहाँ हम सबने 'अस्त्र' का अर्थ हथियार समझा, तुम सही मार्ग पर कैसे चलीं? यह ज्ञान तुम्हें किसने दिया? इतनी छोटी उम्र में यह विवेक कहाँ से आया?"

तब शिवांशी ने बाबा की आँखों में देखते हुए एक गहरी और संतोषजनक सांस ली। उसके चेहरे पर अब एक चंचल लड़की के भाव नहीं, बल्कि एक दार्शनिक जैसी गंभीरता थी।

"बाबा, याद करें भविष्यवाणी क्या थी... 'बाहरी दुनिया से आया इंसान ही उस नाग का बंधन तोड़ेगा', जो मैंने किया भी। किन्तु उसकी अगली और सबसे महत्वपूर्ण पंक्ति थी— 'उसकी नीयत ही उसकी और संसार की नियति तय करेगी'।"

शिवांशी रुकी और आकाश की ओर देखा, जहाँ अभी-अभी वह नाग विलीन हुआ था। "मेरी नीयत साफ़ थी बाबा। उसमें सभी इंसान और जानवर एक समान थे। सभी को जीने का अधिकार था। मेरी नीयत निस्वार्थ थी, उसमें मेरा कोई लाभ नहीं था, न मुझे कोई वाहवाही चाहिए थी।

इसी कारण मेरी नीयत ने नियति को दुनिया की अच्छाई में ही बदल दिया। भविष्यवाणी में यह भी कहा गया था कि 'नाग एक बार मुक्त होगा तो उसे दोबारा बंधन में नहीं डाला जा सकेगा'। तो बाबा, नियति तो पहले ही लिखी जा चुकी थी कि बंधन से मुक्त होने के बाद इसे बंधक नहीं बनाया जाएगा, सीधा मुक्ति ही मिलेगी। उसका अंत किसी भी अस्त्र, शस्त्र, मंत्र और यहाँ तक कि किसी देवता के लिए भी संभव नहीं था। क्योंकि उसकी नियति और उस प्राचीन शाप के कारण, उसके जीवन को मुक्त करने का माध्यम 'इंसान' को ही चुना गया था। और वह इंसान मैं थी।"

"यह फैसला मुझ पर था कि मैं 'विश्वास' को चुनती हूँ या 'डर' को। मैंने विश्वास को चुना। और उसी विश्वास से मैंने महादेव से असल मार्ग मांगा। उन्होंने मुझे 'प्रेम अस्त्र' के बारे में बताया था। किन्तु मैंने, और हम सबने सोचा कि मेरा मेरे अपनों से प्रेम, मेरे परिवार के प्रति लगाव ही प्रेम है। किन्तु वह गलत था बाबा। वह तो 'मोह' था।"

शिवांशी ने एक पल के लिए अपनी आँखें बंद कीं, जैसे वह उस पल को फिर से जी रही हो। "महादेव ने कहा था— 'प्रेम किसी भी रूप में हो सकता है'। उसके हर रूप तो समय आने पर ही पता चलते हैं बाबा। जब मैंने उस नाग को तड़पते हुए देखा, तो जो करुणा मेरे भीतर उभरी, वह भी प्रेम का ही एक रूप था। उस नाग की पीड़ा, उसका क्रोध, उसका वह भाव जो किसी ने कभी समझा ही नहीं... उसको मैंने खुद के भीतर महसूस किया। मुझे लगा जैसे मैं ही उस आग में जल रही हूँ। मुझे मेरे ईश्वर पर और मेरे

प्रेम पर विश्वास था। वह ही मेरा अस्त्र बना। और इस नाग के अंत के स्थान पर उसकी मुक्ति का कारण बना। इसमें महादेव ने मेरा बहुत साथ दिया। उनका धन्यवाद।"

बाबा चकित थे। इतनी छोटी उम्र में इतना गहरा ज्ञान? यह कोई साधारण बात नहीं थी।

शिवांशी ने आगे कहा, "बाबा, इस सृष्टि में सभी चीज़ें, सभी जीव-जंतु, इंसान, सभी प्रजातियाँ सब ईश्वर की बनाई हुई हैं। उसे नष्ट करने का हमें कोई अधिकार नहीं। वह नाग बुरा हो सकता था। मृत्यु के लायक हो सकता था। किन्तु केवल तब, जब उसे उस वक़्त समझ होती। जब उसे पता होता कि वह क्या कर रहा है—सही है या गलत है। अगर उसे इंसानियत और शैतानियत में फर्क पता होता, तो वह अवश्य ही मृत्यु का भागी होता। किन्तु वह एक जानवर था बाबा। जिसके भीतर बरसों की पीड़ा, क्रोध और बदले की भावना थी। उसे हमारी दुनिया का कोई बोध नहीं था। वह तो केवल अपने शाप के कारण विवश था।"

शिवांशी ने अपने परिवार की ओर इशारा किया, जो अब शांति से खड़े थे। "देखें बाबा, अब सब ठीक है। हम सभी सुरक्षित हैं। न किसी को कोई हानि पहुँची और न ही उस नाग की मृत्यु के पाप का बोझ लेकर मुझे जीना पड़ा। यदि मैं केवल अपने लोगों के बारे में, अपनी दुनिया के बारे में सोचती, तो बाबा मैं इस नाग की मृत्यु के बोझ के कारण कभी चैन से नहीं जी पाती। क्योंकि जानवर की हत्या करना हमारे धर्म में भी तो पाप है बाबा। फिर ये

पाप मैं कैसे कर सकती थी? आप ही बताएं। आप तो खुद एक ज्ञानी हैं बाबा, मैं कहाँ और कैसे गलत थी फिर?"

बाबा निरुत्तर थे। उनके पास शिवांशी के इस तर्क का कोई काट नहीं था।

"और बाबा," शिवांशी ने मुस्कुराते हुए जोड़ा, "अगर उस नाग का अंत केवल उस दिव्य कड़े से हो सकता था, तो भला ईश्वर को इतने से काम के लिए एक इंसान की क्या ज़रूरत होती? वो तो इंसान की जगह कड़े का वर्णन करके जाते न बाबा। सीधा कड़ा नाग पर गिरता और वह मर जाता। किन्तु ऐसा नहीं हुआ। अस्त्र केवल विश्वास और प्रेम ही था। कड़ा तो मेरी सुरक्षा का एक माध्यम ही था बाबा, एक जरिया। अब बताएं, क्या मैंने गलत किया?"

बाबा मुस्कुराए, उनकी आँखों में गर्व था। "हाँ शिवांशी, तुमने सही कहा। हम अपनी दुनिया को बचाने में इतना खो गए कि एक जीव के बारे में हमने सोचकर ही नहीं देखा। गलत तुम नहीं, गलत तो हम थे शिवांशी। जो ईश्वर के अर्थ को इतने ज्ञानी होने के बाद भी नहीं समझ सके। तुम सच में बहुत बहादुर और समझदार हो शिवांशी। और भाग्यशाली भी, जो इतनी बार साक्षात् महादेव के दर्शन करने का मौका मिला। जिस दरस के लिए ऋषि-मुनि जन्मांतर तक इंतज़ार करते हैं, उस पल तुमने एक ही दिन में कई बार अनुभूति की। जिस पर साक्षात् महादेव का हाथ हो, उसे भला कोई संकट क्या बिगाड़ेगा?"

तभी बाबा के चेहरे पर एक प्रश्न उभरा, एक ऐसा प्रश्न जो उन्हें अंदर ही अंदर खाए जा रहा था। "किन्तु शिवांशी... एक बात मुझे खटक रही है। तुमने इतना विश्वास कैसे था कि वह नाग तुम्हें कुछ नहीं करेगा और नियति खुद तुम्हारी रक्षा करेगी? और सबसे बड़ी बात... तुम उस जंगल तक कैसे पहुँची थीं? जबकि वहां तो पहले से ही दो मोड़ थे, एक रास्ता मौत की ओर जाता था और एक जीवन की ओर। तुम्हें कैसे पता चला कि गुफा में किस ओर मुड़ना है जंगल में प्रवेश करने के लिए? वह रास्ता तो केवल कबीले के मुखिया को पता था, जो अब इस दुनिया में नहीं हैं।"

शिवांशी ने कुछ पल सोचा, उसकी भृकुटी तन गई। "हाँ बाबा, आपको पता है, जब मैं बेसमेंट में गई थी तब वहां मेरे पूर्वजों की पुरानी तसवीरें थीं। जब मैं उन्हें छू कर देखने लगी, तो मेरे पीछे एक लड़की आकर खड़ी हो गई थी। वह बिल्कुल साये की तरह थी। वह सारी की सारी तो नहीं, पर ज़्यादातर मेरे जैसी लग रही थी... मानो मेरी ही कोई जुड़वां बहन हो, या मेरा ही कोई रूप। उसकी आँखों में एक अजीब सी उदासी और एक अजीब सा तेज था।"

बाबा चौंक गए। "लड़की? बेसमेंट में? शिवांशी की दादी चौंकते हुए बोली।– "वहां तो बरसों से कोई नहीं गया। वह जगह तो सील थी। वहां बस घर बहुत पुराना सामान ही पड़ा रहता है। वहां भला कोई क्या ही करेगा?"

शिवांशी ने सिर हिलाया। "हाँ बाबा। वह कोई आम इंसान नहीं लग रही थी। उसने मुझे बताया था कि मैं हार न मानूँ, विश्वास रखूँ बस। नियति खुद मेरा साथ देगी और

मुझे हर संकट से बचाएगी। उसने कहा था— 'वो तुम्हें तुम्हारी मंज़िल तक खुद ले कर जाएगी। तुम बस हार मत मानना, ये तुम्हारा अंतिम प्रयास है'।

किन्तु बाबा... वो थी कौन, मैं उसे नहीं जानती। मैं उससे यह पूछने ही वाली थी पर तभी मेरा ध्यान भटक गया और वह वहां से गायब हो गई। उसके बाद वह मुझे नहीं दिखी। मैंने उसे आज से पहले कभी नहीं देखा था।"

शिवांशी रुकी, उसके चेहरे पर अब उलझन थी। "और हाँ बाबा, मुझे एक बात और समझ नहीं आई। भविष्यवाणी में कहा गया था कि 'जो नाग को मुक्त करेगा वो दोनों दुनिया से होगा। किन्तु बाबा, मेरा रिश्ता दोनों दुनिया से कैसे हो सकता है? मैं तो शहर में पली-बढ़ी हूँ। इस कबीले, इस जंगल से मेरा क्या वास्ता? मुझे इसका जवाब अभी भी समझ नहीं आ रहा।"

"और बाबा," शिवांशी ने याद करते हुए कहा, "जब मैंने जंगल में उस प्राचीन कुएं में प्रवेश किया था, तब ऐसा लग रहा था जैसे मैं वह रास्ता पहले देख चुकी हूँ। और जब वहां दो मोड़ आए थे, तब मुझे पहले से ही मालूम था कि मुझे दाईं ओर मुड़ना है। मेरे पैर अपने आप चल रहे थे। मुझे सोचना नहीं पड़ा। मानो जैसे मैं पहले वहां आ चुकी हूँ। उस जगह को, उस हवा को, उस गंध को मैं अच्छे से जानती हूँ। मैंने सपने में हर बार जंगल और नाग को देखा था, मैंने आपको भी देखा था। पर बाबा... उस गुफा, उस कुएं को मैंने पहले कभी भी नहीं देखा, कहीं भी नहीं। पर फिर भी वह मुझे जाना-पहचाना लग रहा था। मानो जैसे उस जगह से मेरा कोई पुराना, बहुत गहरा रिश्ता हो।

किन्तु कैसे... ये मुझे नहीं मालूम। मैं इन सभी के जवाब चाहती हूँ बाबा। आप अपनी शक्तियों का इस्तेमाल करके बताएं न बाबा, ये सब क्यों हुआ? इसका क्या कारण था?"

बाबा का चेहरा अब पूरी तरह बदल चुका था। उनकी आँखों में एक अजीब सी चमक थी, जो जिज्ञासा और भय का मिश्रण थी। उन्होंने शिवांशी की बातों को बहुत गंभीरता से सुना। पसीने की बूंदें उनके माथे पर उभर आईं।

"दोनों दुनिया से... रास्ता पहचानना... और वह लड़की... और वह नाग जो केवल तुम्हें पहचानता था..." बाबा बुदबुदाए। "शिवांशी, तुम जो कह रही हो, वह साधारण संयोग नहीं है।"

बाबा ने एक लंबी सांस ली और अपनी आँखें बंद कर लीं। उन्होंने ध्यान लगाया। वे समय के उस पार देखना चाहते थे। वे अपनी दिव्य दृष्टि से उन परतों को हटाना चाहते थे जो शिवांशी के अस्तित्व को ढके हुए थीं। वे देखना चाहते थे कि असल में शिवांशी है कौन? नियति ने उसे ही क्यों चुना? क्या उसका इस कबीले, उस नाग और उस शापित जंगल से कोई पिछले जन्म का नाता है? क्या वह केवल एक माध्यम थी, या वह स्वयं एक पहेली थी?

बाबा गहरे ध्यान में चले गए। उनका शरीर स्थिर हो गया। आसपास का शोर थम गया। शिवांशी और उसका परिवार सांस रोके बाबा को देख रहा था। हवा भी रुक गई थी। प्रकृति भी उस रहस्य को जानने के लिए ठहर गई थी।

बाबा के मन-मस्तिष्क में छवियाँ घूमने लगीं—पुराना कबीला, एक जलता हुआ गाँव, एक तपस्या करती हुई स्त्री, और वह नाग... और उन सबके केंद्र में एक चेहरा... शिवांशी का चेहरा।

और तभी... गहरे ध्यान के कुछ पलों बाद, बाबा ने अचानक, एक झटके से अपनी आँखें खोलीं।

उनकी आँखों में सामान्य शांति नहीं थी, बल्कि एक प्रचंड विस्मय था। उनकी पुतलियाँ फैली हुई थीं। उनका पूरा शरीर कांप गया, जैसे उन्होंने बिजली का तार छू लिया हो। ऐसा लग रहा था मानो उन्होंने एक ऐसा राज़ देख लिया हो जो अभी तक समय की परतों के नीचे दबा हुआ था। एक ऐसा सत्य जिसे जानना शायद सभी के लिए असंभव सा था।

बाबा शिवांशी को ऐसे देख रहे थे जैसे वे उसे पहली बार देख रहे हों—जैसे उसके चेहरे के पीछे उन्हें कोई और चेहरा दिखाई दे रहा हो। उनकी दृष्टि में अब वात्सल्य के साथ-साथ एक हैरानी भी थी।
आखिर वह क्या राज़ था?

शिवांशी के 'दोनों दुनिया' से होने का क्या मतलब था? और वह लड़की कौन थी जो शिवांशी को बेसमेंट में मिली थी? आखिर नियति ने शिवांशी को ही क्यों चुना था?

क्या शिवांशी केवल एक शहर की लड़की थी, या वह कुछ और थी? कोई ऐसा, जो इस कबीले के इतिहास से, उस नाग के श्राप से जुड़ा था?

क्या रिश्ता था शिवांशी का उस कबीले, नाग और इस परिवार से?
इन सभी सवालों के जवाब केवल नियति के पास थे, और अब शायद साधु बाबा के पास भी।

लेकिन बाबा कुछ बोल नहीं पा रहे थे। वे किसी गहरे सदमे में चले गए थे। वे बस शिवांशी को देखे जा रहे थे, और उनके होंठ कांप रहे थे।

शिवांशी भी घबरा रही थी। बाबा का यह रूप उसने पहले कभी नहीं देखा था।

"बाबा... क्या हुआ? आपने क्या देखा? आप ऐसे क्यों देख रहे हैं?" शिवांशी ने कांपती आवाज़ में पूछा।

पर बाबा चुप थे। उनकी खामोशी एक आने वाले तूफ़ान का संकेत थी।

क्या यह अंत था? या यह एक नए, और भी बड़े रहस्य की शुरुआत थी? क्या नाग का जाना एक अध्याय का अंत था, या एक महागाथा का प्रस्तावना?

नियति का खेल अभी खत्म नहीं हुआ था... वह तो बस शुरू हुआ था।

"वो राहें क्यों जानी-पहचानी थीं, जो कभी न देखीं?
वो साया किसका था, जिसकी लकीरें थीं अनदेखी?
क्या नियति का कोई पन्ना, अब भी हमसे रूठा है?
या जो सत्य सामने है, वो भी एक झूठा है?"

•••भाग – *4* का समापन •••

भाग –5

नियति का अंतिम सत्य

अध्याय 19

विस्मृत अतीत और रक्त का बंधन

उस शापित और अब पवित्र हो चुके बगीचे में एक भारी सन्नाटा पसरा हुआ था। साधु बाबा की आँखों में जो विस्मय था, उसने शिवांशी और वहाँ मौजूद हर व्यक्ति को अंदर तक हिला दिया था। हवा भी रुक गई थी, जैसे वह भी उस राज़ को सुनने के लिए ठहर गई हो जिसे सदियों से इस ज़मीन ने अपने सीने में दफ़न कर रखा था।

सभी बाबा के कुछ कहने के इंतज़ार में थे। उनकी खामोशी एक तूफ़ान से पहले की शांति जैसी थी। शिवांशी का दिल तेज़ी से धड़क रहा था। वह जानना चाहती थी कि आखिर ऐसा क्या देख लिया बाबा ने।

तभी उस असहनीय चुप्पी को तोड़ते हुए शिवांशी ने आगे बढ़कर पूछा, "बाबा... क्या हुआ? आप कुछ क्यों नहीं बोल रहे? बताइये न, क्या हैं मेरे सवालों के जवाब? कौन थी वो लड़की? क्यों वो जंगल, वो गुफा, वो रास्ता मुझे जाना-पहचाना लग रहा था? मैं दो अलग-अलग दुनियाओं से कैसे जुड़ी हूँ? आप इतने चुप और हैरान क्यों खड़े हैं? कुछ बोलिये बाबा!"

शिवांशी की आवाज़ में जिज्ञासा के साथ-साथ एक अजीब सी बेचैनी थी।

बाबा, जो अब तक एक अडिग चट्टान की तरह खड़े थे, अचानक घुटनों के बल गिर पड़े। उनकी आँखों से आंसुओं की धारा बह निकली। उन्होंने शिवांशी के नन्हे पैरों को पकड़ लिया और रोने लगे।

"हे देवी... हमें क्षमा करें! हमने आपके साथ बहुत गलत किया... बहुत बड़ा पाप किया। हम अंधे थे। किन्तु आप... आप तब भी हमारी रक्षक थीं और आज भी हमारी मुक्ति का माध्यम बनीं।"

बाबा के मुख से ये बातें सुनकर सभी के होश उड़ गए। कबीले वाले, जो अब तक शिवांशी को बस एक शहर की लड़की समझ रहे थे, एक-दूसरे का मुँह ताकने लगे। किसी को कुछ समझ ही नहीं आ रहा था कि आखिर यह महान साधु एक बच्ची के पैरों में क्यों गिरा है?

शिवांशी हड़बड़ाकर तेज़ी से पीछे हटी। उसने झुककर बहुत ही प्रेम-भाव से बाबा को उठाया। "बाबा, यह आप क्या कर रहे हैं? आप मुझसे बड़े हैं, ज्ञानी हैं। ऐसा करके आप मुझे पाप का भागी बना रहे हैं। कृपया ऐसा न करें। मैं तो केवल एक साधारण सी बच्ची हूँ। मुझे बताइये, क्या है मेरी असली पहचान? आप मुझे 'देवी' क्यों कह रहे हैं?"

बाबा ने अपने आँसू पोंछे और शिवांशी की आँखों में देखा। उनकी नज़रों में अब एक गहरा अपराधबोध था।

"शिवांशी... मैं जानता हूँ तुम्हें जो लड़की तहखाने में दिखी थी, वो कौन थी। और तुम्हारा उससे क्या रिश्ता है। और सबसे बड़ी बात... नियति ने तुम्हें ही क्यों चुना।"
बाबा ने एक गहरी साँस ली और कबीले के उस इतिहास के पन्नों को पलटना शुरू किया जिसे सब भूल चुके थे, या जिसे सबने जानबूझकर भुला दिया था।

"शिवांशी... यह कहानी बहुत पुरानी है। हमारा कबीला पुराने समय में बहुत खुशहाल हुआ करता था। चारों तरफ हरियाली थी, नदियाँ कलकल करती थीं। पहले हम भी नाग को देवता मानते थे।

पर एक दिन... एक दिन वह विशाल नाग हमारे कबीले में आ गया। वह रक्षक नहीं, भक्षक बनकर आया था। वह लोगों की मौत का कारण बन गया। तब हममें से किसी के पास भी तरीका नहीं था इस नाग से लड़ने का। हम बेबस थे।"

बाबा रुके, जैसे वह उन चीखों को याद कर रहे हों। "धीरे-धीरे जब लोगों ने अपने प्यारों को, अपने बच्चों को उस नाग का शिकार बनते देखा... तब उनका विश्वास नाग देवता से उठने लगा। कबीले में पूजा-पाठ होना बंद होने लगा। मंदिरों में धूल जमने लगी। लोग 'नाग' के नाम से भी नफरत करने लगे थे। भय ने श्रद्धा की जगह ले ली थी। लोग घर से बाहर निकलते हुए भी कांपते थे। कबीले के लोगों का सभी चीजों से विश्वास उठ चुका था।"

"किन्तु... उसी कबीले में एक लड़की थी। जो उस अंधेरे में जलते हुए दिए की भाती थी, जिसने अपने अपने विश्वास के साथ साथ कबीले के लोगों को एक नई रोशनी दी थी, एक उम्मीद की रोशनी। उस लड़की का नाम था 'अद्विका।'"

बाबा की आवाज़ में एक अजीब सी कोमलता आ गई। "वह बहुत प्यारी, बुद्धिमान और ईश्वर पर अटूट भरोसा रखने वाली थी। उसने उस बुरे समय में भी ईश्वर से विश्वास नहीं छोड़ा। उसने नाग देवता की पूजा फिर भी जारी रखी जब सब लोग देवता से ही नफरत करने लगे थे। वह कोई साधारण कन्या नहीं थी, शिवांशी। वह हमारे कबीले के मुखिया की इकलौती बेटी थी। उसे आने वाली विपदा का पहले ही आभास हो जाता था। वह एक 'दिव्य कन्या' की तरह थी। सब लोग उससे प्रेम करते थे, उसकी इज़्ज़त करते थे, उसे अपना मानते थे। उसकी माँ को बचपन में ही ईश्वर ने उससे छीन लिया था, पर फिर भी उसका साथ भी हमेशा उसी ईश्वर ने दिया।"

"जब गाँव में नाग का यह संकट आया, तब सभी अपने बारे में, अपनी जान बचाने के बारे में सोच रहे थे। किन्तु अद्विका... वह पूरे कबीले की सुरक्षा के बारे में सोच रही थी। जब सब हारने लगे, जब योद्धाओं की तलवारें टूट गईं, तब अंत में उसने भगवान के सामने तपस्या की। लोगों का मानना था कि उस पर ईश्वर की असीम कृपा है।"

"तब एक दिन... वह मंदिर में थकी-हारी बैठी थी। रात हो चुकी थी, गहरा अंधेरा था। मंदिर में सिर्फ नाग की प्रतिमा और एक दीया जल रहा था। वह भगवान की मूर्ति के सामने रोने लगी और उनसे कहने लगी— 'हे ईश्वर! कोई तो रास्ता दिखाइये। मेरे लोग मर रहे हैं। मै उन्हें इस संकट में नहीं देख सकती। इस विपदा से कैसे बाहर निकला जा सकता है?' ऐसे ही शिकायत करते-करते, रोते-रोते वह थककर उसी मंदिर की ठंडी ज़मीन पर सो गई।"

"जब वह घर नहीं आई, तब कबीले वाले उसे ढूंढने निकले। उन्होंने उसे मंदिर में पाया, लेकिन उसे कोई सुध-बुध नहीं थी। वह न होश में थी, न बेहोश। वह किसी और ही दुनिया में थी। वो लोग उसे घर लेकर आए। उसकी सेवा की। और जब कुछ वक़्त के बाद उसकी आँखें एक झटके से खुलीं... तब उसने एक उत्साह और उमंग के साथ वहां खड़े लोगों के चेहरों की तरफ देखा और बोली— 'रास्ता मिल गया!'"

बाबा की आँखों में वह दृश्य तैर रहा था। "सब हैरानी से उसे देखने लगे कि यह क्या कह रही है। तब मुखिया के पूछने पर उसने बताया— 'बाबा, मुझे रास्ता मिल गया कि हम उस नाग से कैसे मुक्त हो सकते हैं। ईश्वर ने मुझे स्वप्न में दर्शन दिए हैं। उन्होंने इस संकट से बाहर आने का मार्ग मुझे दिखा दिया है। अब आप सब निश्चिंत हो जाए।'

यह सुनकर वहां खड़े सभी लोगों के होश उड़ गए और सभी के चेहरे पर उत्साह और उमंग की लहर दौड़ पड़ी। एक डूबते हुए को तिनके का सहारा मिल गया था।"

"सभी ने उससे पूछना शुरू किया— 'क्या तुम सच कह रही हो? क्या है इसका रास्ता? क्या हम मुक्त हो जाएंगे?' सवाल इतने थे कि शोर में किसी की आवाज़ साफ़ सुनाई ही नहीं दे रही थी। तब अद्‌विका ने सभी को शांत करते हुए बोला— 'आप सब रुक जाइये। मैं आपकी उत्सुकता समझ सकती हूँ लेकिन मुझे बोलने तो दीजिये'।"

"तब उसने मुखिया को बताया— 'बाबा, हमें एक विशेष पूजा करनी होगी। ठीक कबीले के बीचों-बीच। एक गोल घेरा बनाना होगा और वहां पर एक महायज्ञ करना होगा।' उसने सभी को वह गुप्त मंत्र बताया जो उसे स्वप्न में मिला था। और तब उसने एक बात बोली जिसे शायद हमने अनसुना कर दिया— 'इसे बंधक अब केवल स्वयं ईश्वर ही बनाएंगे, हम नहीं'।"

"यह बात सुनकर सभी लोग ख़ुशी से झूम उठे। सभी के चेहरों पर अपनी मुक्ति का उल्लास अलग से झलक रहा था। हमने यज्ञ शुरू किया। सारी सामग्री इकट्‌ठी की गई, हर एक घर से घी और समिधा मंगवाई गई। और तीन दिन तक वह महायज्ञ चला। सभी लोग, पूरा कबीला उसी यज्ञ कुंड के पास बैठा होता था, प्रार्थना करता था।"

"लेकिन... नाग के बंधन से एक रात पहले, फिर से एक स्वप्न आया अद्विका को। उसने देखा कि वह विशाल नाग उसे कह रहा है— 'तुम मुझे पूर्ण रूप से कभी बांध नहीं पाओगी। तुम्हारा यह प्रयास भी विफल होगा।' और तभी उसने ईश्वर को देखा जिन्होंने बताया— 'नियति लिखी जा चुकी है। इसे कोई नहीं बदल सकता। बंधन भी होगा और मुक्ति भी'।"

"इतना कहकर उसकी झटके से आँख खुली। उसने भागकर बाहर देखा तो सब कुछ सामान्य था। लेकिन उसे यह पता था कि उसके दृश्य कभी भी असंभव नहीं होते या मिथ्या (झूठ) नहीं होते। उनका कोई कारण और सच अवश्य होता है। उसने यज्ञ कर रहे लोगों के चेहरों की ओर देखा। वे कितने खुश थे। उसने उन्हें बताना चाहा, पर उनकी ख़ुशी के सामने उसके शब्द गले में ही अटक गए। वह कुछ कहती, उससे पहले ही औरतें उसका धन्यवाद करना शुरू कर देतीं, या उसके साथ झूमने लगतीं। वह चुप रह गई।"

"ऐसा करते-करते और उसी चिंता और विचार में अगला दिन आ गया। वही दिन जो उस नाग की आज़ादी का आखिरी दिन होना था। सब लोग मंत्र पढ़ रहे थे। भगवान से प्रार्थना कर रहे थे। और तभी अचानक से अद्विका वहां आई, घबराती हुई, पसीने से लथपथ। जैसे उसने कुछ ऐसा जान लिया हो जो सभी की नियति बदलने वाला है। वह चिल्लाते हुए वहां आई और सभी को रोकने की कोशिश की।"

" 'रुक जाइये! यह मत कीजिये!' वह चीखी। लेकिन इस बार उसकी यह कोशिश काम नहीं आई। उसने सभी को बताया— 'हम उसे केवल बंधक बना सकते हैं इस प्रक्रिया से, किन्तु उसे नष्ट नहीं कर सकते। और यह बंधन एक दिन टूटेगा, और तब तबाही आएगी! हमें इसे रोकना होगा!'"

"लेकिन अब लोगों के मन में अपनी जान का डर ज़्यादा था। किसी ने उसकी बात नहीं सुनी। तब वह वहीं बैठकर रोने लगी। और शिवांशी... तुम्हें याद है जब मैंने तुम्हें जंगल का असली इतिहास दिखाया था, तब वहां एक लड़की घुटनों से अपना मुँह ढककर वहां बैठी रो रही थी और सभी को कह रही थी कि 'ये सब व्यर्थ है'? यह वो ही लड़की थी... अद्विका।"

बाबा की आवाज़ भर्रा गई। "उसके बाद जो हुआ, वो सब तुम जानती ही हो कि कैसे उस नाग को बंधक बनाया गया था और उन भविष्यवाणियों के बारे में भी। असल में मुखिया को उसकी बेटी ने सब बता दिया था कि वह बंधन एक दिन ज़रूर टूटेगा। और तभी मुखिया ने दोबारा विनती की थी ईश्वर से। किन्तु उसके बाद भी... एक ऐसा सच और था जिसने हमें आज शर्मसार कर दिया।"

"असल में... नाग के कैद होने के थोड़े समय बाद, अद्विका बहुत अलग व्यवहार करने लगी थी। वह कहती रहती थी— 'हमें इस नाग को मुक्त करना होगा। उसे मुक्ति देनी ही होगी। यह सब गलत किया हमने। वह नाग तो खुद एक शिकार था।' धीरे-धीरे गाँव के लोगों ने उसे पागल समझना शुरू कर दिया। जो लोग उससे अपना समझते थे, प्रेम करते थे, अब वो सब उससे तंग होने लगे थे। वह रात-रात भर मंदिर में रहती या बार-बार उस घेरे के पास जाकर किसी से बातें करती रहती। धीरे-धीरे वह लोगों से पूरी तरह कटने लगी। उसे हमेशा ऐसा लगता जैसे उसने बहुत बड़ा पाप कर दिया हो। उसे सपने में भी ऐसा लगता जैसे वह नाग या वह कड़ा उसे अपने पास बुला रहा हो।"

"सिलसिला ऐसे ही चलता रहा। काफी समय हो गया था। लेकिन एक दिन... एक दिन उसने वो किया जिसकी किसी ने कल्पना नहीं की थी।"

"हर दिन की तरह लोग अपनी दिनचर्या में व्यस्त थे। लेकिन तभी अद्विका ने एक बात कही जिसने वहां खड़े सभी लोगों के होश उड़ा दिए। वह बोली—

'मुझे पता है मुझे क्या करना है। मुझे उस नाग को मुक्त करना होगा। मुझे यह कड़ा उठाना ही होगा। बंधन तोड़ना ही होगा।' यह सुनकर सभी हैरान हो गए। उन्होंने उसे संभाला और मुखिया को बुलाकर लाए।"

"सभी उसे भला-बुरा कह रहे थे। 'यह लड़की पागल हो गई है! खुद की तो परवाह है नहीं, इसे हमारी जान और संकट में डालेगी। कोई कहता माँ को तो बचपन में खा ही गई थी, अब पूरे कबीले को ख़त्म करने का इरादा है इसका। यह पागल हो गई है, यह हमारे साथ रहने लायक नहीं है'।"

"तभी वह उठी और भागकर, बिना लोगों की परवाह किये, उस कड़े को उठाने के लिए उस घेरे की ओर भागी। तब मुखिया ने उसे कसकर पकड़ा और धक्का दे दिया। जैसे ही वह ज़मीन पर गिरी, उसका सिर पत्थर से टकराया और वह बेहोश हो गई। उसके आखिरी शब्द थे— 'आप सब गलत कर रहे हैं। यह उसकी नियति नहीं है'।"

बाबा ने एक गहरी सांस ली। "तब कबीले के लोगों ने कबीले के मुखिया से कहा कि वह एक पिता होने के नाते न सोचें, इस गाँव की भलाई सोचें। 'उनकी लड़की पागल हो गई है, वह अब यहाँ नहीं रह सकती। उसे निष्कासित करना ही होगा।' वहां के लोगों ने बगावत शुरू कर दी। तब मुखिया ने भी लोगों की भलाई के लिए सोचा। और अपनी एक अकेली, लाडली बेटी को जिसे लोग दिव्य कन्या या देवी की तरह देखते थे, उसको वहां से निकालने के विचार का समर्थन किया।"

"मुखिया ने बोला— 'हम इसे एक हफ्ते के बाद यहाँ से निकाल देंगे। एक ऐसी जगह जहाँ से वह दोबारा कभी इस कबीले की ओर मुड़कर नहीं आएगी। तब तक वह नज़रबंद रहेगी।' सभी लोग मान गए और ख़ुशी मनाने लगे। वह बेड़ियों में तड़पती रही अपनी मुक्ति के लिए, पर किसी ने भी उस पर रहम नहीं दिखाया।"

"एक महीना पूरा हुआ। सभी उसे पकड़कर कबीले के बाहर ले गए। वहाँ मुखिया ने बताया कि उन्होंने एक गुप्त गुफा बनाई है। जो कि सीधे बाहरी दुनिया में खुलेगी। और हम इसे बाहरी दुनिया में छोड़ देंगे। ताकि यह दोबारा यहाँ मुड़कर न आ सके। तब एक आदमी ने सुझाव देते हुए बोला— 'किन्तु मुखिया जी, ऐसे तो यह बाहर के लोगों को जाकर सब सच बता देगी। और वह भविष्यवाणी सच हो जाएगी'।"

"तब मुखिया ने एक वैद्‍य को बुलाया जिसने पहले इस लड़की को बेहोश करने के लिए एक जड़ी-बूटी घोलकर पिलाई। उसके बाद वह लड़की बेहोश तो थी, लेकिन उसे लोगों की आवाज़ और वो गुफा के दृश्य सब दिख रहे थे। और शिवांशी... तुम जिस रास्ते से उस जंगल में आई थी, यह वो ही रास्ता था जो अद्‍विका को बाहर भेजने के लिए बनाया गया था।"

बाबा की आँखों से अब झर-झर आंसू बह रहे थे। "उसके बाद हम उस लड़की को उस गहरी गुफा से लेकर बाहर की ओर ले गए। और बाहरी दुनिया के जंगल में प्रवेश करने के बाद उसे थोड़ा दूर ले जाकर एक ऐसी औषधि दी जिससे वह अपनी पिछली यादें भूल जाए। वह कबीला, कबीले के लोग, नाग बंधन... सब भूल जाए और एक नए जीवन की शुरुआत करे। उसके बाद हममें से एक इंसान उसी जंगल में रुका और हमारे जाने के बाद उस रास्ते को हमेशा के लिए बंद कर दिया।"

"हमें लगा हमने अपने लोगों की जान बचाकर बहुत नेक काम किया। किन्तु धीरे-धीरे हमारा कबीला शापित होने लगा। हमें नाग देव का श्राप सा लग गया हो। लोग बीमार रहने लगे, फसलें खराब होने लगीं। लोगों का जीवन भी वैसे ही अकेला हो गया था जैसे हमने उस लड़की को अकेले छोड़ दिया था। तब अंत में जाकर हमने नाग देवता से क्षमा मांगी। और अनेक प्रयासों के बाद थोड़े-बहुत लोगों को बचा ही लिया। अपनी बेटी से अलग होने के कुछ समय बाद मुखिया की भी मौत हो गई थी। हम सब बिन माँ-बाप के साये की तरह महसूस करने लगे थे। ठीक वैसे जैसे अद्विका रहती थी। "

"हम अपनी गलती को सुधारना चाहते थे, इसलिए हमने बाहरी दुनिया से उस लड़की की खबर लेनी चाही। किन्तु तब हमें पता चला कि वह लड़की बाहरी दुनिया में जाने के बाद भी अपने सपनों से अपना पीछा न छुड़ा सकी। वह स्मृति जो हमने दवाई से मिटानी चाही, वह उसकी नियति के कारण उसके मन में ही बसी रही। जिसने बाहरी दुनिया में भी उसे चैन से जीने नहीं दिया।

काफी समय के बाद उसने अपना एक नया जीवन बड़ी मुश्किलों से शुरू किया। उन्होंने एक लड़के से शादी की जो बाहरी दुनिया से ही था। और बाद में... अपनी संतान को जन्म देने के कुछ पल बाद ही उसने भी अपनी माँ की तरह प्राण त्याग दिए।"

"हमें हमारे पाप के लिए क्षमा मांगने का भी मौका नहीं मिला।"

शिवांशी की आँखें फटी की फटी रह गई थीं। "किन्तु... उन्होंने मुझे क्यों चुना बाबा?"

साधु बाबा ने कांपती आवाज़ में बताया, "शिवांशी, उन्होंने तुम्हें नहीं चुना... नियति ने तुम्हें चुना। क्योंकि तुम ही उस लड़की, अद्विका, का दूसरा जन्म हो। वो लड़की तुम ही थीं! तुम ही थीं वो जिसने तब भी और आज भी हमारे प्राणों की रक्षा की। तुमने तब भी लोगों की बातों की परवाह नहीं की थी और आज भी नहीं की।"

"इसी कारण से तुम उस गुफा, जंगल और उस दुनिया को पहले से जानती थीं। क्योंकि तुम्हारी आत्मा उससे आज भी जुड़ी हुई थी। वह स्मृति तुम्हारे दिमाग में ही नहीं, तुम्हारी रूह में भी थी।"

"ये... ये आप क्या कह रहे हैं बाबा? यह कैसे हो सकता है?" शिवांशी ने हैरानी से पूछा, उसका गला सूख गया था। "यह असंभव है!"

"और बाबा," शिवांशी ने एक और सवाल दागा, "फिर वो लड़की कौन थी जो मुझे बेसमेंट में मिली थी?"

तब बाबा ने वह राज़ खोला जो सबसे बड़ा था।

"वो भी कोई और नहीं... बल्कि पूर्व जन्म की वो लड़की यानी तुम ही थीं। वह तुम्हारी ही भूली हुई स्मृति थी, तुम्हारी आत्मा का एक टुकड़ा जो तुम्हें जगाने आया था।"

"क्या?" यह सुनकर शिवांशी के होश उड़ गए।

"किन्तु बाबा... वह हमारे पूर्वजों की तस्वीर में क्यों थी?"

"शिवांशी... जो लड़की तुम्हें तहखाने में मिली थी, वह कोई और नहीं, वह ही मुखिया की बेटी अद्विका थी, जिसने बाहरी दुनिया में जाकर तुम्हारे वंश को आगे बढ़ाया था। जिस लड़के से उसने शादी की थी... वह तुम्हारे परिवार का ही पूर्वज था। तुम उसी अद्विका के वंशज हो, और उसी का पुनर्जन्म भी।"

यह सुनकर वहां खड़े सभी लोगों के, शिवांशी के परिवार के, कबीले वालों के ओर खुद शिवांशी के भी होश उड़ गए। यह एक ऐसा चक्र था जो अब जाकर पूरा हुआ था। शिवांशी का परिवार... असल में अद्विका का ही परिवार था। वे बाहरी नहीं थे, वे इसी कबीले के खून थे जो लौटकर आया था।

शिवांशी के पिता घुटनों पर गिर पड़े। "इसका मतलब... मेरी परदादी... वह अद्विका थीं? हम इसी मिट्टी के हैं?"

शिवांशी सुन्न थी। उसे समझ ही नहीं आ रहा था कि यह क्या हो रहा है और क्यों। उसकी रगों में वही खून दौड़ रहा था जिसने उस नाग को बांधा था, और उसी खून ने आज उसे मुक्त किया था।

तब उसने एक लंबी सांस ली और उन सभी को देखा जो डरे हुए थे। कबीले के सभी लोग क्षमा मांगने के लिए शिवांशी के चरणों में झुक गए ओर उससे माफी मांगने लगे। उसने उन सभी को क्षमा करते हुए अपने सबसे अलग होने का एक और उदाहरण दिया।

"जो हुआ, वह नियति थी," शिवांशी ने शांत स्वर में कहा। "मैं अद्विका हूँ या शिवांशी... इससे फर्क नहीं पड़ता। फर्क इससे पड़ता है कि आज हमने नफरत को खत्म कर दिया।"

शिवांशी ने सभी से भविष्य में किसी से भी ऐसी घृणा न करने का वचन लिया। अब सब खुश थे। अब कोई राज़ बाकी नहीं था। शिवांशी, जो इतनी छोटी उम्र में सच में अब सभी के लिए एक 'सुपरगर्ल' बन चुकी थी। सभी को उस पर गर्व था। अब वह डरी-सहमी शिवांशी नहीं, बल्कि एक नई, जाग्रत शिवांशी बन चुकी थीं।

कबीले वाले, घरवाले और साधु बाबा—सब शिवांशी की जय-जयकार कर रहे थे। "हमारी रक्षक! हमारी देवी!" के नारे गूँज रहे थे। ढोल और नगाड़ों की आवाज़ से आसमान गूँज रहा था।

लेकिन उस शोर और जश्न के बीच, शिवांशी के चेहरे पर एक अलग ही भाव था। वह मुस्कुरा रही थी, पर उसकी आँखों में वह गर्व नहीं था जो एक विजेता की आँखों में होता है। उसकी आँखें भीड़ को नहीं, बल्कि उस खुले आकाश को देख रही थीं। उसे महसूस हो रहा था कि यह तारीफ, यह सम्मान, यह शक्ति—इनमें से कुछ भी उसका अपना नहीं है।

उसने धीरे से अपने पिता का हाथ छोड़ा और भीड़ से थोड़ा पीछे हट गई। साधु बाबा ने उसे जाते हुए देखा, पर रोका नहीं।

वे भीड़ का हिस्सा नहीं बने थे। वे दूर खड़े होकर शिवांशी को ही देख रहे थे। उनकी आँखों में अब सवाल थे—ऐसे सवाल जो उनकी पोथियों और वेदों में नहीं थे। जब उन्होंने शिवांशी को अकेले जाते देखा, तो वे समझ गए कि यह साधारण एकांत नहीं है।

शिवांशी उस जगह से हटकर बगीचे के एक शांत कोने में, एक पुराने पेड़ के नीचे जा खड़ी हुई। उसने अपनी कलाई को देखा जहाँ अब वह कड़ा नहीं था, पर उसका निशान और उसकी ऊष्मा अभी भी महसूस हो रही थी।

उसने अपनी आँखें मूँद लीं, और उसके होंठों पर एक मीठी, सुकून भरी मुस्कान तैर गई। अब समय था उस 'अनकहे रिश्ते' को स्वीकारने का, जो दुनिया के किसी भी नियम से परे था।

बाबा समझ गए कि उनके जीवन की अंतिम शिक्षा अभी बाकी है। और वह शिक्षा उन्हें किसी आश्रम में नहीं, बल्कि इस नन्ही बालिका के चरणों में मिलेगी।

वे अपने दंड को संभालते हुए, धीरे-धीरे उस दिशा में बढ़ चले जिधर शिवांशी गई थीं। भीड़ का शोर पीछे छूट गया था। अब केवल बाबा के कदमों की आहट और शिवांशी का मौन था।

एक ज्ञानी, एक भक्त के पीछे चल रहा था—उसी अंतिम प्रश्न का उत्तर पाने, जो अध्याय 20 में खुलने वाला था।

"सब प्रश्नों के उत्तर पाकर, मन अब भी मौन खड़ा है,

विजयी होकर भी क्यों, ये साधु आज अड़ा है?

भीड़ से हटकर चली वो, जहाँ एकांत का डेरा है,

शायद उस खामोशी में ही, अब असली सवेरा है।"

अध्याय 20

महाकाल का सखा और भक्ति का अंतिम सत्य

शिवांशी उस पुराने बरगद के पेड़ के नीचे जाकर बैठ गई और उसने अपनी आँखें मूँद लीं। उसके चेहरे पर एक ऐसी मुस्कान थी जो दुनिया के लिए नहीं थी। वह मुस्कान किसी विजय की नहीं, बल्कि एक गहरे 'मिलन' की थी। बाहर ढोल बज रहे थे, लोग उसकी जय-जयकार कर रहे थे, लेकिन उसके भीतर एक असीम सन्नाटा था—वह सन्नाटा जहाँ केवल दो ही अस्तित्व थे: एक वह स्वयं, और दूसरे उसके महादेव।

तभी पीछे से सूखी पत्तियों के चरमराने और खड़ाऊँ की आवाज़ आई। शिवांशी ने आँखें नहीं खोलीं, वह जानती थी कौन है। उसकी रूह पहचानती थी उन कदमों को।

"शिवांशी..."
बाबा की आवाज़। लेकिन यह वह आवाज़ नहीं थी जो कल तक आदेश देती थी या भविष्यवाणियाँ करती थी। इस आवाज़ में एक भारीपन था, एक कम्पन था, और सबसे बढ़कर... एक 'समर्पण' था।

शिवांशी ने धीरे से, बहुत धीरे से अपनी पलकें उठाईं और पीछे मुड़कर देखा। "बाबा? आप यहाँ? आप उत्सव में नहीं गए?"

बाबा उसके पास आए, लेकिन इस बार उन्होंने आशीर्वाद देने के लिए अपना हाथ नहीं उठाया। उन्होंने अपना दंड एक तरफ रख दिया और अपने दोनों हाथ जोड़ लिए। वे उसके पास, उसी कच्ची ज़मीन पर बैठ गए—एक गुरु नहीं, बल्कि एक शिष्य की भांति। एक जिज्ञासु की भांति जो जीवन के अंतिम सत्य को जानने आया हो।

बाबा की आँखों में एक अजीब सी नमी थी। उन्होंने शिवांशी को देखा और कहा, "बेटी, मैंने अपना पूरा जीवन वनों में, गुफाओं में और हिमालय की बर्फीली कंदराओं में बिता दिया। मैंने वेदों को कंठस्थ किया, कठिन से कठिन मंत्रों को सिद्ध किया। मैंने अपनी जवानी, अपना घर, अपना संसार सब त्याग दिया ताकि मैं उस 'परम शक्ति' को जान सकूँ। मुझे लगा मैं ईश्वर को जानता हूँ। मुझे लगा 'नियम', 'तपस्या' और 'त्याग' ही ईश्वर तक पहुँचने का एकमात्र मार्ग है।"

बाबा रुके, उनका गला भर आया। एक आंसू उनकी झुर्रियों भरे गाल पर लुढ़क गया।

"लेकिन आज... आज मैंने अपनी आँखों से देखा कि मेरे वर्षों के सिद्ध मंत्र उस नाग की आग नहीं बुझा सके। मेरी तपस्या उस शाप को नहीं काट सकी। पर तुम्हारे... तुम्हारे आंसुओं ने उसे बुझा दिया। मैंने ईश्वर को हमेशा 'शक्ति' मानकर पूजा, उनसे डरा, उनके नियमों का पालन किया। तुमने उन्हें क्या माना शिवांशी?"

बाबा ने वह प्रश्न पूछा जो एक ज्ञानी के अहंकार के टूटने की आवाज़ थी, जो सदियों से ऋषियों को परेशान करता आया था:

"शिवांशी, मेरा ज्ञान कहता है कि ईश्वर तक पहुँचने के लिए 'संसार' को छोड़ना पड़ता है। 'मोह' को त्यागना पड़ता है। मैंने घर छोड़ा, परिवार छोड़ा, अपनी इच्छाएं मार दीं... फिर भी वो मुझे वर्षों की 'साधना' के बाद, बहुत कठिनाई से मिलते हैं। लेकिन तुम... तुम संसार में रही, परिवार के बीच रही, हंसी-मजाक करती रही, तुमने कोई गेरुआ वस्त्र नहीं पहना... फिर भी महादेव तुम्हारे एक इशारे पर दौड़े चले आए। आखिर तुम्हारा उनसे रिश्ता क्या है? वह कौन सा मंत्र है जो शास्त्रों में नहीं, पर तुम्हारी धड़कनों में है? मुझे वो मार्ग बताओ बेटी, जहाँ ईश्वर 'लक्ष्य' नहीं, 'साथी' बन जाता है।"

शिवांशी मुस्कुराई। यह मुस्कान एक बच्चे की नहीं, बल्कि एक ऐसी प्राचीन आत्मा की थी जिसने परमात्मा को अपना 'घर' बना लिया था। उसने बाबा के जुड़े हुए हाथों को अपने हाथों में लिया।

"बाबा," शिवांशी ने बहुत सहजता से कहा, "आपको पता है, मैंने अपने पूरे जीवन में आज तक भी ईश्वर के सामने इतना ज्यादा पूजा-पाठ नहीं किया। मुझे तो कई बार सही मंत्र भी याद नहीं रहते। मैंने कभी घंटों बैठकर ध्यान नहीं लगाया।"

बाबा हैरान थे। "तो फिर? यह शक्ति कहाँ से आई?"

"बाबा, मैंने पूजा नहीं की, पर मैंने उन्हें 'महसूस' किया है। हर पल। हर क्षण।" शिवांशी की आँखों में चमक आ गई। "जब मैं छोटी सी थी और किसी मुश्किल में होती, या मुझे खिलौना चाहिए होता, या मुझे डर लगता... तो मैं सीधे महादेव के पास जाती। मैं किसी मूर्ति के पास नहीं, बस आँखें बंद करती और उनसे शिकायत करती—

'आप कहाँ हैं? मुझे डर लग रहा है, आ जाओ।' और बाबा, विश्वास मानिये, कुछ ही देर बाद मेरा सारा डर गायब हो जाता। मेरी सभी समस्याएं सुलझ जातीं।"

शिवांशी ने हवा की ओर इशारा किया। "जहाँ लोग मंदिरों में, मूर्तियों में ईश्वर को ढूंढते हैं, तब मैं उन्हें इस ठंडी हवा में, इस खुले आसमान में, अपने भीतर, अंधेरे कमरे में... हर जगह अनुभव करती हूँ। बाबा, पूजा-पाठ भक्ति का ही एक भाग है, मैं उसे गलत नहीं कहती। किन्तु बाबा, मैंने उन्हें 'ईश्वर' बाद में माना... पहले उन्हें अपना पिता, अपनी माँ, अपना सबसे अच्छा दोस्त, अपना साथी और अपना मार्गदर्शक माना। मै हमेशा जानती थी कि अगर मै कभी गिरी तो मुझे संभालने वाला कोई है, मेरे महादेव हैं।"

बाबा एकटक उसे सुन रहे थे। यह दर्शनकिताबों में नहीं था।

"मैं जब भी सोकर उठती हूँ," शिवांशी ने उत्साह से बताया, "तो सबसे पहले आसमान को देखती हूँ और बस एक दोस्त की तरह उनसे पूछती हूँ— 'कैसे हैं महादेव आप? आज का दिन कैसा रहेगा? देखिये, आज मुझे किसी मुश्किल में मत डालना, मेरा होमवर्क पूरा नहीं है।' और कभी-कभी तो मुझे लगता है कि मुझे परेशान करने में आपको बड़ा आनंद आता है। मैं उनसे ठिठोली करती हूँ। हंसी-मजाक करती हूँ। अपने दुख में, सुख में, हर वक्त उनको याद करती हूँ।"

"और बाबा, ऐसा नहीं है कि मैं सिर्फ मांगती हूँ। कभी-कभी मैं नाराज़ भी हो जाती हूँ उनसे," शिवांशी ने बच्चों की तरह मुँह फुलाकर बताया। "इतना कि उन्हें बोलती हूँ— 'जाइये, मैं आपसे बात नहीं करूँगी। आपने मेरी बात नहीं मानी।' मैं अपनी पूरी कोशिश करती हूँ कि उन्हें याद न करूँ, उनसे रूठ जाऊँ। पर फिर भी... पता नहीं कैसे, मैं उन्हें याद कर ही लेती हूँ। मानो जैसे जान-बूझकर महादेव ऐसा करवा रहे हों मुझसे। जैसे वो मुझे मना रहे हों। मेरे साथ खेल रहे हों।"
बाबा की आँखों में अब विस्मय की जगह वात्सल्य था। "रूठना और मनाना... ईश्वर से?"

"हाँ बाबा! जब मैं बीमार होती हूँ, जब सर दर्द होता है, तो डॉक्टर से पहले मैं उन्हें कहती हूँ— 'महादेव, सर फट रहा है, आप ठीक कर दें न, प्लीज।' और कुछ देर में ऐसा होता है कि मानो कुछ हुआ ही नहीं। बाबा, मैं मंदिर नहीं गई कभी इतना, बिना किसी बड़े कारण या त्यौहार के। लेकिन फिर भी मैंने मेरे महादेव को मंदिर में नहीं, खुद के पास पाया। मेरे साथ साये की तरह पाया। उन्होंने एक पल के लिए भी मेरा साथ कभी नहीं छोड़ा। जब मेरे अपनों ने, मेरे खून के रिश्तों ने मेरा साथ नहीं दिया... तब महादेव ने साथ दिया। ऐसा कोई राज नहीं मेरा जो मैंने उन्हें न बताया हो। वो अंतर्यामी हैं, सब जानते हैं, किन्तु फिर भी मैं उन्हें वो अब बताती हु जो कोई नहीं जानता। मै उनसे कभी कुछ नहीं छुपा सकती। मै अपनी गलती भी केवल उन्हीं के सामने स्वीकार करती हूं बाबा।"

शिवांशी की आवाज़ अब थोड़ी गंभीर और गहरी हो गई।

"बाबा, ईश्वर पूजा-पाठ के भूखे नहीं हैं। वो तो केवल 'भाव' के भूखे हैं। वो साफ़ नीयत चाहते हैं। वो ये नहीं कहते कि हम उन्हें 'ईश्वर' बनाकर सिंहासन पर बिठा दें और किसी पाप या क्रोध से डरकर दूर खड़े रहें। वो तो ये कहते हैं कि हम उन्हें केवल 'अपना' बनाएं। उन्हें अपने परिवार का सदस्य बनाएं।"

"जो काम मैं बचपन में नासमझी में करती थी—उनसे बातें करना, उनसे लड़ना—वो ही काम मैंने आज तक भी जारी रखे। और महादेव आज भी मुझे अपनी एक छोटी बेटी की तरह ही रखते हैं। वो मुझसे कभी अलग नहीं, कभी दूर नहीं हुए।"

शिवांशी ने बाबा की आँखों में देखा। "बाबा, केवल पूजा-पाठ करना, मंदिरों में जाना, संसार का त्याग के देना ही ईश्वर को पाना नहीं है। उन्हें अपनी जिंदगी का हिस्सा बनाना ही असल भक्ति है।

आपने दुनिया के सभी बंधन छोड़ दिए केवल उन्हें पाने के लिए। आपने जंगल चुना। किन्तु वो तो हर जगह, हर वक्त हमारे पास ही होते हैं। केवल ज़रूरत है तो उन्हें महसूस करने की। ईश्वर तो सर्वव्यापी हैं न बाबा, तो भला वो केवल मंदिरों या गुफाओं में कैसे मिल सकते हैं? यह प्रकृति, यह पेड़, यह हवा... यह सब भी तो ईश्वर का ही रूप है।"

"हम सभी को जीवन देने वाले वो एक ईश्वर ही तो हैं। जिन्हें मरने के बाद उन्हीं में समाना है। इसका अर्थ ये ही हुआ न बाबा, कि वो ईश्वर ही हमारा 'असल परिवार' है। दुनिया के रिश्ते तो एक जन्म के हैं, पर महादेव से रिश्ता तो आत्मा का है। इसलिए मैंने उन्हें 'ईश्वर' आखिर में और अपना 'परिवार' पहले माना।"

"और दुनिया की हकीकत ये ही है बाबा," शिवांशी ने सच्चाई बयां की, "कि अब एक न एक दिन आपका साथ सब छोड़ सकते हैं। माता-पिता, भाई-बहन, दोस्त... हर रिश्ते की एक सीमा है, हर रिश्ते में कहीं न कहीं कोई स्वार्थ या मजबूरी होती है। किन्तु ईश्वर के साथ हमारा रिश्ता जन्मों-जन्म तक रहता है। वो कभी खत्म नहीं होता, न जीते जी और न मरने के बाद।"

"और बाबा... असल प्रेम हम किसी से नहीं करते। बल्कि सच्चा प्रेम तो केवल वो है जो ईश्वर हमसे करते हैं। बिना किसी स्वार्थ के। बिना हमारा अच्छा-बुरा देखे। वो हमारा मूल्यांकन नहीं करते। यदि हम उन्हें जीवन में एक बार भी सच्चे दिल से पुकार लें... तो वो सारी सीमाएं, सारे नियम तोड़कर हमारी पुकार सुनने आते ही हैं। जैसे कि आज महादेव मेरी पुकार पर आए। नाग का श्राप बड़ा था, आपका ज्ञान बड़ा था... पर मेरी पुकार उन सबसे छोटी होकर भी उन तक सबसे पहले पहुँची।"

"मैंने आज केवल उनके रूप का साक्षात्कार किया है, किन्तु उन्हें महसूस तो बचपन से हर रोज़ ही किया है। वो तो हमेशा ही मेरे पास थे बाबा। ईश्वर हर किसी के साथ हैं, केवल उन्हें दिल से अपना मानने की ज़रूरत है बाबा। वो दूर नहीं हैं, हम ही अपनी आँखें बंद किए बैठे हैं।"

बाबा सुन रहे थे। उनका रोम-रोम पुलकित हो उठा था। जो ज्ञान उन्हें वेदों के हज़ार पन्नों में नहीं मिला, वह आज इस बालिका के चंद शब्दों में मिल गया था।

बाबा ने अपने हाथ जोड़े और मस्तक झुका दिया। "शिवांशी... आज तुमने मेरी तपस्या पूर्ण कर दी। आज मुझे मेरा ईश्वर मिल गया। वह वनों में नहीं, वह 'विश्वास' में है। वह नियमों में नहीं, 'प्रेम' में है।"

तभी, बादलों के बीच से सूरज की एक सुनहरी किरण निकली और सीधे शिवांशी और बाबा के बीच आ गिरी। वातावरण में एक अदृश्य शंखनाद हुआ।

शिवांशी उठी। उसने धूल झाड़ी और मुस्कुराई। "चलो बाबा, घर चलते हैं। महादेव भी इंतज़ार कर रहे होंगे, मुझे उन्हें आज की पूरी कहानी जो सुनानी है।"

वह हँसती हुई, एक छोटे बच्चे की तरह उछलती हुई वापस अपने परिवार की ओर दौड़ गई।

बाबा उसे जाते हुए देखते रहे। वह लड़की, जो दो दुनियाओं का संगम थी, जो वेदिका थी और शिवांशी भी... लेकिन सबसे बढ़कर, वह महाकाल की 'सखी' थी।

कहानी खत्म हो चुकी थी। श्राप मिट चुका था। नाग मुक्त हो चुका था। लेकिन एक बात जो हमेशा के लिए अमर हो गई थी, वह था—विश्वास।

शिवांशी की यह यात्रा हमें सिखाती है कि हम चाहे कितने भी आधुनिक हो जाएं, चाहे कितनी भी 'बाहरी दुनिया' में खो जाएं, हमारी जड़ें और हमारा विश्वास ही हमारी असली शक्ति है। ईश्वर से डरिये मत, उनसे प्रेम कीजिये। उन्हें अपना बनाइये। क्योंकि अंत में... वही एक हैं जो आपके थे, आपके हैं, और आपके रहेंगे।

और उस दिन, उस बगीचे में, हवाओं ने एक गीत गुनगुनाया जो आने वाली सदियों तक गूँजने वाला था..

"न मंत्र बड़ा, न तंत्र बड़ा, न ज्ञान की पोथी भारी है,
जिस भाव से रीझे त्रिपुरारी, वो भाव ही सबसे भारी है।
तू ढूंढ रहा जिसे पर्वत पर, वो तेरे मन के भीतर है,
जो दोस्त मान ले ईश्वर को, उसका जीवन ही तीरथ है।
न डर, न भय, न कोई नियम, बस प्रेम की एक डोर रहे,
जहाँ भक्त खड़ा हो मस्ती में, वहीं नचा चितचोर रहे।
यह गाथा नहीं बस नाग की, न जादू की कोई कहानी है,
यह सत्य है उस विश्वास का, जिसकी दुनिया दीवानी है।"

•••

|| सम्पूर्णम् ||

एक छोटा सा निवेदन

नमस्ते,

मैं आशा करती हूँ कि "नागबंधन: मुक्ति का श्राप" की इस रहस्यमयी दुनिया ने आपको रोमांचित किया होगा। यह मेरा पहला उपन्यास है और शिवांशी का यह सफ़र मेरे दिल के बहुत करीब है।

एक स्वतंत्र लेखक (Independent Author) के लिए, आपका सहयोग ही सब कुछ है। अगर आपको यह कहानी पसंद आई, या शिवांशी की यात्रा ने आपके दिल को छूआ, तो कृपया एक पल निकालकर अपना **Review** (समीक्षा) और **Rating** ज़रूर दें।

आपके दो शब्द मेरे लिए बहुत मायने रखते हैं और मुझे और अच्छा लिखने के लिए प्रेरित करते हैं। आपकी एक रेटिंग इस कहानी को हज़ारों नए पाठकों तक पहुँचा सकती है।

इस सफ़र में मेरा साथ देने के लिए आपका दिल से धन्यवाद।

— सिमरन

आभार

किसी भी कहानी को पन्नों पर उतारना एक अकेले इंसान का सफ़र होता है, लेकिन उसकी नींव में कई अदृश्य आशीर्वाद होते हैं।

सबसे पहले, मैं अपने आराध्य महादेव के चरणों में शीश झुकाती हूँ। यह कहानी, यह विचार और इसे लिखने की शक्ति—सब कुछ उन्हीं की देन है। जब भी मैं अकेली पड़ी, मुझे लगा कि कोई शक्ति है जो मेरा मार्गदर्शन कर रही है।

मैं आभारी हूँ अपने माता-पिता की, जिन्होंने मुझे यह जीवन और वो साधन (Resources) दिए, जिनके बिना मैं अपनी आवाज़ दुनिया तक नहीं पहुँचा पाती। मुझे इस काबिल बनाने में उन्हीं का योगदान है।

और अंत में, आप सभी प्यारे पाठकों का दिल से धन्यवाद। आपने शिवांशी की यात्रा में अपना समय दिया, उसके डर और साहस को महसूस किया। एक लेखक के लिए इससे बड़ा पुरस्कार और कुछ नहीं हो सकता कि उसकी कहानी किसी के दिल को छू जाए।

यह सफर यहीं खत्म नहीं होता, यह तो बस एक शुरुआत है।

— सिमरन

लेखक परिचय

सिमरन एक ऐसी युवा लेखिका हैं, जिनकी कलम उन सच्चाइयों को कुरेदती है जिनसे दुनिया अक्सर नज़रें फेर लेती है। उनका मानना है कि असली डर बाहर नहीं, हमारे दिमाग के किसी अंधेरे कोने में छिपा होता है।

भले ही वह एक सामान्य जीवन जीती हैं, लेकिन उनकी कल्पना उन सीमाओं को पार करती है जहाँ तर्क खत्म हो जाते हैं और रहस्य शुरू होते हैं। वह प्राचीन मिथकों और आधुनिक दुनिया के बीच छिपी खौफनाक कहानियों को पन्नों पर उतारने का हुनर रखती हैं।

"नागबंधन: मुक्ति का श्राप" तो बस एक झांकी है। सिमरन के पास अनगिनत ऐसे राज़ हैं जो आने वाले पन्नों में खुलेंगे।

क्या आप उस अंधेरे में झांकने की हिम्मत रखते हैं, जहाँ वह आपको ले जाना चाहती हैं?

— सिमरन

www.ingramcontent.com/pod-product-compliance
Lightning Source LLC
LaVergne TN
LVHW060222051026
849517LV00005B/1480
9798232568870